शिवानी

प्रख्यात कथाकार शिवानी का जन्म 17 अक्तूबर, 1923 को विजयादशमी के दिन राजकोट, गुजरात में हुआ।

शिवानी की पहली रचना अल्मोड़ा से निकलनेवाली 'नटखट' नामक एक बाल-पत्रिका में छपी थी। तब वे मात्र बारह वर्ष की थीं। इसके बाद वे मालवीय जी की सलाह पर पढ़ने के लिए अपनी बड़ी बहन जयंती तथा भाई त्रिभुवन के साथ शान्तिनिकेतन भेजी गईं, जहाँ स्कूल तथा कॉलेज की पत्रिकाओं में बांग्ला में उनकी रचनाएँ नियमित रूप से छपती रहीं। गुरुदेव रवीन्द्रनाथ टैगोर उन्हें 'गोरा' पुकारते थे। उनकी ही सलाह कि हर लेखक को मातृभाषा में ही लेखन करना चाहिए, शिरोधार्य कर उन्होंने हिन्दी में लिखना प्रारम्भ किया। शिवानी की पहली लघु रचना 'मैं मुर्गा हूँ' 1951 में 'धर्मयुग' में छपी थी। इसके बाद आई उनकी कहानी 'लाल हवेली' और तब से जो लेखन-क्रम शुरू हुआ, उनके जीवन के अन्तिम दिनों तक अनवरत चलता रहा। उनकी अन्तिम दो रचनाएँ 'सुनहुँ तात यह अकथ कहानी' तथा 'सोने दे' उनके विलक्षण जीवन पर आधारित आत्मवृत्तात्मक आख्यान हैं।

1979 में शिवानी को 'पद्मश्री' से अलंकृत किया गया। उपन्यास, कहानी, व्यक्ति-चित्र, बाल उपन्यास और संस्मरणों के अतिरिक्त, लखनऊ से निकलनेवाले पत्र 'स्वतंत्र भारत' के लिए शिवानी ने वर्षों तक एक चर्चित स्तम्भ 'वातायन' भी लिखा। उनके लखनऊ स्थित आवास—'66, गुलिस्ताँ कालोनी' के द्वार लेखकों, कलाकारों, साहित्य-प्रेमियों के साथ समाज के हर वर्ग से जुड़े उनके पाठकों के लिए सदैव खुले रहे।

निधन : 21 मार्च, 2003; दिल्ली।

अपराजिता

शिवानी

राधाकृष्ण पेपरबैक्स

राधाकृष्ण पेपरबैक्स में
पहला संस्करण : 2007
दसवाँ संस्करण : 2024

राधाकृष्ण पेपरबैक्स : उत्कृष्ट साहित्य के जनसुलभ संस्करण

राधाकृष्ण प्रकाशन प्राइवेट लिमिटेड
जी-17, जगतपुरी, दिल्ली-110 051
द्वारा प्रकाशित

शाखाएँ : अशोक राजपथ, साइंस कॉलेज के सामने, पटना-800 006
पहली मंजिल, दरबारी बिल्डिंग, महात्मा गांधी मार्ग, प्रयागराज-211 001
1, अनमोल सोराबजी संतुक लेन, धोबी तलाव, मरीन लाइंस, मुम्बई-400 002

वेबसाइट : www.radhakrishnaprakashan.com
ई-मेल : info@radhakrishnaprakashan.com

बी.के. ऑफसेट
नवीन शाहदरा, दिल्ली-110 032
द्वारा मुद्रित

मूल्य : ₹ 199

APARAJITA
Short Stories by Shivani

ISBN : 978-81-8361-112-1

क्रम्

दंड

सिंह नर्सिंग होम में बड़ा-सा ताला लटक रहा था। लोकप्रिय डॉ. सिंह के अकस्मात् इस तरह अलोप हो जाने पर, उनके कई मरीजों की अवस्था और बिगड़ गई थी। अब क्या होगा? अपने हाथों का चमत्कार दिखा, उन्हें मृत्युंजयी औषधि पिलानेवाला मसीहा ऐसे अदृश्य क्यों हो गया? यह ठीक था कि कई दिनों से डॉ. सिंह ने अपने क्लीनिक में किसी भी नए मरीज को नहीं लिया था, फिर भी निराश मरीजों के असहाय आत्मीयों की एक लम्बी कतार, उनके सेक्रेटरी के चरणों पर सिर रखकर गिड़गिड़ाती रही थी। जैसे भी हो, एक बार डॉ. सिंह उनके मरीजों को देख-भर लें, पर सेक्रेटरी बेचारा क्या करता? डॉ. साहब अपनी सजी कोठी के सबसे ऊपर के कमरे में स्कॉच लेकर बन्द थे। किसकी मजाल थी कि द्वार खटखटा दे। बीच-बीच में उनका गूँगा नौकर बदलू, काली तेज़ कॉफी की ट्रे वहीं पहुँचाता रहता। 'साहब क्या कर रहे हैं?'...'कैसा मूड है?'—'बैठे हैं या लेटे हैं?'...किसी भी प्रश्न का उत्तर गूँगा नहीं दे पाता तो डॉक्टर सिंह का सेक्रेटरी सुशील रॉय झुँझला उठता। कैसी भी अटूट सम्पत्ति क्यों न हो, ऐसे भला कितने दिनों तक काम चलेगा? बँधे मरीज क्या उनके लिए बैठे रहेंगे? यही सब कहना चाहता था उनका युवा सेक्रेटरी डॉक्टर सुशील राय पर कठोर प्रभु का आदेश था कि सिवा गूँगे बदलू के उनके कमरे में कोई न आने पाए। न जाने कितने इष्ट-मित्र आ-आकर लौट गए। जब रँगे बालों और लम्बे नाखूनोंवाली विधानसभा की सदस्या रानी शिवसुन्दरी भी बड़ी देर तक व्यर्थ द्वार भड़भड़ाकर भुनभुनाती लौट गई, और शान्त स्वर में डॉक्टर सिंह को कहते सुशील ने सुन लिया, 'शिवी मुझे कुछ दिन क्षमा कर दो, मैं शरीर और मन दोनों से अस्वस्थ हूँ' तो वह समझ गया कि लौहद्वार अब किसी मिलनेवाले के लिए नहीं खुलेगा।

पर दूसरे दिन आधी रात में कुछ पलों तक द्वार खुला था। नर्सिंग होम के जिस वी.आई.पी. मरीज को दूसरे दिन छुट्टी मिलनेवाली थी, उसे अचानक दिल का दूसरा दौरा पड़ गया। डरते-डरते डॉक्टर रॉय ने द्वार खटखटाया। न खटखटाता और इसी बीच मरीज को कुछ हो जाता तो शायद सिंह नर्सिंग होम की नींव ही हिल जाती। मरीज किसी जनसंघी मन्त्री का साला था, एकदम टाइम बम, कब घातक रूप से फट पड़े, ठीक नहीं! देखभाल करने को साथ में निरन्तर बनी रहती उनकी समाज-सेविका साली। उसी ने डॉक्टर सुशील को एक प्रकार से कन्धा पकड़कर सीढ़ियों पर धकेल दिया था।

"जैसे भी हो, डॉक्टर सिंह को नीचे खींच ले आओ। नहीं आएँ तो उनके हक में ठीक नहीं होगा। मरीज को जब यहाँ लाए हैं, तब उनके जीवन की जिम्मेदारी भी वहन करनी होगी..."

डॉक्टर सुशील ने शायद घबराकर द्वार कुछ जोर से ही भड़भड़ा दिए थे, "सर, मन्त्रीजी के साले की हालत बहुत ख़राब है, एक बार चलकर देख लिया जाए..."

"भाड़ में जाए तुम्हारा मन्त्री का साला।" सौ दानव कंठ एकसाथ गरज उठे थे।

पर फिर कुछ सोचकर उन्होंने स्वयं ही द्वार खोल दिया।

प्रभु का स्याह चेहरा देखकर सुशील सहम गया था। लगता था, कई दिनों से कमरे में स्वेच्छा से बन्दी बने डॉक्टर सिंह ने शरीर पर मनमाना अत्याचार किया है। अव्यक्त व्यथा से चेहरा झुलसकर एकदम काला पड़ गया था। जिसे उसने दस वर्ष के साहचर्यकाल में एक बार भी बिना दाढ़ी बनाए नहीं देखा था, जिसका तीखा-सुडौल चिबुक, भरे कपोल सदा नवजात शिशु के नरम गालों-से ही दिखते, उन्हीं पर खुरदरी सफेद झाड़ी-सी दाढ़ी उग आई थी। जो व्यक्ति दिन में नित्य दो बार भड़कीले सूट बदलकर ही मरीजों की नाड़ी पकड़ता था, और जिसकी रोबीली पकड़ में आते ही नाड़ी स्वयं आश्वस्त हो ऐक्यूजर बनी, किसी अपराधी-से पक्के रोग दस्यु को पकड़ा, उसका पूरा इतिहास उगल देती थी, वही सुदर्शन व्यक्ति आज स्वयं कठघरे में खड़ा अभियुक्त-सा लग रहा था। केवल बनियान और पायजामा पहने ही वह मरीज देखने उतरने लगा तो सुशील के जी में आया उसे टोक दे, 'सर, ड्रेसिंग गाउन डाल लीजिए, वहाँ उनकी साली भी हैं।' वह जानता था कि स्वाभाविक मानसिक अवस्था होने पर ऐसी बेढंगी पोशाक में डॉक्टर सिंह

शायद घर की जमादारनी के सम्मुख भी नहीं खड़े होते।

मरीज की अवस्था सचमुच ही शोचनीय थी। पर डॉक्टर सिंह उसे देखते ही एक बार फिर पुराने डॉक्टर सिंह हो गए। मरीज की शोचनीय अवस्था ही तो उन्हें पुलकित कर उठती थी। शत्रुपक्ष के साथ ली गई टक्कर तब ही आनन्द दे सकती है, जब दोनों ओर का पलड़ा समान हो। अपने कठिन शत्रु की दुर्बलता को उन्होंने इस बार भी पकड़ लिया। सिद्ध पहलवान की भाँति आत्मविश्वास का गंडा बाँधकर वह अखाड़े में कूदे, और पल-भर में शत्रु उनके चतुर दाँव-पेंच से उलटा पड़ा था।

"ऑक्सीजन प्लांट लाओ...फलाँ इंजैक्शन, फलाँ दवा..."

"आप यहाँ क्या कर रही हैं? जाइए बाहर।" उन्होंने हो-हल्ला मचाती मरीज की तेजस्वी साली को ऐसे डपट दिया, जैसे वह स्कूल की बच्ची हो। मरीज के कमरे में आत्मीय स्वजनों की भीड़ देखकर वह तुनकमिजाज डॉक्टर ऐसे ही भड़क जाता था। रात-भर वह मरीज की छाती पर अपने हाथों से ऐसे मालिश करता रहा, जैसे कोई स्नेही घोसी अपनी भैंस को रगड़-रगड़कर नहला रहा हो। पौ फटी तो मृत्यु-द्वार से प्रत्यावर्ती रोगी चैन की नींद सो रहा था। समाज-सेविका साली विधुर जीजा के धड़क रहे हृदय पर हाथ धर एक बार फिर आश्वस्त हो बैठ गई थी। इस अद्भुत डॉक्टर की कृपा से काल-कुठार इस बार उसके वैधव्य कल्पतरु के तने का स्पर्श भी नहीं कर पाया था। धन्यवाद देती, इससे पहले ही वह रूखा डॉक्टर धड़धड़ाता अपने कमरे में चला गया था और उसने कुंडी चढ़ा ली थी। विधि की भी कैसी विचित्र विडम्बना थी कि सहस्रों मुर्दों में ऐसी जान फूँक देनेवाला यह अनोखा जादूगर आठ दिन पूर्व हाथ बाँधे खड़ा देखता ही रह गया था और बलवती मृत्यु अपनी शत-सहस्र पराजयों का एक ही आघात में प्रतिशोध ले, उसे अँगूठा दिखाकर चली गई थी।

फ्रिज में धरे तरबूज के लुभावने रक्तिम अन्तस्तल में छिपी घातक कुटिल मृत्यु मुस्करा रही है, यह तब पिता-पुत्र क्या जानते थे? तरबूज की एक फाँक तो पिता ने भी खाई थी, फिर मृत्यु पुत्र को ही क्यों ले गई? पिता और पुत्र भी क्या ऐसे-वैसे थे? दोनों साथ-साथ खड़े होते तो लगता कि दो जुड़वाँ भाई खड़े हैं। डॉक्टर सिंह पचास से कुछ ऊपर ही थे, पर चाहने पर अब भी सेहरा बाँध सकते थे। न एक बाल सफेद, न एक झुर्री। दिल्ली के उच्चतर तबके के नारी-समाज की प्रौढ़ सदस्याएँ लुक-छिपकर डॉक्टर सुशील से भेद

लेने की चेष्टा करतीं, 'कौन-सा हेयर डाई यूज करते हैं डॉक्टर सिंह?' और जब हँसकर सुशील उनसे कहता कि डॉक्टर के व्यक्तित्व में किसी हेयर टॉनिक के विज्ञापन-से चमकते उनके सिर से लेकर स्त्रियों को भी लजानेवाले और गौर चरणयुगल तक सबकुछ विधाता प्रदत्त है, तो वे उसे अविश्वास से घूरकर चली जातीं! दोष उनका भी नहीं था। डॉक्टर सिंह की मोती-सी दन्त-पंक्ति देखकर तो तीन-चार वर्षों तक स्वयं सुशील को ही धोखा हो गया था। यहाँ बत्तीस वर्ष की आयु में ही सामने के तीन नकली दाँत बनवाने में उसके डेढ़ सौ लग गए थे, उस पर भी दिल्ली के प्रसिद्ध डेंटिस्ट ने ऐसा ठगा कि जीभ का स्पर्श पाते ही तीनों दाँत कागजी शटल कार्क-से उछलने लगते।

'आप ही का-सा डेंचर बनवाना चाहता था सर, डेंटिस्ट कौन था आपका?' उसने लड़कियों की भाँति लजाकर पूछा था। 'डेंचर?' डॉक्टर सिंह ठठाकर हँस पड़े थे, 'किसने कहा, मेरा डेंचर है? हिलाकर देखो।' वह फिर ज़ोर-ज़ोर से अपने दाँत हिलाने लगे थे, 'किसी डेंटिस्ट के बाप की हथौड़ी भी इन्हें नहीं हिला सकती—जानते हो इस डेंचर का रहस्य?' टेढ़े होंठों की हँसी हँसने पर वह कठोर व्यक्ति कितना मधुर लगने लगता था! चेहरे में अब भी न जाने कैसा नारी-सुलभ आकर्षण था!

'मेरे जीवन के पचास वर्षों में आरम्भ के बीस वर्ष छोड़ शेष तीस वर्षों में चीनी के एक कण ने भी मेरे दाँतों का स्पर्श नहीं किया है।' ठीक ही तो कह रहे थे वह। कृतज्ञ मरीजों के घर से आए न जाने कितने मिष्ठान्न-भरे टोकरे इधर-उधर पड़े रहते। कभी रानी शिवसुन्दरी अपनी कार में भरकर ले जाती, कभी नौकर-चाकर नाक-मुँह से ठूँसते।

'अरे बेटा, अन्धाधुन्ध के राज में गदहा पँजीरी खाए।' सुशील की माँ कहतीं, 'पत्नी होती तो ऐसा होता?'

मृत पत्नी का बड़ा-सा तैलचित्र उनके विजिटिंग रूम में टँगा रहता। कुछ दिनों पूर्व उनका एक प्रतिभाशाली मरीज अपनी समस्त कृतज्ञता डॉक्टर-पत्नी की एक विराट् ताम्र मूर्ति में ढालकर उन्हें उपहार दे गया था। कैसी तेजस्वी महिला रही होंगी वह! ताम्रतेज से घुल-मिल गया अद्वितीय गढ़न के चेहरे का गम्भीर तेज आँखों को बरबस बाँध लेता था। बालों की एक घनी लट को चतुर मूर्तिकार ने सुडौल वक्षस्थल पर शायद जान-बूझकर ही उतार दिया था। उस मूर्ति का वही अंग उसके लिए मृत्यु का सन्देश लेकर आया था।

पच्चीस वर्ष की अल्पावस्था में ही डॉक्टर-पत्नी की अकाल मृत्यु का कारण बना था असाध्य ब्रेस्ट कैंसर।

फिर उन्होंने पिता के लाख कहने पर भी विवाह नहीं किया।

अपनी अधूरी डॉक्टरी पूरी कर वह कुछ दिनों विदेश में ही बसे रहे, फिर स्वदेश लौट आए। ताल्लुकेदारी बेचकर दिल्ली में ही उन्होंने अपना क्लिनिक खोल लिया था। पुत्र विदेश में ही पिता के पेशे की शिक्षा ग्रहण कर रहा था। पिछले ही वर्ष वह आश्चर्यजनक रूप से छोटी अवस्था में एफ.आर.सी.एस. कर लौटा, और अनायास ही पिता की दक्षिण भुजा बन गया। पुत्र-प्रेम के लिए जिस अर्द्धांगिनी के विरह की कफनी उन्होंने स्वेच्छा से ही ओढ़ ली थी, उस त्याग का पुरस्कार दे दिया स्वयं पुत्र ने। पिता लाखों में एक सर्जन था तो पुत्र लाखों में एक चिकित्सक। पिता वामहस्त से भी कठिन ट्यूमर चीरकर ऐसे रख देता, जैसे सुगृहिणी सधे हाथों से अचार का नींबू चीरती है, और पुत्र उसी अनुभव के अन्दाज से औषधि के मसाले भर देता। फिर वर्षों तक शरीर के पारदर्शी काँच के-से बोयाम में भरे उस स्वरचित प्रिजर्व को पिता-पुत्र बड़े गर्व से देखते। अब वर्षों तक उसके सड़ने-गलने का प्रश्न ही नहीं उठ सकता था।

पर कभी-कभी नाम की भी कैसी व्यर्थ मरीचिका बनकर रह जाती है! डॉक्टर सिंह के श्वसुर थे, रसिक कवि, अवध के सुप्रसिद्ध ताल्लुकेदार। उन्होंने नाती का नाम धरा था मृत्युंजय। पर मृत्यु को नहीं जीत सका बेचारा! मृत्यु ने ही उसे जीत लिया। उसके क्लिनिक में बैठते ही मरीजों की संख्या में समृद्ध गृहों की सुन्दरी किशोरियाँ ही स्वेच्छा से नकली रोगों का वरण कर डॉक्टर सिंह की पैनी छुरी पर गिरने बहुत बड़ी संख्या में आने लगीं तो डॉक्टर सिंह मुस्कराए थे। चंचल पतंगे सुदर्शन पुत्र के पौरुष दीप पर ही जलकर झुलसने जुट रहे हैं, वह समझ गए। कुछ बीमारी नहीं जुटती तो अपने टौंसिल ही सुजा लेतीं। पुत्र के आते ही किशोरी रोगिणियों की संख्या ऐसी बढ़ी कि उन्हें अपने क्लिनिक में नया विंग बढ़ाना पड़ा। रिश्तों का तो पूछना ही क्या था! पर पुत्र पिता से भी अधिक चतुर था।

विदेश की सुरा-सुन्दरियों ने क्या कभी उनके कार्तिकेय-से पुत्र को निरामिषभोजी रहने दिया होगा? अपने अनुभव की डायरी खोल वह अपने विदेश प्रवास के रंगीन पृष्ठों की स्मृति में घंटों तक डूब जाते। भारत के सुस्वादु छाया-ग्रास को विदेशी सिंहिकाएँ किस स्वाभाविकता से ग्रस लेती हैं,

वे खूब जानते थे। इंडियन करी की ही भाँति इंडियन पुरुष को देखकर भी उनकी लार अनायास ही बड़े गँवारू ढंग से टपकने लगती है, इसका उन्हें स्वयं अनुभव था। पुत्र के चेहरे को देखकर वे सन्तुष्ट हो गए थे। वह चेहरा अनुभवहीन युवक का नहीं था। ऐसा न होता तो अब तक वह न खाए-पिए भिक्षुक की भाँति उनके क्लिनिक की विमान-परिचारिकाओं-सी सुन्दरी नर्सों के इंगित मात्र से परसे जाने को तत्पर थालों पर कब का टूट पड़ा होता! स्वयं विधुर पिता के मिलनेवालों में आकर्षक मिलनेवालियाँ ही अधिक संख्या में रहती हैं, यह संसारी पुत्र भी समझता था। माँ की आदमकद ताम्रमूर्ति की ओर कभी डॉक्टर सिंह आँख उठाकर भी नहीं देखते या शायद देख नहीं सकते, यह वह खूब समझता था, फिर नर्सिंग होम का नाम धरा था–'सुधा नर्सिंग होम'। कभी-कभी दिवंगता माँ के चित्र को एकान्त में देखता तो युवा मृत्युंजय के होंठ व्यंग्य से टेढ़े हो जाते। पिता का यह कैसा खोखला प्रदर्शन था। उसी मूर्ति के पास ब्रिज-टेबल पर क्या वह उस विधानसभा की धूर्त सदस्या के साथ पिता की ही-ही-ठी-ठी नहीं सुन चुका है?

'जिस पति को अपनी पत्नी से सच्चा प्रेम होगा, वह कम-से-कम अपनी कोठी, किसी कॉलेज या उद्यान-पार्क का नाम अपनी पत्नी के नाम पर कभी नहीं धरेगा सुशील!' उसने एक दिन अपने मित्र डॉक्टर सुशील से हँसकर कहा था, 'सच पूछो तो मुझे ताजमहल देखने की भी कभी इच्छा नहीं हुई। यह सब दिखावा भला क्यों? अरे, अपनी बीवी को चाहते हो तो सारी दुनिया में अपनी मुहब्बत का ढोल क्यों पीटते हो जी?' और सचमुच ही उसने ज़िद कर क्लीनिक से अपनी दिवंगता माँ का नाम हटा दिया था। पर पिता की समस्त दुर्बलताओं को जानने पर भी वह स्नेही पुत्र पिता से एक क्षण भी विलग नहीं हो पाता था। शॉयलॉक-सा क्रूर पिता, मरीज के प्राण जाने से पूर्व भी अपनी ऊँची फीस का बीमा करवा लेता है, यह मृत्युंजय से छिपा न था। पिता की आसव से आसक्ति, नारी-लोलुप चटोरी जिह्वा, कुछ भी उससे लुका-छिपा नहीं था, पर फिर भी स्वेच्छा से अनजान बना, वह डॉक्टर सिंह के समस्त दुर्गुणों को काला परदा डालकर ढाँप देता। पुत्र के इसी क्षमाशील व्यक्तित्व को देखकर पिता ने सन्तोष की साँस ली थी, पर ठीक तीसरे महीने ही वर्षों से मित्र बना पुत्र अचानक शत्रु बनकर कलेजे में खंजर भोंक देगा, वह क्या जानते थे? पलक झपकते ही सबकुछ हो गया था। दो उल्टियाँ, दो-तीन दस्त और नैन-पुतलियाँ उलट गई थीं। केवल एक बार

अरथी पर अबोध शिशु की भाँति पछाड़ खाकर डॉक्टर सिंह ने पूछा था, 'यह मुझे कैसा दंड दे दिया प्रभो?' कुछ ही क्षणों को वह लौहपुरुष टूट गया था, फिर भागकर उन्होंने कमरा बन्द कर लिया था।

अरथी कौन ले गया, किसने कन्धा दिया, किसने मुखाग्नि दी? उन्हें कुछ पता नहीं रहा।

कभी-कभी सुशील के जी में आता, उन्हें बाहों में बाँधकर कहे, 'सर, क्यों जी छोटा करते हैं, मैं अब आपका बेटा हूँ। वचन देता हूँ सर, जीवन-भर कुँआरा रहकर आपके पास बना रहूँगा। आपका पुत्र नहीं रहा तो दूसरों के पुत्र तो हैं। उन्हें असाध्य रोगों से मुक्त कर अपने पुत्र का अमर स्मारक बनाइए।' पर वह मन-ही-मन सब समझता था। सगे पुत्र का धुँधला टिमटिमाता तारा जब टूटकर गिरता है तब फिर नक्षत्रखचित व्योम भी उस क्षतिग्रस्त शून्य की पूर्ति नहीं कर सकता। फिर भी रात-भर जागकर उसने कई बार रटकर वे वाक्य कंठ में साधे थे, जो वह डॉक्टर सिंह से कहेगा, जैसे भी होगा, वह उन्हें आज क्लीनिक में खींच ही लाएगा। वह जाने के लिए तैयार हो ही रहा था कि गूँगा बदलू डॉक्टर सिंह का पत्र थमा गया :

'सुशील,

लम्बी छुट्टी पर जा रहा हूँ—शायद लौटूँ और शायद नहीं। सारा एकाउंट और क्लीनिक तुम्हें सौंप गया हूँ, जी में आए तो चलाना और जी में आए तो ताला डाल देना।

तुम्हारा

डॉ. सिंह'

बदलू की आँखों से अविरल अश्रुधारा बह रही थी—कहाँ गए? कब गए? एक प्रकार से उसे हिला-हिलाकर सुशील ने झिंझोड़कर रख दिया था, पर फलहीन ठूँठ वृक्ष-सा गूँगा बदलू हिलाए जाने पर भी फल कैसे गिरा सकता था? गूँगी जिह्वा को बड़ी चेष्टा से हिलाकर उसने कहा, 'पफ पफ'। फिर विवशता से शून्य में फैले दोनों हाथों के दुहत्थड़ माथे पर मार दिए। डॉक्टर सिंह, लूप लाइन की उसी गाड़ी में जाकर बैठ गए थे, जिसमें अट्ठाईस वर्ष पूर्व बैठे थे, यह कौन जान सकता था? वीरभूम का युगपुरुष करवट बदलकर शायद बेसुध पड़ा होगा। जहाँ से एक बार साँस रोककर भाग आए थे, वहीं अब फिर साँस रोककर भागे जा रहे थे। क्या खींच रहा था उन्हें?

राँगामाटी के बीच सर्पिणी-सी बल खाती कोपाय नदी या वर्षा से भीगी सन्थाल झोंपड़ियों की खस के भीगे पंखे-सी सुगन्ध या कच्ची सन्थाल ताड़ी की मादक स्मृति? जीवन के रस से छलकती गागर, जब रीती होकर ढुलक गई, तब इस ग्राम की स्मृति ने उन्हें क्यों पुकारा?

पिता के अंतरंग मित्र थे, वीरभूम के जमींदार सुधीर रंजन रॉय चौधरी। पूजा की छुट्टियों में उन्हीं सन्तानहीन जमींदार स्नेही दम्पति द्वय का अतिथि बनकर वह गोआलपाड़ा गया था। अपने विदेशी मित्रों के लिए बनाए गए अतिथिगृह को, स्नेही जमींदार साहब ने उसके लिए खोल दिया था—'एकान्त में तुम मन लगाकर परीक्षा की तैयारी कर सकते हो। यहाँ कोई व्याघात डालने नहीं आएगा।' उन्होंने कहा था, वह स्वयं नित्य ही व्याघात डालने पहुँच जाएँ तो भला कोई क्या कर सकता था?

मोटी-मोटी चिकित्सा विज्ञान की पुस्तकों में डूबा तरुण डॉक्टर जैसे ही खिड़की खोलकर बैठता, वैसे ही पास ही जमींदार साहब की पुत्री की स्मृति में बन रहे कन्या पाठशाला भवन का निर्माण कार्य आरम्भ हो जाता।

छत पीटती सन्थाल युवतियों की आकर्षक पदचाप का मृदु संगीत उसके अध्ययनशील चित्त को नीरस जीवविज्ञान की पुस्तकों से उत्कोच देकर, फुसला रहे किसी लम्पट व्यसनी मित्र की ही भाँति खींच ले जाता।

'राजा गेलो सरके-सरके
रानी गेलो काँची सरके
ओ राजार छाता पड़े गेलो जले
रानी हाँसिलो मने मने।'

(राजा पक्की सड़क पर चल रहा है, रानी कच्ची सड़क पर।—राजा का छाता पानी में गिर पड़ा और रानी मन-ही-मन हँसने लगी।)

कभी-कभी सरल सन्थाल भाव-व्यंजना सुनकर युवा डॉक्टर मन-ही-मन हँसने लगता। फिर देखता, पतली रज्जुसोपान के टेपोज पर किसी सर्कस सुन्दरी की सहज भंगिमा से चल रही कतारबद्ध सन्थाल किशोरियाँ खिलखिलाती गारा-सीमेंट ढो रही हैं। साँचे में ढले अंग, चिकना मोहक मरोड़ में बँधा पंखे के आकार का सन्थाली जूड़ा, काले कोबरा की-सी चिकनी काली खमकती नंगी पीठ, घुटनों तक बँधी धोती और चेहरे के काले रंग का विरोधाभास प्रस्तुत करता लाल जवा का फूल। कभी किसी सुडौल वक्षस्थल से अचानक ही उस युवा डॉक्टर की निर्दोष आँखें टकरा जातीं और वह

सहमकर आँखें फेर लेता, पर जिन्हें देखकर वह लजाकर आँखें फेरता, उन्हें लजाने का न अवकाश था, न चिन्ता। शायद उसका चित्त पढ़-लिखकर सयाना हो गया था और उन अनपढ़, प्रकृति की निर्जन वनस्थली में जन्मी-पली वन-कन्याओं का चित्त था शिशु-सा निष्कपट, निर्दोष। अबोध शिशु को क्या कभी अपने नग्न अंगों की लज्जा डस सकती है? कभी-कभी ठेकेदार के कर्कश स्वर में, एक ही नाम की बार-बार आवृत्ति होती, 'अरी चाँदमनी, तू छोकरी अपने को समझती क्या है री? अपने इस रूप का इतना घमंड क्यों है री तुझे? अतिरूप से ही जनकसुता हरी गई थी, इतना याद रख छोकरी! तब से बस एक ही तसला गारा लाई है!'

अतिरूप से हरे जाने का भय दिखाकर डराई गई उस सुन्दरी जनकसुता को देखने का लोभ, एक दिन सिंह भी नहीं संवरण कर सका। तसला सिर पर धरे, ढीठ चाँदमनी जान-बूझकर ही अलस मन्थर गति से चली जा रही थी कि बूढ़ा ठेकेदार कर्कश स्वर में चीखा, 'तुमसे अब काम नहीं होने का। घाघू से आज ही कहना होगा कि तुझे अब बीरू को सौंप दे। एक लाठी धरेगा बीरू और यह कमर की लचक-पचक सब भूलकर रह जाएगी।' खिलखिलाकर चाँदमनी हँसी और चौंककर डॉक्टर की आँखें स्वयं उठ गईं। बाँस-वनों के झुरमुट से घिरे उस जंगल में सन्ध्या नित्य कुछ समय से पूर्व ही उतर आती थी। झुटपुटे अन्धकार के म्लान कैनवस पर तसलाधारिणी मुग्धा की वह साँवली-सलोनी छवि, सिंह को किसी कलाकार के बनाए काले लिनोकट-सी ही आकर्षक लगी। चटपट उसने खिड़की बन्द कर दी। अच्छा, तो वही थी घाघू की बेटी! एक दिन वह कुछ कह तो रहा था कि उसकी एक ही बेटी है, उसने सगाई भी कर दी है, पर ठेकेदार के यहाँ काम कर रही है, कुछ पैसे कमा लेगी तो ब्याह देगा।

घाघू माँझी, जमींदार साहब का सन्थाल भृत्य था और उन्होंने उसे मित्र-पुत्र की सेवा के लिए वहीं भेज दिया था। काले हब्शी-सा वह चुपचाप रहनेवाला भृत्य, परदेशी नवीन स्वामी की भाषा न समझने पर भी उसके एक-एक आदेश को ऐसे पूरा कर देता कि सिंह दंग रह जाता। ऐसे कदर्य-कुत्सित पिता की पुत्री ऐसी सुन्दर कैसे हो गई होगी! बड़ी देर तक पुस्तकें पढ़ता सिंह दूसरे दिन देर तक सोता रहा। अचानक तीखे अपरिचित नारी कंठ को सुन, वह हड़बड़ाकर उठ बैठा। देखा, उसकी खिड़की पर खड़ी सुन्दरी चाँदमनी ठेकेदार को अँगूठा दिखा रही है। वह जिस भाषा में

हँस-हँसकर अपनी सखियों से जो कुछ कह रही थी, उसका एक शब्द भी सिंह के पल्ले नहीं पड़ा, पर अँगूठा प्रदर्शन की विजयी मुद्रा से वह जान गया कि वह अब ठेकेदार के यहाँ काम नहीं करेगी।

अचानक उसने खिड़की बन्द कर दी और उसकी ओर मुड़कर हँसने लगी। दूर से आकर्षक दीखनेवाली यह श्यामांगी निकट से देखने पर निश्चित रूप से सुन्दरी थी। मोती जैसे उजले दाँतों की मनोहारी पंक्ति को पहले सिंह देखता रहा, फिर अचानक उसे स्मरण हो आया कि वह केवल नाइटसूट का पायजामा ही पहनकर सो रहा था। उसका चेहरा लाल हो गया। कैसी बेहया लड़की थी यह, उसके नग्न शरीर को कैसी मुग्ध दृष्टि से देख रही थी! प्रकृति भी कैसी उल्टी गंगा बहा रही थी!

'कौन हो तुम? यहाँ कैसे चली आईं? घाघू-घाघू!' सिंह ने विवश स्वर में हाँक लगाई।

तभी उस वनकन्या ने मराल ग्रीवा को झटके से पीछे कर अपनी पहाड़ी झरने की-सी मीठी हँसी से कमरा गुँजा दिया।

'चैचाद्दिश कैनो रे बाबू?' (चिल्ला क्यों रहा है रे बाबू)—फिर अपने गूँगे पैंटोमाइम से उसने माथे पर हाथ धर, नकली खाँसी खाँस अपनी कलाई पकड़कर उसे समझा दिया कि घाघू बीमार है और अब वही काम करेगी।

अजीब मूर्ख है जंगली घाघू। अपनी इस सुन्दरी चंचल पुत्री को उसने परदेशी युवक के कमरे में भेज कैसे दिया!

फिर तो कुछ ही घंटों में चाँदमनी ने उसके कमरे की छत ही किसी प्रचंड गति के साइक्लोन की भाँति उड़ाकर धर दी थी। पहले महा उत्साह से उसके लाल जूते पर काला पालिश पोत आई। जब तक वह जूते की दुर्गति देख, छीनने लपका, नये लाल जूते का अर्द्धांग काला बन चुका था। फिर उसने स्टोव में न जाने कितने अनाड़ी पम्प भर डाले कि मिट्टी के तेल की फुहारें छोड़ता स्टोव क्रुद्ध सर्प-सा फुँफकारने लगा। भागकर झुंझलाए सिंह ने स्टोव बुझाया और हाथ हिला-हिलाकर उसे दूध का कटोरा, डबल रोटी दिखाकर समझाया कि वह चली जाए। खाने को यह सब है, वह खा लेगा। मुस्कराकर वह ऐसे बैठ गई, जैसे वह समझ गई हो। तब बैठ क्यों गई? हारकर वह अपने पलँग पर बैठ गया। बड़ी देर तक जब उसके जाने की आहट नहीं मिली तो उसने सहमकर चौके में झाँका। देखा, तो सुन्दरी चाँदमनी दूध के कटोरे में समूची डबलरोटी डुबो-डुबोकर खा रही थी। नवीन स्वामी

को देखते ही निर्दोष हँसी से साँवला चेहरा उज्ज्वल हो उठा।

'तुई बोलेहीश खा।' (तूने कहा था—खा) उसने कहा।

हाय रे दुर्भाग्य! पता नहीं, ये कुछ-का-कुछ समझनेवाली पगली, कभी कुछ अनर्थ न कर बैठे। खा-पीकर चाँदमनी उसकी भोजन-व्यवस्था में जुट गई। न जाने कहाँ से वह आँचल में ढेर सारी 'शुकटी' (सुखाई गई छोटी मछलियाँ) ले आई थी, उन्हीं को तेल में चटपट भूँजकर वह पल-भर में आतप चावल राँध लाई। मेज पर चावल की प्लेट लगाकर उसने गलाया गर्म गाय का घी, महा औदार्य से स्तूपाकार चावल पर बिखेर दिया। जितनी देर वह खाता रहा, वह स्वयं चौके के अन्तराल में छिप गई। शायद वह जान गई थी कि उसकी उपस्थिति संकोचशील अतिथि को पेट-भर खाने नहीं देगी। वह हाथ धोने उठा तो अपने पिता ही की भाँति चिलमची, जग, तौलिया लेकर उपस्थित हो गई। तसले में सीमेंट-गारा ढोनेवाली वह मजदूरनी कैसे यह सब सीख गई थी।

तीन ही दिनों में उस कर्मपरायण सुन्दरी-सेविका ने अपनी निःस्वार्थ सेवा से सिंह को ऐसा जीत लिया कि तीन दिन पूर्व जिसकी वन्य उपस्थिति युवा डॉक्टर को झुँझलाहट से बौखला देती थी, अब उसी के आने का समय होता, तो उसकी आँखें स्वयं ही दर्पण की ओर उठ जातीं। पहले दिन अपनी छाती और पीठ की नग्नता का स्मरण कर वह लज्जा से लाल पड़ गया था और नाइट कोट ढूँढने को छटपटा उठा था। अब स्वयं ही वह अपने पौरुष का दर्पण उस किशोरी की आँखों पर डाल, उसे चौंधिया देता और वह मुग्धा एकटक उसकी नंगी छाती को देखती रहती। अधूरा डॉक्टर, शायद नवीन प्रेमिका को प्रभावित करने के लिए ही उसके पिता की पसलियाँ ठोंक-पीट, एक छोटा-मोटा नुस्खा भी लिख आया था। चाँदमनी की बड़ी आँखें प्रशंसा में विस्फारित होकर और बड़ी हो गई थीं।

कभी-कभी प्रणयकेलि में डूबी याचिका को चूल्हे पर जलती मछली का ध्यान ही नहीं रहता। जलाँध पाकर वह मछली उतारने भागती तो युवा प्रेमी उसे फिर बाँहों में खींच लेता।

कैसी अद्भुत देहगन्ध थी उस वनकन्या की! नई बन रही इमारत की सोंधी गन्ध ही उसके शरीर में रिस गई थी, या कच्ची ताड़ी के रस की मादक सुगन्ध थी, उस मधुर श्वास-प्रश्वास में। कैसा सरल आत्मसमर्पण था उसका! एक बार तरुण डॉक्टर के संस्कारी चित्त के अधमरे विवेक ने विरोध

में गर्दन उठाकर घोर आपत्ति भी की थी—यह तुम्हारा सरासर अन्याय है, क्या परिणाम से आँखें मूँद रहे हो? इस निर्दोष अनुभवहीन किशोरी के साथ की गई छलना, क्या तुम्हें जीवन-भर नहीं डसेगी?'—पर उद्दाम मुँहफट चौबीस वर्ष का यौवन, सोलह वर्ष का कैशोर्य, तालतमाल अरण्य से घिरा अतिथिगृह और डूबती सन्ध्या—सब मिल-जुलकर विवेक को मुँह, हाथ-पैर बाँध दूर कोने में पटक देते। क्रूर नियति दोनों को शतमुखी विनिपात की खाई में खींच ले गई।

चाँदमनी सचमुच ही चन्द्रपातमणि-सी ही तेजस्वी बनती जा रही थी। सातवें दिन घाघू स्वस्थ होकर लौट आया। चाँदमनी को कभी-कभी वह उसके पिता के सम्मुख ही हँसी-हँसी में छेड़ देता।

'क्यों घाघू कब कर रहे हो इसका ब्याह? बीरू तो कह रहा था, इसी बैसाख में वह इसे ब्याह ले जाएगा।'

बीरू माँझी का नाम सुनते ही वह भड़क उठती। घाघू कुछ कहता, इससे पहले ही वह कहती, 'बीरू मुखे आगुन' (बीरू के मुँह में आग)। सात दिन के लिए आए पाहुने को बीस दिन हो गए थे। चाँदमनी नित्य आधी रात को निर्भीक अभिसारिका बनी, उसकी खिड़की के नीचे खड़ी हो जाती। दो लम्बे-लम्बे हाथों की रस्सी उसे ऐसे ऊपर खींच लेती, जैसे वह कागज का फूल हो।

एक दिन दोनों हाथ उसे उठाने झुके तो वह नित्य की भाँति खड़ी नहीं थी। महुआ वृक्ष के नीचे बैठी उल्टी कर रही चाँदमनी थोड़ी ही देर में फिर हँसती खिड़की के नीचे खड़ी हो गई। 'आज मौसी ने ढेर-सा रस पिला दिया, इसी से सिर चकरा गया।' उसने हँसी के फूल बिखेर दिए।

सिंह रात-भर नहीं सो पाया। क्या मौसी के पिलाए ताड़ी के रस से ही उसका माथा चकराया था? ईश्वर करे ऐसा ही हो। सारी रात वह यही मनाता रहा। दूसरे दिन उठते ही उसने अपना सामान बाँध लिया। चाँदमनी उस दिन अपनी मौसी के साथ शिउड़ी के मेले में रस बेचने जा रही थी। चाँदमनी से उसने अपने जाने की बात ही नहीं की और चुपचाप खिसक गया। चलने लगा तो उसने घाघू के हाथ में सौ-सौ के दो नोट धर दिए। कॉलेज फीस के लिए धरे दो सौ घाघू के हाथ में धर उस मूर्ख स्वार्थी युवक को लगा था कि वह संसार का सबसे उदार व्यक्ति है।

इतने रुपए! सरल घाघू की आँखें ही फट गई थीं। ऐसी टिप तो उसे

जमींदार साहब के अतिथियों ने कभी नहीं दी। 'चाँदमनी के ब्याह में लगा देना।' उसने फिर बुजुर्गाना आवाज में कहा था, 'अब विवाह में देरी मत करना घाघू!'

फिर तीसरे ही महीने डॉक्टर सिंह ने पिता को अपने विवाह की स्वीकृति दे दी थी। इतने वर्षों तक अपने वैभव और प्रभुता के मद से अन्धा बना वह जान-बूझकर ही अतीत को सशक्त भुजाओं से पीछे ढकेलता रहा था, पर आज उन सशक्त भुजाओं की शक्ति चुककर रह गई थी। जिस सरला किशोरी को वह असहाय अवस्था में छोड़कर भाग आया था—जिसके निःस्वार्थ आत्मसमर्पण की सुध शायद ही कभी सुख के क्षणों में आई थी—उसी साँवले चेहरे पर जड़ी दो करुण आँखों का मूक उपालम्भ आज उसे अपने जीवन के चरम दुःख के क्षणों में पागल बना उठा। अपनी निरुपायता, आवारापन उसे धिक्कारने लगा और वह फिर उसी विस्मृत गाँव की ओर भागने लगा।

पहुँचा तो दिन डूब चुका था। पंसारी की छोटी-सी दुकान कालचक्र में विलुप्त होकर, वहाँ एक जगमगाता डिपार्टमेंटल स्टोर खड़ा था। जमींदार साहब का पता पूछना व्यर्थ था, वह सन्थाल ग्राम की ओर बढ़ गया। वही वेणुवन और एक कद की, परेड-सी करती झोंपड़ियाँ। अँधेरे ने बढ़कर परिचित हाथ कन्धे पर धर दिया। अचानक विलाप का करुण स्वर सुनकर वह ठिठक गया।

"आ बलाई चाँद रे—सोना!"

उसका सर्वांग सिहर उठा। धीरे-धीरे उसने चोर की भाँति बढ़कर खिड़की से झाँका। पहले उसके जी में आया, वह जोर से चीख पड़े। छोटे-से कमरे का संकुचित क्षेत्रफल घेरे, जो लम्बी लाश पड़ी थी, वह तो स्वयं ही मृत्युंजय का जीवित संस्करण था। क्या वही पिता को चमत्कृत करने एक बार फिर अरथी में बँधने लौट आया था? वही चेहरा, देह की वही सुगठित ललाम-श्यामल कान्ति। उसके चारों ओर घेरा-सा बनाए सन्थाल स्त्रियाँ घुटनों में सिर डाले, करुण सिसकियों का वैसा ही छन्दबद्ध संगीत प्रस्तुत कर रही थीं, जैसा छत पीटने में किया करती थीं। मृतक के सामने पछाड़ खाती माँ को पार्श्व में बैठे व्यक्ति ने बड़े यत्न से उठाया और डॉक्टर सिंह ने कच्ची मिट्टी की दीवार थाम ली। बूढ़े बीरू माँझी को घनी सफेद मूँछों के बीच भी उन्होंने पहचान लिया।

"मत रो चाँद, वह अब क्या तेरे रोने से लौटेगा?"

उन्मादिनी चाँदमनी एक बार फिर पछाड़ खाकर गिर पड़ी।

डॉक्टर सिंह मुड़े और तेज़ी से भागने लगे। कुछ पलों के लिए शायद वह सचमुच ही मानसिक सन्तुलन खो बैठे थे। उन्हें लग रहा था, उन्मत्त सन्थाल भीड़ उनका पीछा कर रही है, मृत बलाई की लाश लेकर। उन्हें पकड़, वे अरथी उन्हीं के कन्धों पर टिका देंगे। हाँफते पसीने से लथपथ जब डॉक्टर सिंह बोलपुर पहुँचे तो सब पैसेंजर गाड़ियाँ जा चुकी थीं।

"पर मुझे तो अभी जाना है।" उन्होंने फटे स्वर में कहा।

"अभी कोई गाड़ी नहीं जाएगी साहब।" छोकरे स्टेशन मास्टर ने उस विक्षिप्त-से व्यक्ति के प्रश्न के उत्तर में कहा, "एक मालगाड़ी यार्ड में अवश्य खड़ी है। आठवें दिन कलकत्ता पहुँचेगी, चाहें तो उसी में चले जाइए।" पर उसके व्यंग्य को ग्रहण करने की अवस्था भी शायद उनकी नहीं रही थी।

"धन्यवाद, धन्यवाद।" कहता वह नित्य एयरकंडीशन गाड़ी में यात्रा करनेवाला सुरुचि-समृद्ध स्वामी, चोरों की भाँति इधर-उधर देखता, सचमुच ही मालगाड़ी के डिब्बे में बैठ गया। सहयात्री थे बड़ी-बड़ी दाढ़ीवाले दो पछाँही बकरे और चार गायें।

सबने एकसाथ चौंककर, उस डरे-सहमे यात्री को देखा, फिर जुगाली करती बड़ी-बड़ी करुण आँखोंवाली गाय ने सींगों की स्वीकृति दे दी, जैसे सबकुछ जान गई हो।

अंजर-पंजर हिलाती मालगाड़ी चली।

बकरों के साथ-साथ वह भी धक्का खाकर गिरा, फिर तिकोनी खुली खिड़की पकड़कर बैठ गया। खिड़की के उसी छिद्र से वर्षों पूर्व के परिचित स्टेशन एक-एक कर हाथ मिला गए। मुस्करा, बोनपास, तालित और भेदिया—गीली घास और गोबर मिश्रित सुगन्ध, उसे संसार की सर्वश्रेष्ठ सुगन्ध लगने लगी। अपने दोनों परिष्कृत रुचि के नथुने भींचकर उसने आँखें मूँद लीं। पास खड़ा दढ़ियल पछाँही बकरा उसका घुटना चाटने लगा। शायद एक पशु ने दूसरे पशु को अब पहचान लिया था। हिलती मालगाड़ी के कम्पन से, टुनटुनाती गाय के गले की घंटियाँ बज रही थीं। डॉक्टर सिंह को लगा, वह किसी पवित्र देवस्थल में बैठे हैं और उसी मन्दिर की नन्हीं घंटियाँ बजने लगी हैं।

"मुझे यह दंड क्यों दिया प्रभो?" पन्द्रह दिन पूर्व, जवान बेटे की अरथी पकड़, इस मूर्ख ने विधाता के न्यायालय में अपनी तर्कहीन नालिश की थी।

जिसने जीवन-भर कभी जन्मदाता का स्मरण नहीं किया, उसी नास्तिक सन्तान के कमजोर मुकदमे का निर्णय देने शायद वह न्यायप्रिय न्यायाधीश उसे इतनी दूर ले आया था।

मृत्युदंड सुनकर, बहुत-से अभियुक्त चेहरे पर स्वयं ही रूमाल बाँध लेते हैं।

डॉक्टर सिंह ने अपने काँपते घुटनों में मुँह छिपा लिया।

मन का प्रहरी

आज तक मुझे अपनी अन्तःप्रेरणा पर बड़ा गर्व था, पर आज सचमुच ही मेरा दर्प अचानक हाथ से गिर गए दर्पण की भाँति, यथार्थ की धरा पर गिर, चूर-चूर होकर बिखर गया है।

बैंक के काउंटर पर मेरा उससे प्रथम परिचय हुआ था। हाथ का टोकन काउंटर पर अधैर्य से ठनकाती वह पूर्वपरिचित न होने पर भी काकदृष्टि से मेरी ओर देखकर ऐसे मुस्कराई थी, जैसे वर्षों से मुझे जानती हो। मैं चैक लिख ही रही थी कि पेन की स्याही चुक गई। झुँझलाकर मैं पेन को झटक रही थी कि उसने चट अपना पर्स खोल, अपनी कलम मेरी ओर बढ़ा दी। 'धन्यवाद' कह मैंने कनखियों से पेन की स्वामिनी के चौकोर पर्स की महीयसी काया देख ली थी। निश्चय ही ऐसी चमक किसी नकली अजगर की चमड़ी में नहीं हो सकती थी। कम-से-कम दो-ढाई सौ का तो होगा ही। पेन लौटाने लगी, तो उसकी अनामिका और कनिष्ठा में जगमगा रही पन्ने और हीरे की अँगूठियों और फिर उसके चेहरे पर मेरी दृष्टि पड़ी। उस सन्तनी-से चेहरे की शान्त भव्यता ने मुझे सचमुच ही प्रभावित कर दिया था। अवस्था ढल रही थी, किन्तु अस्तगामी सूर्य का अस्तप्राय तेज पूरे चेहरे को रँगकर अस्वाभाविक रूप से तेजस्वी बना रहा था। उन बड़ी-बड़ी स्निग्ध आँखों का तीव्र तेज अब भी किसी प्रणयी पुरुष को झुलसा सकता था। उस प्रौढ़ा के अंग-प्रत्यंग से यौवन की छलनामयी मादकता जैसे छलकी पड़ रही थी।

मैं अपना चैक भुनाकर लौटी, तो वह भी मेरे साथ थी। मैं उसके लुभावने स्मित का औपचारिक प्रतिदान अपने सामान्य से स्मित के रूप में देकर आगे बढ़ गई और रिक्शा बुलाने लगी। उसने फिर अपनी उसी मोहिनी हँसी के जाल में बाँधकर मुझे घेर लिया, 'रिक्शा क्यों बुला रही हैं? कहाँ जाएँगी?

चलिए, मैं आपको छोड़ दूँ।' उसका यही सौजन्यपूर्ण शिष्टाचार मुझे चलते-चलते मैत्री का आह्वान दे गया।

उस शहर में हम दोनों दो वर्ष रहीं और इस बीच वह मेरे इतने निकट आ गई, जैसे मेरी बालसखी रही हो। मैं उसके बारे में सबकुछ जान चुकी थी और वह मेरे बारे में। हम दोनों के समाज, मित्रों के दायरे और किसी अंश में रुचि में भी धरती-आकाश का अन्तर था। जब भी मैं उससे मिलने जाती, उसके सुरुचिपूर्ण ढंग से सँवरे गोल कमरे में पसरे एक-आध लम्ब-तड़ंग गैरिक वसनधारी को देख उलटे पाँव लौटने लगती, तो वह भागकर मुझे बाँहों में घेरकर फुसफुसाती, 'अरी, इनकी चरणधूलि लिये बिना तुझे नहीं जाने दूँगी। कल ही तो स्टेट्स से लौटे हैं। आज मेरे यहाँ इनका गीता का प्रवचन है। आएगी तू?'

'नहीं।' मेरा रूखा उत्तर उसके गाल पर चाँटा-सा लगता।

पर वह हँसकर दूसरा गाल बढ़ा देती, 'एक-आध भंड साधू तूने देखे होंगे...तो क्या कोई पहुँचा सिद्ध हो ही नहीं सकता?'

मेरी तो यह दृढ़ धारणा थी कि किसी सिद्ध की जितनी ही पहुँचने की प्रसिद्धि होगी, वह उतना ही बड़ा ठग निकलेगा। पहुँचे सिद्ध किसी गृहस्थ के यहाँ धार्मिक प्रवचन कर अपनी ख्याति की गठरी नहीं बाँधते। किन्तु फिर भी रुचि एवं वयस के अन्तर को तोड़ती-फोड़ती हमारी मैत्री किसी वेगवती नदी की धारा की भाँति मार्ग के रोड़े-कंकड़ों को धो-पोंछकर बहा ले गई। वयस में छोटी होने पर भी जीवन का अनुभव मुझे अधिक था। मैं पत्नी थी, माँ थी। अपने गृहिणी और मातृत्व पद का अभिमान कभी-कभी मेरे कथन या व्यवहार में छलक उठता, तो वह सिमटकर सिकुड़ जाती। मेरी निधि थी सुखी गृहस्थी की। वह बेचारी अपने नीरस अध्यापन-कार्य-भार से मुक्ति पाकर लौटती तो कभी-कभी मुझे फोन कर पूछती, 'क्यों, क्या कर रही हो? बड़ी अच्छी पिक्चर लगी है...चलेगी क्या?' किन्तु मैं इनकार कर देती।

न उससे कोई रूठनेवाला था, न उसे मनानेवाला। अपनी तनख्वाह की मोटी रकम को वह मनमाने ढंग से खर्च कर सकती थी। मृत पिता ने नैरोबी में लाखों रुपया कमाया, किन्तु उनकी वही सम्पत्ति उसकी माँ की सौत बन गई। पिता हरसुखलाल पटेल के पास प्रायः एक विदेशी विमान परिचारिका छुट्टियाँ बिताने चली आती थी। विदेश की हवाई यात्रा में उससे उनका परिचय हुआ था। उसी परिचय ने प्रगाढ़ मैत्री और प्रणय का रूप ले लिया।

उसका विवेकहीन चित्त, जब रस्सी तुड़ाकर भाग रहे हुडेल बछड़े-सा दौड़ रहा था, तब उनकी दृष्टि अचानक अपनी विवाह योग्य युवती पुत्री पर पड़ी। इसी समय पुत्री की सरला जननी ने आत्महत्या कर ली। फिर वह पढ़ने अपनी मौसी के पास बनारस चली आई थी।

"तुमने विवाह क्यों नहीं कर लिया, अनुराधा?" मैंने पूछा।

वह हँसकर बोली, "कौन करता मुझसे विवाह?"

"कैसी मूर्खता की बातें करती हो! आज भी यदि तुम साहस कर अपना स्वयंवर रचा लो, तो एकसाथ कई राजकुमार तुम्हारी वरमाला ग्रहण करने अपनी गरदन झुका देंगे!"

मोटे लेंस का अपना मर्दाना चश्मा उतारकर वह रख देती, तो मैं उसे देखती ही रह जाती। इस वयस में भी जो इतनी आकर्षक है, अपने यौवनकाल में कैसी रही होगी! क्या दुःसाहसी विवेकहीन अनंग उस महिमामयी तापसी के लुभावने अंगों को अछूता ही छोड़ गया होगा।

"मैं मान ही नहीं सकती अनु, कि कोई तुम्हारे प्रेम में चकरघिन्नी खाकर नहीं गिरा होगा?"

"क्या रोज-रोज एक ही प्रश्न पूछती हो? सच कहूँ, जब एक-एक कर पात्र जुटने लगे, तब मेरी रुचि ना-ना करती रही। कोई मुझे जँचता ही नहीं था। जब रुचि ने समझौता करने का निश्चय किया, तब कोई पात्र ही नहीं रहा।"

"ओह, इसका मतलब, कोई पात्र था अवश्य?" मैंने हँसकर कहा।

"सुनो, मेरे मौसा गम्भीर प्रकृति के व्यक्ति थे। न वह कहीं आते-जाते थे, न मौसी। फिर वहाँ कौन-सा पात्र जुटता!"

"झूठ मत बोलो अनु! तुम्हीं ने एक दिन कहा था ना कि तुम्हारे मौसा अंग्रेजी विभाग के अध्यक्ष थे और दिन-रात उनके छात्र उन्हें घेरे रहते थे? क्यों, उसी घेराव की भीड़ में तुम्हारा प्रशंसक भी था ना?"

उसके आकर्षक चेहरे पर भावावेश की रेखाएँ खिंच गईं, चिबुक पल-भर को काँपा, एक क्षण को वह हिचकिचाई, फिर बिना किसी संकोच के वह मुझे अपने विस्मृति यौवन-दुर्ग के उस खँडहर में खींच ले गई, जहाँ न वैराग्य था न संयम; न संकोच, न चित्तवृत्ति-निरोध। आश्वस्त होकर उसने चाय का प्याला उठा लिया। फिर उसका संकोच जैसे उसकी जीवन-कथा के तीव्र प्रवाह के साथ बहता चला जा रहा था! कैसा निष्कपट आत्मनिवेदन था, किन्तु

कितना निर्लज्ज! अनु के मौसा के यहाँ आनेवाले छात्रों में मधुकर का व्यक्तित्व एकदम अनोखा था। उसके श्यामवर्णी चेहरे का आकर्षण अद्‌भुत था। अनु रीझी थी उस मेधावी युवक की प्रतिभा पर और वह डूबता चला गया, उस अभिराम मुखाकृति के सौन्दर्य-चिन्तन में।

''मैंने पापा को भी लिख दिया था, मेरे लिए पात्र ढूँढ़ने का सिरदर्द अब उन्हें मोल नहीं लेना होगा। लिखना आवश्यक भी हो गया था। कब क्या हो बैठे, इसका कुछ ठिकाना था! वी हैड गान टू फार...''

मैंने चौंककर उसे देखा और फिर तो मुझे चौंकाकर ही हार नहीं मानी, सहमाकर ही छोड़ा।

बनारस के घाटों पर युगल प्रेमियों का वह दुःसाहसी जोड़ा आधी-आधी रात तक घूमता रहता। बजरे पर प्रेमी की गोदी में लेटी निःशंक अनु गुनगुनाती दूर-दूर तक निकल जाती। कभी-कभी घाट पर जल रही चिताओं की आँच जैसे निकट से आकर उन्हें छू जाती और बजरेवाले को बीच घाट में बजरा ले चलने का आदेश देता मधुकर सलोनी सहचरी के मदालस चेहरे पर झुक जाता...

मधुकर क्यों उस पर रीझा था, यह समझते मुझे देर न लगी।

इकलौती पुत्री का पत्र पाते ही उसके पापा आग-बबूला होकर स्वयं उपस्थित हो गए थे। अपने एक प्रवासी व्यवसायी मित्र सूमा सेठ के पुत्र से वह एक प्रकार से अनु का सम्बन्ध स्थिर कर चुके थे। बनारस पहुँचते ही उन्होंने अनु को भविष्य का भयावह चित्र खींचकर सहमाने की चेष्टा की थी, ''मैं तुम्हें एक पैसा नहीं दूँगा! और तुम कह रही हो कि वह छोकरा अभी रिसर्च कर रहा है। तुम क्या घास-पात खाकर पढ़ाई पूरी करोगी?''

''नहीं पापा, आप मेरी पढ़ाई की चिन्ता न करें। हमने सब सोच लिया।''

उसका ठंडा स्वर पापा को और भी गरमा गया था, ''खाक सोच लिया है! तुम गुजराती हो। एक-एक संस्कार तुम्हारे गुजराती हैं। गुड़ डली दाल बिना तुम एक गस्सा भी नहीं खा पातीं। मुझे याद है, उस बार फ्रांस में भी तुमने अपने सूप में चीनी की क्यूब डाल ली थी, और अब तुम्हें मिलेगी खट्टी साँबर और इडली!''

''मैं अपनी साँबर में चीनी डाल लूँगी पापा, और इडली तो एकदम हमारे गुजराती ढोकले से मिलती है!'' मुस्कराकर पापा को गुदगुदाने की अनु की यह चेष्टा व्यर्थ हो गई थी।

"ठीक है, तुम्हें कुएँ में कूदना है, तो आँख पर पट्टी बाँधकर मैं तुम्हें नहीं कूदने दूँगा। मैं उससे कुछ प्रश्न तुम्हारी ही उपस्थिति में पूछूँगा। यदि मेरी परीक्षा में वह खरा उतरा, तो चाहे मद्रासी हो या हब्शी, मुझे उसे जामाता बनाने में कोई आपत्ति नहीं होगी। ऐंड इफ ही फेल्स, तो तुम्हारा पति वह भले ही बन जाए, इस जीवन में मेरा दामाद कभी नहीं बन सकता, नेवर!"

अनु मन-ही-मन मुस्कराती मधुकर को बुला लाई थी। कीमती कपड़े पहने, मुख में सिगार दाबे, उस रोबदार व्यवसायी को देखते ही मधुकर हतप्रभ-सा खड़ा रह गया था। चंचला लक्ष्मी के सम्मुख धीर-गम्भीर सरस्वती सकुचाकर रह गई थी। अनु के पिता के दृष्टि-निक्षेप में घोर तिरस्कार भरा था। भौंहें सिकुड़कर भयानक हो गई थीं। लग रहा था, आँखों-ही-आँखों में उन्होंने मधुकर के पूरे शरीर का एक्स-रे ले लिया है। कमीज़ के भीतर पहनी गई फटी बनियान, जूतों के भीतर यत्न से छिपाई गई जुराबों की फटी एड़ियाँ, घर पर धुला जीर्ण रूमाल और भीतर की जेब में छिपी सस्ती कलम सबका चित्र जैसे उन पास-पास सटी दो क्रूर आँखों में उतर आया। गरजकर उन्होंने अपने प्रश्न का पहला हथगोला फेंका था, "तुम अनु से विवाह करना चाहते हो?"

"जी हाँ...!" मधुकर का स्वर कुछ काँप गया था।

"दस रुपए में यदि कहीं हाथी बिक रहा हो, तो क्या तुम खरीद लोगे?"

इस अजीब-से सवाल पर मधुकर सोच ही रहा था कि वह उत्तेजना से बँधी मुट्ठियाँ सामने धरी मेज पर पटकते फिर गरज उठे, "बोलते क्यों नहीं! हाथी को खरीद लेने पर उसे द्वार पर स्थायी रूप से बाँधकर खिला सकोगे?" मधुकर चुप था।

"क्या करते हैं तुम्हारे पिता?" कहकर, अब हँसकर उन्होंने दूसरा हथगोला फेंका और उनके इसी दूसरे प्रश्न ने नादान प्रेमी युगल के सुख-स्वप्नों की धज्जियाँ उड़ा दीं। यही तो नहीं कह सकता था वह। पिता के अभिशप्त जीवन-इतिहास को न उगलते ही बनता था, न निगलते।

प्रेमी की हिचकिचाहट देख अनु उतावली बनी स्वयं आगे बढ़ आई थी, "वह स्वतन्त्रता संग्राम में जेल गए थे। है ना मधुकर?"

"गए थे या अभी भी जेल में हैं, क्यों मधुकर?" पटेल ने हँसकर पूछा, तो मधुकर काँप उठा। उसे लगा, जैसे संसार की कोई भी शक्ति उसे उबार नहीं सकती। क्रोध से जलते हुए वह एक बार फिर गरजे थे, "क्यों कहाँ हैं

तुम्हारे पिता?"

बम्बई की एक प्रसिद्ध अभिनेत्री की हत्या के अपराध में उसके पिता आजन्म कारावास का दंड भोग रहे थे। माँ ने बहुत पहले ही आत्महत्या कर ली थी। यह सब बात वह अनु से अदल-बदलकर कहता चला आया था; किन्तु अनु के पिता को छलना आसान नहीं था। भारत पहुँचने के पहले ही उनके विश्वासी गुप्तचरों का दस्ता स्वदेश पहुँच, सबकुछ पता लगा चुका था।

"सुन ले छोकरी!" उन्होंने अनु से कहा, "जो व्यक्ति ऐसा सफेद झूठ बोलकर विवाह जैसे पवित्र सम्बन्ध को कलंकित कर सकता है वह निश्चय ही किसी दिन अपने हत्यारे पिता से भी अधिक निर्मम हत्या कर सकता है।"

दोनों हाथों से मुँह ढाँपकर अनु वहीं बैठ गई थी। उसे यह दुःख नहीं था कि उसका प्रेमी एक अभिनेत्री के हत्यारे का बेटा है, पर उसका प्रेमी झूठा है, लबार है, इस कटु सत्य का कड़वा घूँट वह किसी प्रकार कंठ-तले नहीं उतार पा रही थी।

फिर पिता ने कहा, "चल, अब तुझे यहाँ नहीं पढ़ना होगा। हो चुकी तेरी पढ़ाई! एक हत्यारे के बेटे से मैं तेरा विवाह नहीं होने दूँगा। और अगर तूने नहीं माना तो तेरे विवाह के दिन ही मैं तुझे उपहार दूँगा अपनी निर्जीव देह का!" यह कहकर, अपने जेब से रिवाल्वर निकालकर उन्होंने अपनी चौड़ी छाती पर धर लिया था।

"नहीं पापा, नहीं...नहीं!" कह अनुराधा सिसकती अपने पिता से लिपट गई थी।

"फिर?" मैंने साँस रोककर पूछा।

"फिर क्या!" अनुराधा हँसकर उठ खड़ी हुई, "मैं पापा के साथ नैरोबी चली गई। वहाँ की अधूरी शिक्षा पूरी की हारवर्ड में। पापा की बहुत इच्छा थी कि मैं विवाह कर लूँ। अपने मित्र को वाक्‌दान तो वह बहुत पहले ही कर चुके थे, किन्तु मित्र-पुत्र ने पी-पिलाकर अपना लीवर इतना चौपट कर लिया था कि विवाह होने पर मेरा सौभाग्य कठिनता से साल-दो साल ही कट सकता था। उसे सिरोसिस हो चुका था। एक प्रकार से मेरे अवांछित कौमार्य का धक्का ही पापा की आकस्मिक मृत्यु का कारण बना। वैसे उनकी मृत्यु मोटर-दुर्घटना में हुई थी। मृत्यु के एक दिन पूर्व वह मुझे यत्न से अपनी चल-अचल सम्पत्ति का लेखा-जोखा सौंप गए थे। फिर सब बेच-बाचकर मैं

स्वदेश लौट आई। आज ईश्वर की कृपा से विश्वविद्यालय में ऊँचे पद पर हूँ। मोटर हैं, बंगला है, पुष्पवाटिका ऐसी है कि मेरा माली हर पुष्प-प्रतियोगिता में पुरस्कार प्राप्त करता चला आ रहा है।''

''और तुम्हारी हृदय-वाटिका?'' मैंने हँसकर पूछा। अंग्रेजी की उस प्राध्यापिका का अचानक उत्फुल्ल मुखमंडल पौरुषपूर्ण और मृदुता-विहीन हो उठा।

''मेरी हृदय-वाटिका में न अब कभी गुलाब झूमेगा, न चन्द्र-मल्लिका!'' एक लम्बी साँस खींचकर वह म्लान हँसी के साथ चलने को उठ खड़ी हुई, ''खिजाँ से उजड़े चमन की अब फस्ले-बहार ही बची रह गई है, बहन!''

उसके जाते ही मन न जाने कैसे उदास हो गया था उस दिन। कौन कह सकता था कि बाहर से ऐसी हँसमुख, आनन्दी दिखनेवाली रोबदार डॉक्टर पटेल के हृदय में ऐसी वेदना निहित है। फिर भी उसके हास्य में, नेत्रों में, शब्दों में कैसी शान्ति थी। उसकी कहानी सुनने के पश्चात् उसके प्रति मेरा लगाव और भी घनेरा हो उठा। मेरा मन मुझसे बार-बार कहता था—अपने चरित्र-बल से सारे संसार को शुद्ध कर सकती है यह प्रभावशाली नारी।

एक दिन मैं उसके यहाँ गई तो देखा, बाहर एक स्कूटर खड़ा है। पहले तो मैं झिझकी। सोचा, लौट चलूँ।—इसी समय अनु ने मुझे देख लिया।

''वाह—वाह! एकदम ठीक समय पर आई। मैंने बड़ी बढ़िया कॉफी बनाई है। मुझे भीतर खींचकर उसने अपनी स्पेशल झागदार कॉफी का प्याला थमा दिया। दूसरा प्याला दीवान पर बैठे दूसरे व्यक्ति को थमाने लगी, तो मैं अचकचा गई। मुझे देखकर उसने भी उठने की चेष्टा की, तो अनु ने हँसकर हाथ से ही उसे बैठ जाने का आदेश दिया। फिर मेरी ओर मुड़कर बोली, ''यह मेरा सबसे प्रतिभाशाली छात्र है...प्रियतम महन्ती। नाम इसका बड़ा ही विचित्र...सो ईम्बैरेसिंग!'' मेरी दृष्टि फिर उस कमनीय चेहरे की ओर उठ गई। स्फटिक-सा गौर ललाट, शरीर सुगठित, बाल लम्बे-लम्बे और सुनहले, जो उसके कन्धों पर गिरकर मुखाकृति को और भी आकर्षक बना रहे थे। स्पष्ट था कि उसने अभी जीवन के उन्नीस-बीस वसंत ही देखे थे।

कॉफी पीकर मैं चलने को उद्यत हुई, तो अनु ने रोक लिया, ''अरे, बैठो! थोड़े पीचेज तो चखती जाओ! कल ही भवाली से निर्मला बेन ने पार्सल भेजा है। जाओ महन्ती, फ्रिज में धरे हैं, ले आओ।''

निर्मला बेन अनु की एकमात्र आत्मीया थी। वर्षों पूर्व उसकी यह मौसेरी

बहन भवाली रोग-मुक्ति के लिए आई थी और स्वस्थ होकर वहीं बंगला लेकर रहने लगी थी। महन्ती पीचेज लेने चला गया, तो अनु फुसफुसाकर कहने लगी, "इसका बाप उड़िया था और माँ कश्मीरी। दोनों ने प्रेम-विवाह किया था, पर बनी नहीं। बाप कैनेडा चला गया है, माँ शिपनडेल की किसी फर्म में सेक्रेटरी थी। उसने वहीं के मैनेजर से विवाह कर पुत्र को त्याग दिया है। गजब का मेधावी छात्र है। मेरे सुदीर्घ अध्यापनकाल में ऐसा छात्र मुझे आज तक नहीं जुटा। थोड़ी-बहुत सहायता कर देती हूँ।"

महन्ती प्लेट-भर आड़ू लेकर आ गया। अनु ने प्लेट मेरी ओर बढ़ा दी।

"तुम भी तो लो न, अनु!" मैंने कहा पर उसने प्लेट अपने प्रिय छात्र की ओर खिसका दी और हँसकर मुझसे कहने लगी, "लव सांग पढ़ा है न...डू आई डेयर टु ईट ऐ पीच...क्यों महन्ती?

आई ग्रो ओल्ड
आई ग्रो ओल्ड
आई शैल वियर द बॉटम्स ऑफ माइ ट्राउजर्स रोल्ड
शैल आई हार्ट माई हेयर बिहाइंड
डू आई डेयर टु ईट ए पीच!"

फिर वह ज़ोर से हँसकर कहने लगी, "देखो...देखो, कैसा शरमा रहा है बेचारा!"

बड़ी देर तक अनु की हँसी सुकुमार महन्ती के आड़ू-से ही लाल गालों की रक्तिम आभा को और रक्तिम बनाती रही। सचमुच किसी लजीली किशोरी का-सा ही निर्दोष चेहरा था लड़के का। कैसी कठोर-हृदय जननी रही होगी वह, जो ऐसे गन्धर्वकुमार-से सुन्दर पुत्र की मायाडोर स्वयं काटकर उड़न-छू हो गई। माँ नहीं थी तो क्या हुआ, भगवान ने उसे स्नेही अध्यापिका के रूप में दूसरी माँ दे दी थी, मैं सोचने लगी। फिर अनु क्या एक महन्ती से ऐसा लाड़ लड़ाती थी? सुना, विश्वविद्यालय में उसकी छात्र-मंडली ने उसका नाम धरा था जगद्धात्री। परीक्षा निकट आती, तो उसकी स्टडी छात्र-छात्राओं की भीड़ से भर जाती।

एक दिन मैं वहीं बैठी थी कि देखते-देखते छात्र-छात्राओं का एक जत्था भरभराकर भीतर घुस आया। मैं आश्चर्य से उन्हें देखती ही रह गई थी। हे भगवान, इनमें कौन उसके छात्र थे और कौन छात्राएँ? रंग-बिरंगे एक काट-छाँट के घंटानितम्बी पायजामे, शोख रंगों के खद्दर के ढीले कुरते और

अस्त-व्यस्त केशराशि। न उन चेहरों पर लावण्य था, न तेज। बड़ी कठिनता से मैं दल की दस छात्राओं को बीन सकी थी और उन दस चेहरों में एक चेहरा भी ऐसा नहीं था, जिसे देखकर आँखें ठंडा सकें।

अनु पटेल को घेरकर बैठे, उस दल को देख उस दिन एक धक्का मुझे और लगा था। उसके छात्रों के चेहरों के हाव-भाव में एक स्त्रैण छटा आ गई थी और छात्राओं की किशोरोचित धमा-चौकड़ी मुझे बड़ी अस्वाभाविक लगी थी। कोई अनु से प्रश्न पूछ रहा था, कोई चटपट गैस पेपर बना रहा था। प्रश्न-शर-सन्धान में पटु उस द्रोणाचार्य की छत्रछाया में न जाने कितने अर्जुन अभ्यासरत बैठे चहकते रहते, पर उसका एकान्तप्रिय एकलव्य अँधेरे कोने के अरण्य में बैठा-बैठा पूरी विद्या सुनकर ही ग्रहण कर लेता। किन्तु जब गुरु-दक्षिणा देने का अवसर आया तो द्रोणाचार्य की ही भाँति एक कठोर याचना कर बैठी थी उसकी गुरु।

उस बार पहला आनन्ददायक समाचार सुना, प्रियतम महन्ती की आशातीत सफलता का। एम.ए. के सफल छात्रों में उसने सर्वप्रथम स्थान प्राप्त किया था। और फिर जब दूसरा समाचार सुना, तो सिर चकरा गया कि प्रियतम महन्ती अपनी गुरु अनु का ही प्रियतम बन गुरु सहित अलोप हो गया था! मैंने सुना, तो स्तब्ध रह गई। अनुराधा कुछ ही घंटों में अपनी गृहस्थी का डंडा-डेरा उखाड़, छात्र सहित दिल्ली उड़ गई और वहीं से दोनों विदेश चले गए हैं, यह उसका अन्तिम समाचार मुझे मिल पाया था। नौकरी तो वह केवल समय काटने के लिए करती थी। उसी के शब्दों में उसके पिता के भारी बैंक-बैलेंस के सूद से ही वह बिना हाथ-पैर हिलाए एक आई.ए.एस. की तनख्वाह घर बैठे खींच सकती थी। घृणा से मेरा अंग-अंग सिहर उठा था। छिः-छिः, मुँह काला करना ही था, तो क्या वही अनाथ, अबोध छोकरा रह गया था! समय पर विवाह हुआ होता, तो इतना बड़ा तो उसका पुत्र ही होता, बल्कि इससे भी चार-पाँच वर्ष बड़ा—मैं चालीस वर्ष की हूँ—उसने स्वयं मुझसे कभी कहा था। कोई स्त्री क्या कभी किसी दूसरी स्त्री को अपनी ठीक वयस के कन्धे पर हाथ धरने देती है? कम-से-कम पैंतालीस की तो होगी ही। पूरे समाज की थुड़ी-थुड़ी ने उसकी भर्त्सना की। महीनों तक वह बेमेल विवाह पूरे शहर की चर्चा का विषय बन गया।

किन्तु समाज का सबसे बड़ा गुण है उसकी क्षमाशीलता। धीरे-धीरे वह बड़े-से-बड़े अपराध और अपराधी, दोनों को भूल जाता है। लोगों ने अब

उस विषय की चर्चा ही बिसरा दी थी।

धीरे-धीरे दो वर्ष बीत गए। इस बीच मैं अपनी गृहस्थी में ऐसी उलझी रही कि अनु के विषय में सोचने का न अवकाश मिला, न इच्छा ही शेष रही। उस दिन भी मैं अकेली बैठी लिख रही थी। कई दिनों से कुछ लिखा नहीं था। लिखने को जैसे कुछ शेष ही नहीं रहा था। पानी के छींटे मार-मारकर बासी सब्ज़ी को ताजा बना, ऊँची हाँक लगानेवाले सब्जीवाले की ठगी को, जैसे सजग ग्राहक पकड़ लेता है, कुछ-कुछ वैसे ही बासी कथानक को कोई कथाकार लाख नई शैली, भाषा, शब्द-विन्यास के छींटे मार-मारकर टटका बना ले, सजग पाठक उसकी ठगी को पकड़ ही लेता है। कौन-सा कथानक दुहरा सकती थी मैं? कई बार अनु की प्रेमकथा लिखने बैठ-बैठकर लेखनी पटक चुकी थी। एकसाथ उसके दोनों प्रेमी दुष्ट प्रेतात्माओं की भाँति मुझे संत्रस्त कर देते। मधुकर की प्रेमकथा लिखती, तो लेखनी में स्वयं सरस्वती उतर आती, पर प्रियतम महन्ती के अवतरित होते ही जैसे मेरी कलम उर्दू की उलटी लिपि लिखने लगती। किन्तु तब ही कहानी का अन्त स्वयं साकार होकर मेरा द्वार खटखटाने लगा। वाक्‌देवी के वरदहस्त का स्पर्श पाकर मैं पुलकित हो उठी।

''कौन!'' मैंने कागज-कलम खिसका द्वार खोला। एक पल को मैं खड़ी-की-खड़ी रह गई। पीली लुंगी पर गेरुआ कुरता, कंठ में सुमरनी, आधे से अधिक चेहरे को निगलता-सा आँखों पर लगा गोगो चश्मा, क्षीण कटि पर झूलती करधनी की नन्ही-नन्ही घंटियों को टुनटुनाता वह एक कदम आगे बढ़ा। यदि कन्धों तक झूलती वह सुनहरी अयाल न होती, तो मैं उसे न पहचान पाती। द्वार पर मेरी प्रौढ़ा सखी का तरुण प्रियतम खड़ा था।

''अरे, महन्ती! तुम आज कहाँ से आए?''

''मैं यहाँ आया था। सोचा, आपसे मिलता चलूँ। शायद आप उसका पता बता सकते।''

''किसका?''

''मेरी पत्नी का। मैंने अनु से दिल्ली में विवाह कर लिया था।'' उसने चश्मा उतारकर नीचे धर दिया। मैंने देखा, उसका चेहरा दो-तीन वर्षों में ही आश्चर्यजनक रूप से वयस्क हो उठा था। क्या यह उसकी सहचरी के अस्वाभाविक साहचर्य की देन थी?

मैं चौंक उठी थी, ''तुम उसके पति हो और पता पूछने मेरे पास आए

हो?''

''पति था, पर अब नहीं हूँ।'' वह अपनी दोनों लम्बी भुजाएँ नमस्कार की मुद्रा में बाँध, घुटनों के बीच दाबता झूला-सा झूलने लगा था।

''मैं जानती थी, मेरा मन बार-बार यही कहता था कि एक-न-एक दिन तुम निश्चय ही उसे छोड़कर भाग जाओगे। यदि पत्नी पति से चार-पाँच वर्ष भी बड़ी रही, तो दस वर्ष में वयस का यही सामान्य-सा अन्तराल दोनों के बीच बहुत बड़ी खाई बन जाता है, तुम तो अंग्रेजी साहित्य के छात्र थे, 'टवेल्वथ नाइट' नहीं पढ़ा था क्या?''

''नहीं!'' उसका स्वर विद्रूप से विकृत हो गया, ''झूठ कहा था आपके मन ने। मैंने उसे नहीं छोड़ा, उसने मुझे छोड़ दिया। मैं उसके बिना एक पल भी नहीं जी सकता...एक पल भी नहीं!'' फिर उसी कुर्सी की बाँहों में सिर रखकर वह लड़कियों की भाँति सुबकने लगा।

मैं हतप्रभ-सी खड़ी रह गई। उसने बताया, विवाह का एक वर्ष पूरे कांटिनेन्ट के दौरे के परम आनन्द में कब कट गया, दोनों जान ही न पाए। आर्थिक कठिनाइयों में बीता कैशोर्य सहसा अनु के वैभव के साये में नई करवट ले बैठा। विदेश के विशुद्ध दुग्धपान ने रक्तहीन चेहरे को पौरुष के तेज से दीप्त कर दिया। स्पेन और सिसली के बम गोले-से सन्तरों का रस गौर कपोलों पर छलक आया। विदेशी सिगरेट के छल्लों की धूम्ररेखा आरक्त नयनों में सलोने अंजन की रेखा खींच गई। जिस चिबुक पर लाख-लाख बार किया गया ब्लेड-घर्षण एक नन्ही-सी दाढ़ी भी नहीं उगा पाया था, उसी चिबुक पर अब पौरुष के स्पष्ट हस्ताक्षर थे। लम्बी झुकी मूँछों ने उस आकर्षक चेहरे को किसी चीनी अफीमची के चेहरे-सा भावनाहीन बना डाला था। अनु ने उस लम्बी मधुयामिनी में अपने वर्षों के दबे सारे अरमान पूरे कर लिये थे। पानी की भाँति पैसा बहाती, वह प्रियतम महन्ती को भृंगकीट की भाँति छाती से चिपकाए देश-विदेश के आकाशों में उड़ती रही थी और इसी विश्वव्यापी हनीमून के बीच उसे अचानक मिल गया था उसका पुराना प्रेमी मधुकर। भाग्य उन्हें एक ही होटल के अगल-बगल के कमरों में खींच लाया था। अपर्ना दबंग जर्मन पत्नी के कठोर अनुशासन से अदालती मुक्ति पाकर वह मुक्ति पर्व मनाने निकला था। प्रियतम उसके विषय में सबकुछ जानता था। अपने एकान्त के बीच अपनी सहचरी के पुराने प्रणयी की घुसपैठ उसे बेहद अखरने लगी। एक दिन वह आधी रात को उठा, तो उसके डबलबेड

का अर्धांग निःस्व था। वह उठकर बाहर जा ही रहा था कि द्वार खोलकर अनु आ गई।

''कहाँ गई थीं तुम?'' वह गरजा।

''नींद नहीं आ रही थी, बरामदे में टहल रही थी।''

उसके ठंडे स्वर ने जलती आग की ज्वाला को न बुझाकर और भी भड़का दिया था, ''बरामदे में टहल रही थी या बगल के कमरे में?'' उसने लपककर उसके कटे बाल पकड़कर खींच लिये थे। उसने उस दिन अनु को इतना मारा कि उसकी एक आँख सूज गई, होंठ कट गया और मरोड़ी गई कलाई सूज गई। उसने बेरहमी से अनु को मारा था। अनु उसके पैरों से लिपटने लगी थी :

''मुझे क्षमा करो प्रियतम! मैं कसम खाती हूँ कि मैं अब कभी मधुकर का मुँह भी नहीं देखूँगी!'' पर उसका मुँह वह अब चाहने पर भी नहीं देख सकती थी, वह तो कलह का आभास पाते ही भोर होने के पहले, अपना हिसाब चुकता कर, होटल का कमरा खाली कर गया था।

''फिर हम दोनों घर लौट आए। अनु को वहीं एक अच्छी नौकरी मिल गई थी। यह ठीक था कि उसने मुझे धन का कोई अभाव नहीं होने दिया। खाने-पीने की, रहने-घूमने की मुझे पूरी स्वतन्त्रता थी; किन्तु अनु बदल गई थी। मैं उसके कन्धे पर भी हाथ धरता, तो वह सिकुड़कर ऐसे सिमट जाती, जैसे उसके कन्धे पर प्रियतम महन्ती का हाथ नहीं, कोई लिजलिजी छिपकली गिर पड़ी हो। उसकी सम्पत्ति पर मेरा अधिकार था, पर उसके शरीर पर नहीं, यह वह कई बार बड़ी बेरुखी से स्पष्ट कर चुकी थी। किसी भी पति के लिए यह कितना बड़ा दंड है, आप समझ सकती हैं। जितना ही वह मुझसे कटती, उतना ही मैं उसे पाने को व्याकुल हो उठता। मैं पागलों की तरह इधर-उधर भटकने लगा। पेट की भूख और शरीर की भूख में कोई अन्तर नहीं है, मौसी! खाद्य-अखाद्य का अन्तर भूलकर मैं किसी कंगले भिक्षुक की भाँति जूठी पत्तलों पर टूटने लगा। उसी कंगली बिरादरी की पंगत में मुझे मेरे विदेशी इष्ट-मित्रों ने ऐसे अमृत बूटी चखाई कि मैं सब दुःख भूल गया। एक शुट लेता, तो न रहती अनु पटेल, न मधुकर। एक दिन उस आनन्द-मूर्च्छा से इहलोक में लौटा, तो अनु नहीं थी। मेज पर धरे लिफाफे पर मेरी दृष्टि पड़ी और मैं सब समझ गया। इस पत्र के साथ वह तीन-चार माह का खर्चा छोड़ गई थी। उसने लिखा था :

"हम दोनों ने बहुत बड़ी भूल की थी, प्रियतम! संसार की कोई भी शक्ति हम दोनों के बीच वयस की इस दूरी को पाट नहीं सकती। तुम्हारे लड़कपन को मेरे प्रौढ़ अनुभव का धैर्य कभी नहीं जीत पाया। जैसे अत्याधुनिक शल्य-क्रिया में किए गए हृदयारोपण के अनेक प्रयास आज तक असफल ही रहे हैं, एक-न-एक दिन प्रकृति नवीन अंग को रिजेक्ट कर देती है, ऐसे ही तुम्हारे प्रेम को भी मेरा शरीर जिस झटके से दूर पटक चुका है, उसके बाद अब मैं नवीन प्रयोगों में समय, शक्ति और अपना धन गँवाना महामूर्खता समझती हूँ। तुम्हें विदेश के सबसे विकट रोग ने ग्रस लिया है। इतने बड़े संसार में तुम चेष्टा करने पर एक-न-एक दिन अपनी समवयसी सहचरी जुटा ही लोगे। मैं मधुकर के पास जा रही हूँ।

तुम्हारी

अनु पटेल"

"एक बार भी उसने यह नहीं सोचा कि मैं उसके बिना एक पल भी नहीं जी सकता।" वह फिर सुबकने लगा।

मैंने उसके सिसकियों से काँपते कन्धों पर हाथ रखते हुए कहा, "तुम घर जाओ महन्ती! यू आर नॉट सोबर!"

"घर?" उसने फटी-फटी आँखों से मुझे देखा, "मेरा घर अब है ही कहाँ? कहाँ जाने को कह रही हैं आप?"

"जहाँ तुम टिके हो।" मेरा स्वर बेहद रूखा था।

"जानती हैं, कहाँ टिका हूँ?" वह आँसू पोंछता हुआ उठा और मुस्कराकर बोला, "एक भग्न मन्दिर के गूढ़ मंडप में। वहाँ एक बाबाजी के पास खासी खुराक जुट गई थी। कल तो चला ही जाऊँगा।"

"कहाँ?" मैं फिर पूछ बैठी।

"गोआ। वही तो हम अभागों का स्वर्ग है! मेरा एक जर्मन मित्र वहाँ कुटिया बनाकर रहता है। उसी ने बुलाया है।"

फिर अपनी मेखला की नन्ही घंटियाँ टुनटुनाता वह औघड़ अवधूत जाने को उद्यत हुआ, तो मैं भी उठ गई। गोरे अश्रुसिक्त कपोलों की आर्द्रता अभी सूखी नहीं थी। पहले वह नम्रता से हाथ जोड़कर झुका, पर फिर न जाने क्या सोचा, चट से मेरी चरणधूलि माथे पर लगा ली और हँसकर बोला, "अच्छा मौसी, अब मैं चलूँ।"

मैं कुछ कहती, इसके पहले ही वह लम्बी-लम्बी डगें भरता फाटक से

बाहर हो गया। मेरे मन के प्रहरी ने फिर मुझे हँसकर टोका, “रोकती क्यों नहीं? दो दिन का भूखा-प्यासा है, एक प्याला चाय तो पिला देती! कैसी बाल वैरागी की-सी निष्कपट हँसी है उसकी!” किन्तु अपने मन के इस छलिया प्रहरी से मेरा विश्वास अब उठ गया है। उस दिन अनु के लिए कहता था, यह सन्तनी है, किसी का अनिष्ट नहीं कर सकती। आज महन्ती को बाल वैरागी कह रहा है किन्तु मुझे यह प्रहरी लाख बहकाए, संसार के बड़े-से-बड़े वैरागी के वैराग्य को भी पहचानना अब मैंने सीख लिया है।

श्राप

आरम्भ में ही स्पष्ट कर दूँ—यह कहानी नहीं है। कल, मैंने उसे सपने में न देखा होता तो शायद मेरी लेखनी गतिशील भी न होती।

हठात् कल रात वह चुपचाप आकर, मेरे पायताने बैठ गई थी, उसी वधू वेश में, जिसमें उसे आज से दस वर्ष पूर्व, इसी फ्लैट में देखा था। न उसने कुछ कहा, न हिली, न डुली, फिर अपनी दोनों मेहँदी लगी गोरी हथेलियाँ, मेरे सामने फैलाकर वह फिक-से हँस दी। मैं हड़बड़ाकर उठ बैठी, सपना टूट गया, किन्तु सपने का आतंक नहीं गया।

दस वर्ष पूर्व भी मैं इसी फ्लैट में रहती थी। नीचे के फ्लैट की गृहस्वामिनी एक दिन अचानक मेरे पास एक छोटी-सी याचना लेकर उपस्थित हुईं। उनकी बड़ी बहन एवं भगिनीपति अपनी पुत्री का विवाह करने उनके फ्लैट में आ रहे थे। क्या मैं उन्हें कुछ दिनों के लिए, अपने दो कमरे दे सकूँगी? वैसे अपने एकाकी जीवन में, मुझे किसी प्रकार का व्याघात अच्छा नहीं लगता, किन्तु प्रतिवेशियों के प्रति सामाजिक कर्त्तव्यबोध ने, साथ-साथ किसी की भी कन्या के विवाह में यह सामान्य-सा सहयोग देने की बलवती इच्छा ने स्वयं मेरी सुविधा, असुविधा को पीछे ढकेल दिया। मैंने स्वीकृति दे दी। विवाह तिथि आसन्न थी, इसी से देखते ही देखते अतिथियों की भीड़ जुटने लगी। मुझे दो अत्यंत निरीह शान्त अतिथियों की मेजबानी निभानी थी, कन्या के सौम्य पिता एवं वृद्ध पितामह! बड़े संकोच से, दोनों ही ने कृतज्ञतापूर्वक मेरा आभार प्रदर्शन किया, "क्षमा कीजिएगा, आप ही को कष्ट देना पड़ा, पर हम आपको कोई भी कष्ट नहीं होने देंगे, केवल रात सोने के लिए आएँगे।" और सचमुच ही मुझे यह पता नहीं लगा कि मेरे यहाँ सर्वथा अपरिचित अतिथि आए हैं। उनके रहने से मुझे रंचमात्र भी असुविधा नहीं हुई। यही

नहीं उनके जलपान, भोजन, चाय के साथ-साथ, मेरे लिए भी थाल लगकर आने लगा। शामियाना लग गया था, दरियों पर बीसियों दर्जन बच्चे नये-नये कपड़े पहन गुलाँठें खाने लगे थे। हलवाई ने चूल्हे का विधिवत् पूजन कर कड़ाही चढ़ा दी थी। मैली बनियान को छाती पर चढ़ा, उन्नत उदर खुजाता हृष्ट-पुष्ट हलवाई बमगोले-से बूँदी के लड्डू और ढाल-सी मठरियाँ बनाता, बड़े-से टोकरे में रख रहा था कि सहसा शोर मचा, "अशर्फी देवी जल गई!" मैंने भागकर बरामदे से झाँका कि देखूँ कौन जल गया। हलवाई बड़बड़ा रहा था, "सब हरामख़ोर हैं, अब देखिए भाई साहब, दो मिनट के लिए इन्हें कड़ाही सौंपकर सुर्ती-खैनी खाने गया कि जलाकर राख कर दी।" फिर उसने एक जली स्याह मठरी को निकालकर पास खड़े कारीगर को डाँटा, "अब खड़ा मुँह क्या ताक रहा है, जरा-सी राख ला तो, कोयलों पर डाल, आँच मन्दी करूँ।"

"कौन अशर्फी देवी जली कृष्णा?" मैं अपना कौतूहल रोक नहीं पाई और मैंने गृहस्वामिनी से पूछ लिया।

"अरे मट्ठी जल गई," उसने हँसकर कहा, "हमारे यहाँ लड़की की ससुराल को ऐसे सवा सौ लड्डू और इक्यावन मट्ठियाँ भेजी जाती हैं, हर मट्ठी पर घर की बड़ी-बूढ़ियों का नाम लिखा जाता है, अशर्फी देवी बिट्टी की होनेवाली ददिया सास हैं; उन्हीं की नाम लिखी मट्ठी जल गई।"

मुझे हँसी आ गई, अपने पीछे खड़े कन्या के पिता को मैं देख नहीं पाई थी।

"अब देखिए ना," वे खिसियाए स्वर में बोले, "कैसे बेकार के रिवाज हैं पर एक हम हैं कि इन्हें मनाए जा रहे हैं, पर मजबूरी है, न करें तो सोचेंगे हम पैसा बचा रहे हैं।" कन्या के पितामह सारा दिन ही सड़क पर टहलते रहते। मैंने एक दिन देखा, इधर-इधर देखकर उन्होंने एक ठेलेवाले को रोककर चार केले खरीदे और जल्दी-जल्दी खा गए। घर का आँगन तो मिष्टान्न-पकवानों की सुगंध से सुवासित हो रहा था। फिर ये बेचारे भूखे कैसे रह गए? कन्या के पिता को नीचे जाने में जरा भी विलम्ब होता तो नीचे से कर्कश स्वर में कन्या की माँ अधैर्य से पुकारने लगतीं, "सोते ही रहोगे क्या? अमीनाबाद से रजाई का बक्सा कौन लाएगा, मेरा बाप?"

मैं स्तब्ध रह गई थी, यह जानकर भी कि पति एक सर्वथा अपरिचित गृह का अतिथि है और मेजबान भी बरामदे में खड़ी है, ऐसी औद्धत्यपूर्ण-

अशालीन भाषा का प्रयोग!

"असल में, अचानक ही विवाह तिथि निश्चित हुई, उस पर वर पक्ष का आग्रह था कि हम लखनऊ आकर ही विवाह करें, इसी से बेचारी कुछ घबड़ा गई है, उस पर हाईब्लड प्रेशर है, आप अन्यथा न लें।" कन्या के पिता ने पत्नी की अशिष्टता की कैफियत दी तो मैंने हँसकर कहा, "कन्या के विवाह में किस माँ का पारा नहीं चढ़ता? कौन पत्नी पति पर नहीं बरसती? मैंने भी तीन-तीन कन्यादान किए हैं।"

आश्वस्त होकर वे चले गए, किन्तु जिस दिशा को जाते, बेचारे पत्नी के शब्दबेधी वाणों से निरन्तर शरविद्ध होते रहते।

"हद है, सौ बार कह चुकी हूँ कि बैंक से रेजगारी लानी है, नये नोट लाने हैं, अरे आखिर कब नोट आएँगे और कब उनकी माला बनेगी! पर कोई सुने तब ना—न अभी तक हलवाई को बयाना दिया गया है, न सकोरे-पत्तलों का इन्तजाम हुआ है, आखिर आप कर क्या रहे थे अब तक?"

जितना ही कर्कश स्वर पत्नी का था, उतनी ही कोमल स्वर पति का था। गुनगुनाकर न जाने क्या कहते कि उत्तर सुन नहीं पाती। रवीन्द्रनाथ ने नारी के दो रूपों का वैशिष्ट्य बताया है 'जननी या प्रिया'। मेरी धारणा है कि पुरुष के भी दो ही रूप हैं—स्वामी या सेवक। बेचारे मेरे अतिथि दूसरी श्रेणी में आते थे। लगता था उनका अपना कोई अस्तित्व ही नहीं है। उस दबंग स्वर की गरीयसी स्वामिनी को देखने का कौतूहल ही मुझे वहाँ खींच ले गया। उनके दीर्घांगी मेद-बहुल शरीर को देखकर मुझे लगा कि उस व्यक्तित्व के चौखटे में, वह रोबीला कंठ-स्वर एकदम ठीक ही बिठाया है विधाता ने।

"आपने बड़ी कृपा की," कन्या की माँ ने बड़े आदर से मुझे बिठाया, "वहाँ तो हमारी इत्ती बड़ी कोठी है कि सौ मेहमान भी आ जाएँ तो पता न लगे, पर लड़केवालों की जिद थी कि हम यहीं आकर शादी करें। अरी दिव्या, क्या कर रही है, यहाँ आकर देख कौन आया है।" फिर मेरी ओर देख वे हँसकर बोलीं, "अजी आपकी किताबों के पीछे तो यह दीवानी है। एक कहानी नहीं छोड़ती।" बेचारी! तब क्या वह जानती थी कि एक दिन उसे भी मेरी कहानी नहीं छोड़ेगी!

एक गोरी दुबली-पतली किशोरी, लज्जावनता मेरे सम्मुख खड़ी थी। चेहरे पर वही अद्भुत लुनाई आ गई थी, जो विवाह-तिथि निश्चित होने पर साधारण

नैन-नक्शवाले चेहरे को भी असाधारण बना देती है। जिसने भी उसका नाम रक्खा था वह निश्चय ही साहित्य-रसिक रहा होगा। मेरा अनुमान ठीक था।

"एक बार सुमित्रानन्दन पन्तजी हमारे यहाँ आए थे, तब यह तीन साल की ही थी, हम इसे टुँइया कहकर पुकारते थे, बोले, "यह भी भला कोई नाम है, दिव्या कहकर पुकारो', बस तभी से यह दिव्या हो गई।"

"यह तो अभी बहुत छोटी है, आप अभी से इसकी शादी किए दे रही हैं।" मैंने कहा।

"अजी छोटी काहे की, अठारहवें में पड़ेगी, देखने की है बजरबौनी। इसकी उमर में तो हमारी दो बेटियाँ हो गई थीं।"

उसी दिन दिव्या के पिता ने मुझे बताया कि उनकी भी इच्छा अभी दिव्या का विवाह करने की नहीं थी, पर लड़का अच्छा मिल गया, उनकी इस साली ने ही रिश्ता पक्का किया था।

"आप तो जानती हैं, हम लोगों में अच्छे लड़के के लिए अच्छी-खासी रकम देनी पड़ती है। दुर्भाग्य से हम कान्यकुब्ज ब्राह्मण हैं, हमारे यहाँ एक प्रकार से रेट बँधे हैं, आई.ए.एस. लड़का है तो सवा लाख, आई.पी.एस. तो एक लाख, इंजीनियर है तो अस्सी हजार और फिर साधारण नौकरीवाले के लिए भी कम-से-कम बीस हजार, उस पर दहेज अलग, डॉक्टर लड़के तो कन्धे पर हाथ नहीं धरने देते। यानी जैसा दाम खर्च कर सको वैसी ही चीज लो। कभी-कभी तो सोचता हूँ बहनजी, बिहार में जो कन्या के पिता, सुपात्रों का अपहरण कर जबरन दामाद बना रहे हैं उसमें भी उनकी मजबूरी ही रहती होगी..."

"तो आपको इस रिश्ते में भी रकम भरनी होगी?" मैंने पूछा।

"और नहीं तो क्या? पर ये लोग शरीफ हैं, इन्हें लड़की पसन्द है, कहा है कुछ नहीं माँगेंगे, हम अपनी बिटिया को जो देना चाहें दे दें।" बड़े गर्वजन्य सन्तोष से उनका शान्त चेहरा दमक उठा। बेचारे शायद इस कटु सत्य से अनभिज्ञ थे कि मुँह से कुछ न माँगनेवाले ही कभी-कभी मुँह खोलकर सब कुछ माँगनेवालों से भी अधिक खतरनाक होते हैं!

लड़का चार्टर्ड एकाउटेंट था। अपनी दो-दो कोठियाँ थीं, बड़ा भाई पुलिस का ऊँचा अफसर था, छोटा डॉक्टर। जैसे-जैसे विवाह-तिथि निकट आ रही थी, छोटे-से फ्लैट में रौनक की गहमागहमी बढ़ती जा रही थी। कभी ठेलों से सोफासेट, पलँगों का जोड़ा उतारा जा रहा था, कभी स्टील की अलमारी

और फ्रिज। उधर घरातियों के बीसियों नखरे, कोई ठंडाई की फरमाइश कर रहा था, कोई लस्सी की, आँगन में पड़े कुर्सियों के स्तूप का शिखर, मेरे फ्लैट की सरहद से सट गया था। बच्चों की चें-चें, पें-पें, स्त्रियों का कलरव, सन्ध्या होते ही और घनीभूत हो उठता। उधर कन्या के ताऊ-ताई बुलन्दशहर से अचानक उस समय आ टपके थे जब उनके आने की आशा त्याग दी गई थी। कभी-कभी नीचे चल रहे दो बहनों के वार्तालाप का स्वर बड़े दुःसाहस से मेरे कमरे की दीवालों को भेदकर चला आता। स्पष्ट था कि कन्या की जननी एवं ताई के सम्बन्ध बहुत सुविधाजनक नहीं थे।

"अरी आज तक कोई जिठानी देवरानी का सुख देख सुखी हुई जो हमारी महारानी होगी?" कन्या की माँ एक दिन कह रही थी, "बोलेंगी तो लगेगा शहद घोल रही हैं, पर बस चले तो हमारा कलेजा निकाल चबाय डारे।"

मैं सोचती हूँ नारी स्वभाव की जितनी अभिज्ञता विवाहादि अनुष्ठानों में बटोरी जा सकती है उतनी शायद जीवन-भर इधर-उधर विभिन्न गृहों के अन्तरंग कक्षों में झाँक-झूँककर नहीं बटोरी जा सकती। मैं देख रही थी कि जहाँ आमोद-प्रमोद, खिलाने-पिलाने, नाचने-गाने की भूमिका सँजोई जाती, झट से मुँह लटकाकर कन्या की ताई छत की मुंडेर पकड़ ऐसे खड़ी हो जाती जैसे वह किसी अपरिचित परिवार की भूल से न्योती गई अतिथि हो। कोई भी देखकर बता सकता था कि गृह की वह साज-सज्जा, बृहत् सुनियोजित आयोजन, बिजली की जगमगाहट कन्या के चढ़ावे में आनेवाले गहनों का सुना-सुनाया लेखा-जोखा ताई की छाती पर बीसियों विषधरों को लोटा रहा है। उधर कन्या की माँ कमर में आँचल खोंसे विवाह के कर्मक्षेत्र में अकेली डटी थी। कभी पति पर चिंघाड़तीं, कभी हलवाइयों पर और सन्ध्या होते ही ढोलक लेकर बैठ जातीं, यही नहीं, एक बार नाचने को कहा गया तो चट घुँघरू बाँध ऐसा थिरकीं कि क्या कोई बाईजी नाचेगी :

कहना तो मेरा मान ले,
मेरे शहज़ादे।

विवाह का एक ही दिन रह गया था, अचानक मेरे लिए नीचे से बुलौआ आ गया, मैं जल्दी नीचे चली आऊँ, वरपक्ष के अतिथि दहेज सामग्री का अवलोकन करने आ रहे हैं। यह भी उनके यहाँ की एक विशिष्ट अनिवार्यता थी। देखकर, यदि कुछ फेरबदल करना हो तो कन्या के पिता को वही करना होगा।

मैं नीचे गई और करीने से सजे विभिन्न उपकरणों को देखती ही रह गई। कौन-सी ऐसी वस्तु थी जो बेचारे निरीह पिता ने नहीं जुटाई थी। साड़ियों का स्तूप, टेलीविजन, फ्रिज, इस्तरी, बर्त्तन, रेशमी रजाइयाँ, लट्ठे-मलमल के थान, गैस का चूल्हा, सिलिंडर, बिजली के पंखे, आदि। इतने ही में अचानक स्त्रियों की भीड़ में भगदड़ मच गई। 'आ गए, आ गए' कहती कन्या की माँ सिर पर आँचल खींच, द्वारपाल की मुद्रा में सतर्क खड़ी हो गई। कहाँ गई वह तेजस्वी मुखमुद्रा और थानेदार का-सा वह रौबीला कंठस्वर!

"वह है नीली कमीजवाला।"

"अरे नहीं वह तो छोटा भाई है।"

"तब कौन?"

"अजी वह है चेचकरू दागवाला..."

"हाय राम, यह तो दो बच्चों का बाप लग रहा है?" विभिन्न फुसफुसाहटों के सूत्र से मैंने भी दूल्हे को पहचान लिया। तब क्या सचमुच इसी अन्धे के हाथ बटेर लगी थी? कहाँ दिव्या और कहाँ यह! किसी मांसहीन कंकाल को ही जैसे किसी ने पहना-ओढ़ा के भेज दिया था। हाथ में छड़ी लिये, पगड़ी बाँधे ससुर, ऐसे चले आ रहे थे जैसे कोई राजप्रमुख प्रजा के बीच से गुजर रहा हो।

"देखिए समधीजी," साड़ियों के स्तूप की ओर वर के पिता ने छड़ी घुमाई, हमारे घर की रुचि जरा सोफियानी है, वे ये सब तड़क-भड़क की बनारसी कभी नहीं पहनेंगी—ये सब हटाकर कांजीवरम् और चंदेरी गढ़वाल रखवा दें। यही फरमाइश मेरी लड़कियों ने भी की है।" छड़ी से उन्होंने साड़ियों को ऐसे उथल-पुथल दिया जैसे कोई स्वास्थ्य निरीक्षक, सड़क की पटरी पर सड़ी-गली सब्जी या खुले-कटे तरबूज का ठेला उलट देता है। मुझे बहुत बुरा लगा, यह भी कोई तरीका है। कन्या पक्ष के इतने अतिथियों के सामने कन्या के पिता का ऐसा अपमान! अलग ले जाकर भी तो कह सकते थे। कन्या के पिता अन्त तक हाथ जोड़े, ऐसी व्यर्थ कृतज्ञ मुस्कानें बिखेरते रहे जैसे कह रहे हों, आपकी जूती मेरा सिर! चलते-चलते सहसा वर के पिता मुड़े, "हमने तो आपसे कह ही दिया है, हम कुछ नहीं लेंगे। द्वाराचार में हमारा और हमारे अतिथियों का स्वागत ठीकठाक रहे, बस इसी का ध्यान रखिएगा।"

बस, इसी आदेश के गूढ़ार्थ को बेचारा कन्या का पिता ग्रहण नहीं कर

पाया। स्वागत तो अच्छा ही किया, अतिथियों के कंठ में अजगर-से पृथुल फूलों के हार भी पड़े। गुलाबजल का छिड़काव भी हुआ। वर के लिए कहीं से मर्सिडीज भी माँगकर फूलों से भरपूर सजाई गई। आमिश, निरामिष व्यंजन, विदेशी सुरा के क्रेट के क्रेट, क्या नहीं किया बेचारे ने। लड़की विदा होने लगी तो माँ और मौसी को रोते-रोते गश आ गया, पर पिता हाथ बाँधे समधी के सामने ऐसे खड़े हो गए जैसे दीनहीन चोबदार हों। एक ही रात में उनका दमकता चेहरा स्याह पड़ गया था। "आप लोगों के स्वागत में कोई त्रुटि हुई तो क्षमा करें"—उन्होंने धीमे स्वर में कहा। समधी की आँखों से अभी तक रात की खुमारी नहीं उतरी थी। काले चेहरे पर आरक्त आँखें, इंजन के अग्नि स्तूप-सी चमक रही थीं। एक ही आनन को, दशानन की अहंकारी मुद्रा में हिलाते वे बोले, "क्या त्रुटि रह गई है, यह भला हम अपने मुँह से क्या कहें, हम तो आपके मेहमान हैं। पर हाँ, यह जो 500 आपने द्वाराचार में रखे हैं, यह लीजिए, इन्हें आप हमारी ओर से नाई, धोबी, महरी और सालियों को बाँट दें।"

अपमान से कन्या के पिता का चेहरा स्याह पड़ गया। मैं वहीं खड़ी थी, एक क्षण को उस निरीह व्यक्ति का अपमान स्वयं मेरा अपमान बन गया। जी में आया, नोटों की गड्डी, जिसे वर के पिता बरबस उनके हाथों में ठूँस रहे थे, छीनकर उन्हीं के मुँह पर दे मारूँ! पर मुझे किसी के व्यक्तिगत कर्मक्षेत्र में कूदने का अधिकार ही क्या था!

रात को वे नित्य की भाँति, चुपचाप अपने कमरे का ताला खोल रहे थे कि मैं टेलीफोन की घंटी सुनने आई, उन्होंने निरीह दृष्टि से मुझे देखा और सिर झुका दिया जैसे दोपहर की उस भद्दी घटना का समग्र उत्तरदायित्व उन्हीं का हो।

"चलिए सबकुछ निर्विघ्न सम्पन्न हो गया—आपको बधाई भी नहीं दे पाई।"

वे एक पल को चुप खड़े रहे फिर रुँधे गले से बोले, "आप तो सब सुन ही रही थीं। कैसे विचित्र लोग हैं, पहले स्वयं कहा कि कुछ नहीं लेंगे, केवल कन्या के हाथ पीले कर, उन्हें सौंप दें। अब चलते-चलते पैंतरा बदल लिया। मुँह खोलकर कहते तो हम उनकी वह माँग भी पूरी कर देते। अब दिव्या की चिन्ता लगी रहेगी—बहुत भोली है।

" आज पिताजी ने वह सब नाटक देखा तो नाराज होकर कानपुर लौट

गए, बोले–कसाई को गाय थमाना हमने नहीं सीखा–तुम और बहू ही यह लेन-देन निभाते रहो, हम चले।''

''आप चिन्ता न करें, सब ठीक हो जाएगा, ऐसी सुन्दर लड़की है आपकी, गुण-रूप देखकर अपनी सब माँगें भूल जाएँगे।''

अब कभी-कभी सोचती हूँ, नारी होकर भी मैं उन्हें एक नारी के प्रति हो रहे अन्याय का विरोध करने को क्यों नहीं उकसा पाई। क्यों नहीं कह सकी कि जो सगाई में ही ऐसे नीच लोलुप स्वभाव का परिचय दे गया, उसे क्यों अपनी कन्या सौंप रहे हैं आप? अभी क्या बिगड़ा है, तोड़ दीजिए यह सगाई।

विवाह हुआ था और बड़ी धूम से हुआ था, इसी से थकान उतारने में भी कन्या पक्ष को तीन-चार दिन लगे, फिर अचानक एक दिन कन्या के पिता मुझसे विदा लेने आए। उसी दिन, साली के यहाँ से डेरा-डंडा उखाड़ वह प्रवासी परिवार चला गया। मैं उन्हें पहुँचाने बाहर तक जाकर लौट रही थी कि देखा, उनकी दीवार पर, दो दुबली-पतली हल्दी सनी हथेलियों की छाप बनी है।

''हमारे यहाँ ससुराल जाने से पहले लड़की यही छाप मायके की दीवाल पर लगा जाती है,'' दिव्या की मौसी ने कहा। मन न जाने कैसा हो गया–क्या पुत्री का यह स्मृति-चिह्न सदा अम्लान रह पाएगा?

धीरे-धीरे, प्रत्येक वर्ष की पुताई के साथ-साथ वह छाप धुँधली पड़ती-पड़ती, रेखा मात्र रह गई थी। दिव्या के मौसा की बदली हुई, वहाँ दूसरा परिवार आ गया, उन्होंने दीवाल पर डिस्टैम्पर करवाया और पूरे फ्लैट का नक्शा ही बदल दिया।

एक दिन दिव्या की मौसी मिल गई, ''दिव्या कैसी है?'' मैंने पूछा, उस मासूम चेहरे को मैं भूल नहीं पाई थी।

''वह अब कहाँ है!'' एक लम्बा साँस खींचकर उन्होंने कहा।

''क्या?''

''विवाह के चार ही महीने बाद गैस पर खाना बना रही थी, नायलॉन की साड़ी पहने थी, आँचल में आग लगी–मिनटों में ही झुलस गई, दूसरे ही दिन खतम हो गई।'' भारी मन से मैं घर लौटी, दीवार देखते ही वे धूमिल हथेलियाँ जैसे वह खोलकर मेरे सामने खड़ी हो गई।

पर क्या सचमुच ही उसका आँचल अनजाने में आग पकड़ बैठा था।

उसकी विदा के क्षण, उसके ससुर का उग्र कंठस्वर, फिर कानों में गूँज उठा, 'क्या त्रुटि रह गई है, यह भला हम क्या बताएँ' उसी त्रुटि को बताने तो कहीं उस दशानन ने उस फूल-सी सुकुमार लड़की की हल्दी लगी हथेलियों की छाप सदा-सदा के लिए मायके की दीवार से नहीं मिटा दी? पर ऐसा कुछ हुआ होता तो उसकी मौसी कुछ तो बताती। पर जो मौसी नहीं कह पाई वह स्वयं उसकी माँ आकर बता गई। किसी वकील की राय लेने लखनऊ आई थी, मुझसे मिलने भी चली आई। मुझे देखते ही रोने लगीं, "आपके ऑटोग्राफ लेगी, कहती रही, शादी के भभ्भड़ में सब भूल गई। मार डाला कसाइयों ने, मैं भी नहीं छोड़ूँगी। मेरी कोख बलबला रही है बहन। खबर पाते ही मैं अस्पताल भागी, लड़की तड़प रही थी। बहन ने कहा, 'जीजी, तुम मत जाओ, देखा नहीं जा रहा है।' पर मैंने उसे धकेल दिया। ओफ, मेरी सोने की छड़ी जलकर कोयला बन गई थी। थोड़ा-थोड़ा होश था। मैंने पूछा, 'बेटी, कैसे हुआ यह?' बोली–'अम्मा हुआ नहीं, किया गया,' बस, आँखें पलट दीं।

"न वहाँ उस बयान का साक्षी था, न नर्स, न डॉक्टर–हाँ, एक साक्षी थी, स्वयं मेरी सगी बहन, वह मुकर गई।

"मैंने चीख-चीखकर कहा, 'मेरी बेटी जली नहीं, उसे जलाया गया है, मुझसे स्वयं कह रही है।'

"पर मेरी ही सगी बहन ने मेरा मुँह दाब दिया, 'क्या कह रही हो जीजी! दिव्या खाना बनाने में जली है, उसे किसी ने नहीं जलाया।'

" 'तू झूठी है, तेरे पति भी पुलिस के अफसर हैं और दिव्या का जेठ भी, तुम्हारी बिरादरी हमेशा अपने पेशेवर को ही बचाती है। तूने ही यह रिश्ता इन कसाइयों से पक्का किया था।' पर बहन, मेरी सगी बहन ही मुझसे नाराज होकर घर चली गई–तब से दर-दर भटक रही हूँ, कहीं तो न्याय की भीख मिलेगी। हत्यारा अभी भी मूँछों पर ताव देता घूम रहा है, सुना है दूसरी जगह रिश्ते की बात चल रही है।"

मैं स्तब्ध थी। वह आँखें पोंछती उठ गईं, "इसी से मैं आपके पास आई हूँ–कृष्णा के यहाँ नहीं गई, फोन किया तो बोली, 'जीजी, तुमने पुलिस केस किया तो हम तुम्हारी मदद नहीं कर पाएँगे, जो हुआ उसे भूल जाओ।' भूल जाऊँ? दस महीने जिसे गर्भ में रखा, पाला-पोसा, जिस अनजान खूँटे से बाँधा वहीं गाय-सी जो बँध गई, उसे भूल जाऊँ? मैंने भी श्राप दिया है बहन, जैसे

उस कसाई ने मेरी बेटी को जलाया है वैसे ही वह भी तिल-तिलकर जले!'' उनकी आँखों से जैसे आग की लपटें निकल रही थीं।

सच्चे हृदय से निकली बद्दुआ कभी व्यर्थ नहीं जाती। वर्षों पूर्व ऐसे ही श्राप को फलीभूत होते मैंने स्वयं देखा है अल्मोड़ा के ही एक ऐसे सच्चे ब्राह्मण के श्राप ने क्या तत्कालीन जेलर को रात बीतते-न-बीतते चुटकियों में निष्प्राण नहीं कर दिया था? कुमाऊँ केसरी बद्रीदत्तजी तब स्वतन्त्रता संग्राम में जेल में बंदी थे, क्रूर जेलर के अमानुषिक अत्याचार से क्रुद्ध पांडेयजी ने नहा-धोकर हाथ में जल लेकर कहा था, ''अरे दुष्ट, ले मैं कुमाऊँ का ब्राह्मण तुझे श्राप देता हूँ, जैसे तू हमें मार रहा है, भगवान तुझे मारे।'' और भोर होते ही दिल के दौरे ने उस हृष्ट-पुष्ट जेलर को जेल से ही नहीं संसार से हटा दिया था। फिर तो जहाँ पांडेयजी जल हाथ में लेते, सुना है कि बड़े-से-बड़े अफसर भी उनके चरण पकड़ लेते थे। किन्तु अब कहाँ हैं वैसे सच्चे ब्राह्मण और कहाँ है वह ब्रह्मतेज। इतने वर्ष बीत गए, फिर दिव्या की माँ मुझे कभी नहीं मिली, पता नहीं उनके दग्ध हृदय से निकला वह श्राप, फलीभूत हुआ या नहीं किन्तु मेरे फ्लैट की निचली दीवार से, हल्दी लगी उन हथेलियों की छाप अब एकदम ही विलीन हो चुकी है।

लिखूँ...?

यह प्रश्न पिछले दो वर्षों से मुझे विचलित कर रहा है। कई बार कलम उठा चुकी थी किन्तु उतनी ही बार हारकर रख दी। कभी चित्त बहुरूपिया बन, उदार दलीलें देता, कभी स्वयं कलम थाम लेता। आज तक स्मृति-गह्वर से न जाने कितने कंकाल खींच पाठकों को थमा चुकी हूँ, किन्तु इस कथानक का उलझा सूत सुलझाने बैठती हूँ तो वही धूसर स्मृति किसी अशरीरी-प्रेमछाया-सी मुझे सहमाने लगती है। छिः-छिः यही मैत्री निभा रही है तू? मेरे जिस पलायन के कलंक को मेरे आत्मीय स्वजन भूल चुके हैं, जिस रहस्य के गड़े मुर्दे की कब्र को, लापरवाही से उग आए झाड़-झंखाड़ ने एकदम ही अदृश्य कर दिया है उसी मुर्दे को उखाड़ रही है तू? भूल गई है क्या कि मेरी एक विवाहिता पुत्री और है; भले ही आज वह सुदूर अफ्रीका के किसी गहन वन-अरण्य में अपने वैज्ञानिक पति के साथ किसी दुरूह शोधकार्य में ऐसी खो गई है कि शायद ही कभी भारत लौटे। पर यदि कभी लौट आई तो? ऐसा तो है नहीं कि उसके पास भारत की पत्र-पत्रिकाएँ पहुँचती ही न हों! फिर तू मेरा नाम भी तो नहीं बदल रही है। कैसे बदलू प्रिया! वह नाम ही तो तेरे व्यक्तित्व की व्याख्या कर सकता है। विधाता का दिया वह नाम मैं कैसे बदलूँ!

फिर क्या तुम्हारा कलंक उजागर कर रही हूँ—मैं तो केवल यह सिद्ध करना चाह रही हूँ प्रिया, कि तेरे पलायन का कलंक कलंक नहीं था, विवशता थी! प्रिया दामले, अपने पितृकुल का ऐसा जगमगाता दीपक थी, जिसकी देहरी पर पैर रखते ही पितृकुल का बाहर-भीतर दोनों उजागर हो गया था।

उसके पिता चार भाइयों में सबसे बड़े थे। दुर्भाग्य से तीन चाचाओं में से दो निःसन्तान थे। तीसरे ने विवाह ही नहीं किया। इसी से बड़े लाड़-प्यार में पली प्रिया बचपन से ही अबाध्य बन उठी थी। दस-बारह वर्षों तक उसे

लड़कों के ही कपड़े पहनाए गए, वैसे ही छोकरा-कट बालों में वह एकदम लड़का लगती थी।

जब वह मेरी सहपाठिन बनकर होस्टल में आई तो मैं ही नहीं सब ही छात्र-छात्राएँ उसके छरहरे, सुन्दर, तेजस्वी व्यक्तित्व से सहम गए थे। लगता था, मधुमास में जन्मी किसी कलिका-सी उस किशोरी को सौकुमार्य, चापल्य, मार्दव में मंडित करने से विधाता ने, उन वनस्पतिजन्य रंगों का प्रयोग किया था जिनका प्रयोग इन दिनों आश्रम के कलागुरु नन्दलाल बोस कर रहे थे, पलाश, हरिद्रा, गुलबनफ्सा, हरीतिकी।

विधाता की उस प्रतिभा-प्रसूत सृष्टि को देख सचमुच यही लगता था कि मोनालिसा के विश्वविख्यात चित्र की रहस्यमय मुस्कान को समझने की भाँति प्रिया के दृढ़ता से भिंचे क्यूपिड अधरों की मुस्कान समझने के लिए भी शायद अनन्तकाल तक व्यर्थ प्रयास चलते रहेंगे।

आश्रमगुरु रवीन्द्रनाथ ने शायद ठीक ही कहा था कि नारी-सौन्दर्य का अर्धभाग प्रकृति की देन है, किन्तु उसका शेष सौन्दर्य केवल काव्य है, प्रेमी और कवि की उर्वर कल्पना का परिणाम! मैं जानती हूँ, यहाँ मेरे पाठक, शंका की नंगी संगीन लिये एक बार फिर मेरे सामने खड़े हो जाएँगे—ऐसी भी क्या कल्पना जो सदा की भाँति सुन्दर नायिका को कल्पना के तुरंग पर आरूढ़ कर मानव पकड़ से दूर हवा में उड़ाकर रख दे!

किन्तु मेरा आपसे अनुरोध है, मुझे उस दिव्य व्यक्तित्व की वर्णना जी भरकर कर लेने दें। मैं आपको विश्वास दिलाती हूँ, मेरी स्मृति कल्पना को रंचमात्र भी प्रश्रय नहीं दे रही है।

'सुष्ठु उनत्ति आर्द्र यति मनः' यह तान्त्रिक साहित्य में भले ही त्रिपुरसुन्दरी या योगिनी के लिए प्रयुक्त हुआ हो, प्रिया भी वैसे ही मन को आर्द्र करने में समर्थ थी। उसका वही तेज देख पहले हम सब सहम गए थे, किसी ने भी उसकी ओर मैत्री का हाथ नहीं बढ़ाया। अपने साथ वह बड़े-बड़े दो सूटकेस भरकर विचित्र परिधान लाई थी। राजस्थानी लहँगे, कच्छी-चूनर, जामनगरी छायल, चूड़ीदार कुर्त्ते, अँगरखे और लेडी हेमिल्टन रेशम की सलवार-कमीजें। उसस्से कई बार स्पष्ट कह दिया गया था कि आश्रम की कक्षा में वह केवल सूती साड़ी की पहनकर प्रवेश पा सकेगी।

"ठीक है।" उसने अपनी सुराहीदार ग्रीवा को और तानकर कहा था, "होस्टल में तो जो जी में आए, वह पहन सकती हूँ।" और वह फिर वही

करती थी। रात को आश्रम-भोजनालय में जाती तो उसके आते ही हंगामा मच जाता।

"ओई जे नामछेन आकाश थेके उर्वशी!" (देखो-देखो, उर्वशी आकाश से उतर रही है) वह न दाएँ देखती न बाएँ, अपने साथ लाया गया बगुले के पंख-सा स्वच्छ नेपकिन गोद में धर, बंगाल का 'घंट', 'शुप्तो', 'चच्चड़ी' का गस्सा मुँह में धरते ही नाक चढ़ा पानी का एक घूँट पीकर उठ जाती। एक दिन मैंने ही उसे टोक दिया, "तुम तो रोज भूखी ही उठ जाती हो, खाती क्यों नहीं?"

"ऐसा खाना मेरे घर के कुत्तों को भी नहीं दिया जाता, कैसे चुपचाप खा लेती हो तुम लोग?"

आश्रम के एक-एक नियम को वह जिस दुःसाहस से रौंदे जा रही थी, उसे देख हम काँपे जा रहे थे कि अब इसकी पेशी निश्चय ही हमारी कठोर फ्रेंच दीदी के सामने होगी और वे निश्चित रूप से इस नकचढ़ी के अहंकार का भूत एक पल में झाड़कर रख देंगी। किन्तु, कुछ भी नहीं हुआ, पता यही लगा कि उसके पिता लार्ड सिन्हा, विधान रॉय एवं नीलरतन सरकार के अभिन्न मित्र हैं एवं उन्हीं के प्रभाव से प्रिया आश्रम में स्वच्छन्द विचरण कर सकती है। ऐसा नहीं था कि उसे कभी गुरुजनों की फटकार मिलती ही नहीं थी, किन्तु जब कभी मिलती, वही निषेध उसे और उद्धत बना देता।

सचमुच अद्भुत लड़की थी वह! आकाश को भी लाँघ जाने का उसका अदम्य उत्साह, बाधाओं से जूझने को उसका सदा गर्वोन्नत सिर, कठोर कशाघात को सहकर भी किसी को कुछ न समझनेवाली मुद्रा, आज उसके रँगीले-रसीले भावों की कटु-तिक्त-मधुर स्मृतियाँ मुझे विह्वल कर रही हैं। उसे लड़कियों में उठना-बैठना अच्छा नहीं लगता था।

इसमें कोई सन्देह नहीं कि काम मन का मूल है किन्तु प्रिया में वह काम शायद कुंठित होकर ही तीव्रतर हो उठा था। उसके लिए सुनर्य का ही महत्त्व था, नारी का नहीं। एक तो उसके शरीर की गढ़न भी ऐसी थी कि लगता था कि खजुराहो की भित्ति की ही कोई मूर्ति जीवन्त हो उठी है। उसके पृथुल नितम्ब, मांसल अंग-प्रत्यंग, वर्तुल वक्षःस्थल, तिर्यक् दृष्टि, सब ही विलास एवं उद्दाम काम के प्रबल संकेत देते थे—शायद यही कारण था कि छात्र-मंडली उसके इर्द-गिर्द भौंरे-सी मँडराती रहती। लड़कियों में उसकी एकमात्र मित्र मैं ही थी। यद्यपि आश्रम की ही छात्रा मेरी बड़ी बहन मुझे

कई बार कठोर चेतावनी दे चुकी थीं कि उस बेहया अहंकारी लड़की से मैं गज़-भर की दूरी ही बरतूँ!

"खुद तो बदनाम है ही, तुझे भी ले डूबेगी, खबरदार जो मैंने तुझे उसके साथ घूमते-फिरते देखा!" किन्तु मुझे हमेशा यही लगता था कि लोग उसे गलत समझते हैं। वह अहंकारी नहीं थी, वह तो उसका चेहरा ही विधाता ने ऐसा बनाया था कि उसकी सरल दृष्टि भी अहंकारदीप्त लगती। गणित में उसे स्वयं सरस्वती का वरदान प्राप्त था—कठिन-से-कठिन सवाल भी वह चुटकियों में हल कर देती, स्मरण-शक्ति ऐसी अद्भुत थी कि एक बार किसी पाठ पर आँखें फेरती और दूसरे ही क्षण विराम-अर्द्धविराम सहित पूरा पाठ दनादन उगल देती। उसका बंगला उच्चारण एकदम त्रुटिहीन था, साहित्य सभाओं में वह रवीन्द्रनाथ, जीवनानन्द दास, विष्णु दे की कविताओं की आवृत्ति करती तो लोग आश्चर्य से मन्त्रमुग्ध हो साँस रोके उसे देखते रहते।

"की मेये रे बाबा! एई तो बांगालीर थेकेओ बेशी बांगाली।" (क्या लड़की है रे बाबा, यह तो बंगाली से भी अधिक बंगाली है)। उसकी यही आश्रमव्यापी ख्याति लड़कियों को जला-भुना देती। एक बार होस्टल की छात्राओं ने उसकी शिकायत कर दी कि वह आधी रात को कमरा बन्द कर सिगरेट पीती है। मैं तो काँप गई कि तलाशी लिये जाने पर मेरी वह दबंग सखी अब अवश्य ही पकड़ी जाएगी, क्योंकि मैं जानती थी कि सूटकेस में रेशमी साड़ियों की तहों के बीच वह थल्ले के थल्ले सिगरेट के पैकेट छिपाकर रखती है! यह 1936 की बात है, आज शायद लड़कियों के छात्रावास में, उनके सूटकेस में चरस-गाँजे के बीड़े भी पकड़े जाने पर उन्हें उदार जमाना मुक्त कर दे पर तब किसी छात्रा के सिगरेट पीने का सन्देह भी उसके लिए चुल्लू-भर पानी में डूब मरनेवाली बात होती थी। मैंने उसे एक दिन टोका भी था, "छिः-छिः, प्रिया, तुम सिगरेट पीती हो?"

"क्यों, क्या बुराई है इसमें? स्त्रियाँ तम्बाकू, जर्दा खा सकती हैं तो सिगरेट क्यों नहीं पी सकतीं भला? और फिर मुझे पकड़नेवाला आज तक पैदा नहीं हुआ—तू क्यों घबड़ाती है?"

सच, गजब की लड़की थी वह! जब बिना किसी पूर्वसूचना के एक दिन उसके दोनों सूटकेस जब्त कर लिये गए तो उसके चेहरे पर शिकन भी नहीं उभरी। सब लड़कियों की उपस्थिति में ही, जितनी ही बार उसकी एक-एक साड़ी झटकी जा रही थी, उतनी ही बार मेरा धड़कता कलेजा मुँह को आ

रहा था किन्तु एक वह थी बन्दी कि वहीं पर बैठी गहन आत्मविश्वास से मुस्कराती चली जा रही थी जैसे कह रही हो—क्यों, मिला कुछ? रात-ही-रात में क्या सब पैकेट फूँक डाले थे छोकरी ने?

मैंने बाहर निकलते ही एकान्त में उससे पूछा, "कहाँ गए सब पैकेट?"

"सब पी गई हूँ! मेरी तलाशी लेने चले थे, बड़े-बड़े डूब गए, गदहा पूछे कित्ता पानी!"

इसी बीच पिता की बीमारी का तार पा मैं बँगलौर गई, लौटी तो पता लगा प्रिया अचानक आश्रम छोड़कर चली गई है। वह कहाँ गई, क्यों गई, किसी को कुछ पता नहीं था। लड़कियाँ मुझसे पूछतीं, "क्यों, तुम्हारी अन्तरंग सखी थी—तुमसे भी कुछ नहीं कह गई? किसी प्रेम का चक्कर था क्या?"

मैं क्या कहती, कुछ कहती भी तो क्या कोई विश्वास करता कि मुझसे कुछ कहे बिना ही वह चली गई है? स्वयं मैंने उसे उसकी उस सनकी बेरुखी के लिए क्षमा नहीं किया।

फिर वर्षों बाद, वह मुझे अचानक एक दिन स्टेशन पर मिल गई। आश्रम छोड़े वर्षों बीत गए थे, मेरा विवाह हो चुका था, छात्र-जीवन की स्मृतियाँ बहुत पीछे छूट चुकी थीं। ट्रेन आने में विलम्ब था। मैं रेलवे बुक स्टाल पर खड़ी पत्रिकाएँ उलट रही थी कि अचानक किसी ने मेरे कन्धे पर हाथ रखा। मैं चौंककर मुड़ी तो वह मुझसे लिपट गई, वह भी उसी ट्रेन से जा रही थी, फिर तो अपने वातानुकूलित डिब्बे में ही वह मुझे जबरन खींच ले गई।

"तू चिन्ता मत कर, मेरे छोटे चाचा अब रेलवे बोर्ड के चेयरमैन हैं, सब मुझे जानते हैं। अभी मिनटों में तेरा टिकट कनवर्ट करवा लेंगे।"

उसके एकान्त कक्ष में कितना कुछ कहने को था और कितना सुनने को! एक-एक कर कितनी ही रस-भरी स्मृतियाँ, वर्षों से किसी जंग लगे बक्से में से निकल रही भव्य बनारसी साड़ियों की नेपथलीनी गन्ध से हमें विभोर कर गईं।

"तू अचानक ऐसे चली क्यों गई थी प्रिया?" मैंने पूछा।

"बहुत पुरानी बात हो गई, छोड़ भी, बस मन उचट गया था हमारा, अब यह बता कि तेरी शादी कब हुई? क्या करते हैं तेरे पति?"

पर मैं तो उसके प्रश्न का उत्तर देना भूल एकटक उसे ही देख रही थी। वही प्रिया थी, वही रंग, वही रूप, वही कद-काठी किन्तु कहीं न जाने कुछ अटपटा लग रहा था—उसकी मायावी हँसी, उसका कंठस्वर या उसकी कुटिल

लिखूँ...?

चितवन!

"चल पहले कुछ खा लिया जाए।" उसने अपना ठाठदार नाश्तादान टोकरी से निकाला, स्वच्छ नेपकिन, काँटे-छुरी, चम्मच खनकते ही मेरी सुप्त क्षुधा भी जाग्रत हो गई। क्या आला दस्तरख्वान सजा दिया था पट्ठी ने। इन मौलिक लटकों में तो वह हमेशा बेजोड़ थी।

"याद है, ये मावे के पेड़े तुझे होस्टल में भी बेहद पसन्द थे—अभी भी वह हलवाई जिन्दा है और जैसे-जैसे बुढ़ा रहा है अभागा वैसे-वैसे और उम्दा पेड़े बनाता जा रहा है। खाकर देख।"

"तेरी शादी हो गई, प्रिया?" पेड़ा मुँह में रखते ही मेरे भीतर कहीं उफनती प्रच्छन्न जिज्ञासा जिह्वाग्र पर आ गई। मैं मन-ही-मन सोच रही थी कि तब क्या इस सनकी लड़की की शादी नहीं हुई? यह तो अभी भी मुझे मायके की दूकान के ही पेड़े खिला रही है। मेरे प्रश्न को अनसुना कर वह फिर चहकने लगी, "यह ले एक पेड़ा और खा—है ना बढ़िया?"

मैं अपना कौतूहल रोक नहीं पा रही थी।

"तेरी शादी हो गई प्रिया?" मैंने फिर पूछ दिया।

"हाँ," वह हँसी, "देखती नहीं यह कढ़ा हुआ सालू?" अपना फलबरी दुपट्टा उसने मेरे सामने झंडी-सा फहरा दिया—पर यह तो प्रिया की परिचित उन्मुक्त हँसी नहीं थी।

तब, क्या वह अब तक कुँआरी ही थी या अकाल वैधव्य ने उसे ऐसी श्रीहीन बना दिया था, न कंठ में मंगलसूत्र था, न अँगुली में अँगूठी, न ललाट पर मद्रासी कंकु की उसकी वह बिंदी जिसके नीचे वह हमेशा एक नन्हा-सा काला गोल बिन्दु सँवार लिया करती थी। उसका वह मौलिक सज्जा प्रयोग फिर आश्रम में फैशन बनकर ही चल निकला था। जिसे देखो, ललाट पर दो-दो बिन्दियाँ।

मेरा गन्तव्य स्टेशन आने को ही था, मुझे तो दूसरे ही स्टेशन पर उतरना था पर वह कहाँ जा रही थी? "अपना पता नहीं देगी? कभी चिट्ठी तो लिख देना, मेरा पता भी लिख ले।"

"अरे छोड़, जब मिलना होगा, ऐसे ही भगवान हमें मिला देगा—और एक बात बता दूँ—संसार के अधिकांश पते झूठे होते हैं।"

क्या सचमुच ही बौरा गई थी लड़की या किसी पागलखाने से रोग मुक्त होकर लौट रही थी? ऐसी गहन मैत्री थी हमारी और न अपना पता देने का

उत्साह, न मेरा पता लेने की व्यग्रता।

"मैं अगले स्टेशन पर उतर जाऊँगी," मैंने कहा और साड़ी की भाँज ठीक करने उठने लगी।

उसने मेरा हाथ पकड़कर बिठा लिया, "नाराज हो गई? तब सुन, मेरा विवाह हो गया, तेरी ही तरह मेरी भी एक प्यारी-सी बच्ची है, सुदर्शन पति है, बड़ा-सा प्रासाद है, दो कार हैं, यहाँ तक कि मेरे लखपती व्यवसायी पति का अपना चार्टर्ड प्लेन भी है। पर मैं यह सब हमेशा के लिए छोड़कर भारत चली आई हूँ।"

"क्या कहती हो प्रिया? क्या तुम्हारे पति..." मेरे अधूरे प्रश्न को उसने स्वयं पूरा कर दिया, "क्या मेरे पति बदचलन हैं, शराबी हैं? यही पूछना चाह रही है ना? वहीं विदेश में ही जन्मे, वहीं बस गए। किशोर पटवर्धन को कोई भी लत नहीं है, वह मुझे बेहद चाहता है—और मैंने ही उसे छोड़ा है, उसने नहीं।"

ट्रेन की गति धीमी हो रही थी, दूर से ही आसन्न बड़े स्टेशन की बत्तियाँ जुगनू-सी चमकने लगी थीं।

मैंने अधीर होकर उसे झकझोर दिया, "कैसी मूर्ख है तू—कहती है तेरे एक बच्ची भी है, वह बड़ी होगी, विवाह होगा, तब क्या उसे माँ का अभाव नहीं खलेगा? फिर उसके निर्दोष पिता को तू अकारण ही छोड़कर चली आई!"

"अकारण नहीं," वह हँसी किन्तु कैसी विचित्र हँसी थी वह! "बहुत कारण हैं, मैं उसके विवाह तक बनी रहती तो उसकी लज्जा उसके लिए घातक बन सकती थी।"

स्टेशन आ गया था, मैं विदा लेकर उतर गई। वह देर तक खिड़की से हाथ हिलाती रही और एक बार वह हिलता हाथ वर्षों के लिए किसी शून्य में विलीन हो गया।

ठीक दस वर्ष बाद वह फिर मिल गई। आज कई बार सोचती हूँ—न मिली होती तो शायद अच्छा ही होता।

नैनीताल जाड़ों में प्रायः ही मसान-घाट-सा वीरान हो जाता है। कहते हैं, 25 दिसम्बर को वहाँ अवश्य हिमपात होता है। मैं दस वर्षों तक वहाँ रही और कभी भी ऐसा नहीं हुआ कि बड़े दिन पर बर्फ न गिरी हो, जब नहीं भी रही, तब भी उस ऐतिहासिक हिमपात का समाचार सुन लेती।

लिखूँ...?

उस दिन भी 25 दिसम्बर का हिमपात होकर उदार क्षणिक धूप से गलकर पिघल गया था। कई दिनों की अनवरत वर्षा के बाद, पहली बार निरभ्र आकाश चमका था, ताल लबालब छलक रहा था। नैनादेवी के मन्दिर की क्षुद्र घंटियों के साथ गिरजे के गुरु-गम्भीर घंटे की गर्जना पखावज की-सी जुगलबन्दी कर रही थी। ठंडी सड़क निःस्तब्ध सन्नाटे से घिरी एकाएक अँधेरी सुरंग-सी लग रही थी। न जाने किस सनक में मैं उस सन्नाटे में पाजाण देवी के दर्शन को निकल गई थी। ताल की गार पर खड़े विलोवृक्ष मणिपुरी नर्तकियों की-सी अलस मादक लास्यपूर्ण मुद्रा में झूम रहे थे।

आकाश फिर धूसर मेघखंडों से घिरने लगा था, मैंने ठंडी बयार से सिहर, शाल कसकर लबादे-सा लपेट लिया और चाल तेज कर दी—नैनीताल की वर्षा, बिना किसी पूर्वसूचना के आ गए अतिथि की भाँति, कभी भी आकर सहमा देती है। कहीं ऐसा न हो कि तीव्र वर्षा का वेग मुझे बीच ही में दबोच ले और मैं अपने घर तक की कठिन चढ़ाई भी न चढ़ पाऊँ। उन दिनों अवस्था भी ऐसी थी कि तेज चल पाना भी मेरे लिए कठिन हो रहा था।

सहसा किसी ने मेरे कन्धे को अपने मजबूत पंजे से जकड़ लिया। मैं घबड़ाकर खड़ी ही रह गई। जनशून्य ठंडी सड़क पर दूर-दूर तक कोई नहीं था। कुछ ही दिन पूर्व, उसी ठंडी सड़क पर डिग्री कॉलेज की एक छात्रा की क्षत-विक्षत लाश मिलने का समाचार पूरे नैनीताल को स्तब्ध कर गया था।

उन दिनों का नैनीताल आज का नैनीताल नहीं था, वहाँ तब हत्या तो दूर, सामान्य-सी चोरी या ताला तोड़ने की घटना ने भी कभी सरल नागरिकों को भयत्रस्त नहीं किया था। कुछ दिनों तक वहाँ की धर्मभीरु गृहिणियों ने भी ठंडी सड़क पर जाना छोड़ दिया, पहले उस सड़क पर उन्हें केवल शेर, भालू का ही भय सहमाता था, पर अब तो मानव का ही भय उनके लिए नरभक्षी पशु बना जा रहा था।

"पहचाना नहीं?" इस बार कन्धे से हाथ हटा वह दीर्घांगी छाया मेरे सम्मुख खड़ी हो गई। "प्रिया!" उसे बाँहों में भरने में मेरे दोनों उत्साही हाथ जैसे किसी ने सहसा अदृश्य खड्ग से काटकर धरा पर डाल दिए। यह कैसा विचित्र वेश था उसका, ढीला इकबर्रा पायजामा, रेशमी कुर्ता और खुले बटनों से झाँकती लोमश छाती, अधरों पर जर्दे-पान की लाली, सहसा उसकी आँखों में लाल डोरे बनकर उतर आई थी। कहाँ गई वह लम्बी वेणी, वह वर्त्तुल वक्ष, वह दुहरी बिन्दी?

मेरे सम्मुख प्रिया का ही अविहूत नक्शा था, वही कद, वही काठी, किन्तु नहीं—वह प्रिया नहीं थी।

तब क्या वह उसका जुड़वाँ भाई था? पर प्रिया तो अकेली ही थी, न भाई, न बहन, चाचा निःसन्तान थे, मामा थे ही नहीं और मौसी कुँआरी थी।

''कौन हो तुम?''

वह बड़ी बेहयायी से हँसा, ''क्यों भाई, अभी तुम्हीं ने तो प्रिया कहकर पुकारा था ना। अब पूछती हो मैं कौन हूँ?''

''नहीं, तुम प्रिया नहीं हो!'' मैं जाने को उद्यत हुई।

''रुको,'' उसने कहा और इससे पहले कि मैं दामन बचाकर छिटकती, उसने दोनों हाथ फैलाकर, मेरा मार्ग अवरुद्ध कर दिया।

''तुमने ठीक ही पहचाना, मैं प्रिया ही हूँ।''

''क्या बक रहो हो, छोड़ो मेरा रास्ता।''

''नहीं,'' फिर वह हमारी मैत्री के न जाने कितने प्रकरण एक ही साँस में सुना गया—''याद है, जब तू और मैं एक्सकर्शन दल को घिस्सा दे कचौड़ी गली में कचौड़ी खाने सटक गए थे, और इक्के में लौट, राजघाट के पिछवाड़े के रास्ते, चुपचाप आकर अपने-अपने बिस्तर में घुस गए थे? याद है, जब तुझे मैंने चुटकियों में उनचासवाँ थियोरम याद करवा दिया था जो तुझे याद ही नहीं होता था? याद है, जब प्रभात मुखर्जी ने अपनी क्लास में हम दोनों को कक्षा में बात करने पर पीरियड-भर खड़ी रखा था? याद है, तुझे रात को नींद में चलने की आदत थी और हम दोनों एक-दूसरे की चोटियाँ बाँध लेते थे कि तू चलने लगे तो मैं जाग जाऊँ? तू हमेशा मेरे पास आकर सो जाती थी—याद है...''

''बस चुप करो...'' कह तो दिया पर मैं उसे स्तब्ध खड़ी देखती रह गई। कौन था यह अद्भुत सिद्ध जो मेरी और प्रिया की मैत्री के इन संस्मरणों की अभिज्ञता से मुझे सहमा रहा था। कहीं ऐसा तो नहीं कि प्रिया मर-खप गई हो और यह उसका दुष्ट प्रेत हो!

''अभी भी तू नींद में चलती है क्या? पर सुन...'' उसने बड़े स्नेह से मेरा हाथ थाम लिया, ''अब तू डरकर मेरे बिस्तर में घुस भी आई तो मैं तेरी चोटी अपनी चोटी से नहीं बाँध पाऊँगी, देख ना इधर,'' वह अपने कटे केश पर हाथ फेर बड़ी दुष्टता से मुस्कराया।

मेरा चेहरा लाल पड़ गया।

सहसा मेरे गर्भस्थ शिशु की धड़कनें मेरी धड़कनों से मिलकर धड़क उठीं—धक्, धक्!

अधेरा और घनीभूत हो गया। कुहरा धीरे-धीरे ताल के ऊपर शामियाने-सा टँग गया था। मन्दिर की आरती की गूँज कभी धीमी और कभी प्रखर होकर अयांरपाटा के पहाड़ों से टकरा रही थी।

सुर-मुनि-मोहिनि सौम्या तू शोभाऽऽधारा
विवसन विकट स्वरूपा, प्रलयमयी धारा
जग जननी जय-जय माँ,
जग जननी जय-जय!

"तूने उस दिन ट्रेन में पूछा था ना, मैंने क्यों घर-बार छोड़ा? तो सुन, नीला के जन्म के बाद ही मेरा शरीर मेरे लिए पहेली बनने लगा। मेरे कन्धे स्वयमेव चौड़े हो गए, मेरी अँगुलियाँ मोटी होती चली गईं, मेरे पंजों में लोहे की जकड़न आ गई, मेरी आवाज भारी होने लगी और मेरा दर्पण ही मुझे छलने लगा। पहले मुझे पुरुषों का साहचर्य प्रिय लगता था। अब किसी भी सुन्दरी युवती या किशोरी को देख मैं पागल हो उठती। पति-स्पर्श भी मुझे असह्य लगने लगा। बेचारा किशोर आश्चर्य से मुझे देखता। एक दिन उसने कहा, 'क्या हो गया है तुम्हें प्रिया? क्या तुम मुझसे नाराज हो?'

" मैं उससे कैसे कहती कि किशोर, मैं अब प्रिया नहीं रही—धीरे-धीरे अप्रिय बन रही हूँ।

" फिर एक दिन मैं साहस कर एक अज्ञात चिकित्सक के पास गई, अपने पी.पी. के पास जाती तो एक-न-एक दिन किशोर जान लेता। रुपया मेरे लिए हाथ का मैल था, मैं किसी भी विशेषज्ञ की ऊँची-से-ऊँची फीस दे सकती थी।

" डॉक्टर ने मेरे सन्देह की पुष्टि की, मैं धीरे-धीरे नारी का चोला छोड़ रही थी, एक सामान्य-सा ऑपरेशन ही मुझे पुरुष बना देगा, किन्तु मेरा पौरुष क्या मेरा ही सर्वनाश नहीं कर देगा, मेरी निर्दोष बच्ची, मेरा देवतुल्य पति? वे क्या मेरे पौरुष को स्वीकार कर पाएँगे? क्या स्वयं मेरी लज्जा उनकी भी लज्जा नहीं बन जाएगी?

" सौभाग्य से उन्हीं दिनों किशोर अपने व्यवसाय के सिलसिले में नाइजीरिया जा रहा था, उन दिनों वैसे हममें बोलचाल लगभग बन्द ही थी। मैंने अपना बेडरूम अलग कर लिया था। और उस बे-बात की सजा को

बेचारा किशोर झेल नहीं पा रहा था।

" उसका मेरा ज्वाइंट एकाउन्ट था, उसी में से पर्याप्त धन-राशि निकाल मैं नीता को अपनी एक मित्र के यहाँ यह कहकर छोड़ आई कि मैं अपनी बीमार माँ को देखने भारत जा रही हूँ। लौटते ही किशोर समझ गया होगा कि मैं अब कभी लौटूँगी नहीं क्योंकि मेरी माँ तो मेरे विवाह से पहले ही गुजर चुकी थी। फिर उस अज्ञात विशेषज्ञ के अज्ञात क्लिनिक में मैं स्वयं ही प्रिया का पिंडदान कर आई। वहाँ से सीधी भारत...

" मुझे अपने घर चलने को नहीं कहोगी?" उसका भर्राया कंठस्वर मुझे भय से कँपा गया, इसी सखी का यही आह्वान सुन शायद मैं उसे कभी हाथ पकड़कर घर खींच लाती, पर उस दिन उसका वह अनुरोध सुन मैं सिहर उठी। मैं बिना कुछ कहे तेजी से बढ़ने लगी कि उसने मुझे बाँहों में भींच लिया।

मैं नहीं जानती उस दिन किस दैवी शक्ति ने मेरे अंग-प्रत्यंग में वह स्फूर्ति, वह साहस भर दिया—मैंने एक झटके से उस लौह बाहुपाश से अपने को छुड़ा उसे एक धक्का दिया। वह उस आकस्मिक आघात के लिए शायद प्रस्तुत नहीं था। कटे पेड़-सा वह नीचे गिरा और मैं हवा के वेग से भागी। कभी कॉलेज की रिले रेस में, मैं एक कदम आगे बढ़ा अपनी इसी सखी की प्रलम्ब भुजा की प्रतीक्षा में खड़ी सहसा ऐसे ही भागने लगती थी। नहीं जानती अपनी उस अवस्था में भी मैं उस दिन कैसे तेजी से भाग पाई।

मैं घर पहुँची तो मेरे चिन्तातुर पति हाथ में टार्च लिये मुझे ढूँढ़ने ही निकल रहे थे।

"कहाँ रह गई थीं तुम? इतनी बार समझाया है, इस कब्रिस्तान की पगडंडी से मत आया करो, फिर वहीं से आ रही हो। रात-भर अब डरती रहोगी।"

मैं प्रायः ही उस पगडंडी से आती थी और कभी-कभी रात को उन्हीं कब्रों के सपने देख बुरी तरह चीख पड़ती थी। दिन में जिस कब्रिस्तान में बैठना मुझे अच्छा लगता था, रात को वही भयावह लगने लगता। 1855 की उन कब्रों पर खुदे कई नाम मुझे कंठस्थ हो गए थे। अधिकांश कब्रों पर संगमरमरी पत्थर की बनी फरिश्तों की खंडित मूर्तियों के साये में मैंने न जाने कितनी कहानियाँ लिखीं, किन्तु उस दिन जिस अनूठे कथानक को मुट्ठी में बाँध मैं उसी कब्रिस्तान की पगडंडी के औदार्य से चटपट घर पहुँची, उसे

क्या आज तक लिपिबद्ध कर पाई? वह कथानक केवल मेरे और मेरे पति तक ही सीमित पुष्प-सा बिखरकर धरा में मिल जाता। पर दो वर्ष पूर्व, लन्दन के आब्जर्वर में मैं मृत्यु-सूचनाएँ पढ़ रही थी। पूरा अखबार चाटकर जब कुछ भी पढ़ने को नहीं रह जाता था तो मैं इसी स्तम्भ की जुगाली करती थी। अनचीन्हे उन मृत्युपथ के यायावरों के नाम, व्याधि, जन्म-मृत्यु के अन्तराल से उनकी वयस का शरसन्धान मुझे बड़ा अच्छा लगता। कभी दुख होता कि हाय, ऐसी अकाल मृत्यु हुई। कभी दीर्घ जीवन की अवधि देख आश्चर्य होता। साथ में रहता उनकी सन्तान, पत्नी, जनक-जननी का नाम और कभी कोई सुन्दर-सी कविता। उसी में वह नाम अचानक दिख गया था।

"मिस्टर प्रिय दामले,
मृत्यु, धैर्य से भोगी गई लंग कैंसर की दीर्घ व्याधि से—
जन्म : 17 नवम्बर, 1921, मृत्यु : 5 अप्रैल, 1983,
दयालु परम पिता की बाँहों में
दाई विल बी डन।
मारग्रेट दामले के परमप्रिय पति
टोनी और नेली के स्नेहशील पिता
कृपया फ्यूनरल में पुष्प न लाएँ, चैरिटी चेक इस पते पर भेजें..."

कैंसर सोसायटी का नाम-पता देकर, उस चर्च का भी पता, समय दिया गया था जहाँ सर्विस होगी। ट्यूब स्टेशन मेरे घर के पास ही था, चाहती तो बड़े आराम से जा सकती थी। न्यूकासल था ही कितनी दूर! निश्चय ही वह प्रिया ही थी। उस जन्मतिथि को मैं कैसे भूल सकती थी, जिस तिथि को मैंने वर्षों तक उसे उपहार भेजे थे!

पर जाकर करती भी क्या—वहाँ पहुँचकर क्या मैं मारग्रेट दामले से कह पाती कि उसका परम प्रिय पति कभी किसी की उतनी ही प्राणप्रिया पत्नी थी? क्या टोनी-नेली से कह पाती कि उसका स्नेही पिता किसी की उतनी ही स्नेहशीला जननी भी थी?

विधाता ने उससे निकृष्ट कोटि का परिहास किया था, अब वह स्वयं वहीं जाकर उससे निबटेगी।

प्रिया ने क्या आज तक कभी किसी से हार मानी थी?

मेरा भाई

बैंगलूर तब आज का बैंगलूर नहीं था। शहर के एक प्रमुख चौराहे से मुड़ती सँकरी गली जिस नई बन रही बस्ती में पहुँचते ही विलीन हो जाती थी, उस बस्ती का तब नाम था 'शेषाद्रिपुरम्'। नाम आज भी वही है पर कलेवर बदल गया है। उस सड़क का नाम था थर्ड क्रास रोड। कुछ मकान बन रहे थे, कुछ बन चुके थे। आज की उस गृहसंकुल बस्ती में, अपने चालीस वर्ष पूर्व के उस मकान को ढूँढ़ने के लिए मुझे घंटों भटकना पड़ा था।

निराश होकर लौट ही रही थी कि एक सुदर्शन नवनिर्मित देवालय की घंटाध्वनि सुन ठिठक गई। वर्षों की जंग लगी स्मृतियों की अर्गला सहसा स्वयं खुल गई। इसी मन्दिर की तो तब नींव पड़ी थी और मैंने ही उस देवभूमि में भजन गाया था। नींव डालनेवाली थीं हमारी प्रतिवेशिनी गिरिजा बाई। तेजी से कदम रखती मैं मन्दिर के गर्भगृह में खड़ी हुई तो दीवार पर टँगे गिरिजा बाई के आदमकम तैलचित्र पर दृष्टि गई। रेशमी नीली साड़ी, चौड़ा सुनहला किनारा, कंठ में पड़ा मंगलसूत्र, बड़ी-सी कँकरेजी बिन्दी, नाक के दोनों ओर चमकती हीरे की लौंग और कानों में दगदगाते हीरे के कर्णफूल।

पूरा मन्दिर, अगरबत्ती की धूम्ररेखा से सुवासित था। सूर्यास्त हो चुका था। आरती के लिए धृत ज्योति बना रहे पुजारी की नंगी पीठ देख मुझे एक क्षण को लगा, गिरिजाबाई के पति रामस्वामी ही बैठे हैं। वे भी तो ऐसे ही नारायण स्वामी के भजन गाते घृत ज्योति बनाया करते थे और हमसे कहा करते थे, "देखो माँ, इसे कहते हैं त्रिपुरी ज्योति, पहले तीनों ओर से बत्तियाँ बनाओ, फिर उन्हें एक कर दो।"

"सुनिए।" मैंने कहा। पुजारी चौंककर मुड़ा, मैंने देखा, वह तो कोई बीस-बाईस वर्ष का तरुण पुजारी था।

उसने आश्चर्य से मुझे देखा।

"यहाँ कहीं गिरिजा बाई रहती थीं। यह मन्दिर उन्हीं का बनवाया हुआ है ना?"

उसने सिर हिलाकर कन्नड़ में कुछ कहा, मूर्ति के सम्मुख झुके एक भक्त ने, शायद हिन्दी में पूछा गया मेरा प्रश्न और कन्नड़ में दिया गया उत्तर सुन लिया था।

"वह तो बहुत साल हुआ मर गया जी।" उसने कहा।

"उनके पति?"

"वह तो और भी पहले मर गया, आप बहुत साल बाद बँगलूर आया क्या?"

"जी हाँ, चालीस साल बाद। गिरिजा बाई हमारी पड़ोसी थीं। सुबय्या को भी आप जानते होंगे, गिरिजा बाई का अनाथ भतीजा, जो उनके साथ रहता था, वह कहाँ है?"

"सुबय्या को पूछता क्या?" फिर वह व्यक्ति, पुजारी की ओर मुड़ रहस्यमय ढंग से कन्नड़ में कुछ कहने लगा।

"आप उसे नहीं जानते क्या?" मैंने कुछ अधैर्य से पूछा।

"अम्मा, बैंगलूर में सुबय्या को कौन नहीं जानता? कितना मर्डर, रेप, बैंक रौबरी किया उसने, कर्नाटक गवरमेन्ट दस हजार रुपया का इनाम बोला है उसको पकड़ने का।"

रेप, मर्डर और बैंक रौबरी! वह दुबली-पतली टाँगों और स्याह चेहरेवाला रिकेटी छोकरा!

पर फिर मैं बिना कुछ पूछे चुपचाप बाहर निकल आई।

एक बार फिर मैंने उन साथ-साथ जुड़े चार मकानों को देखा। नया-नया पेन्ट, चमकती लाल छत, हरा पेन्ट किया जाफरीदार बरामदा और खिड़कियों के नए चमचमाते शीशे, जिन्हें हम प्रत्येक रविवार को अखबार की भीगी लुगदी रगड़-रगड़कर साफ करते थे, जिससे उनकी शुभ्र पारदर्शिता भेद गोल कमरे में धरा हमारा रोजवुड का नया-नया फर्नीचर, राहचलते राहगीरों को भी क्षण-भर ठिठकने को बाध्य कर दे! द्वार पर चढ़ी थी प्रिमरोज की बेल, जिसके नन्हे-नन्हे पीले गुलाबों की सुगन्ध सन्ध्या होते ही अगरबत्ती की अवसन्न धूम्ररेखा-सी पूरे परिवेश को सुवासित कर देती। वह बेल हमें सुबय्या ने ही लाकर दी थी। कहता था, वह सर मिर्जा इस्माइल के माली से बड़ी

चिरौरी कर हमारे लिए माँग लाया है। आज हमारे उसी मकान की खिड़कियों में बदसूरत टीन ठुके थे, प्रिमरोज की बेल न जाने किस अरण्य में विलीन हो गई थी, गेट टूटकर किसी बूढ़े जर्जर दाँत-सा नीचे लटक रहा था—काल की कुटिल गति क्या मनुष्य और वनस्पति, पेड़-पौधे, इमारत, झोंपड़ी किसी को नहीं छोड़ती?

इसी परिवेश में मेरे कैशोर्य की कितनी सुनहली स्मृतियाँ दबी पड़ी थीं। तब इस मन्दिर की मूर्तियाँ गिरिजा बाई के गृह में प्रतिष्ठित थीं। लाल मोजेइक फर्श, अगरबत्ती और बेले-मोंगरे की खुशबू के बीच स्थापित वेंकटेश की दिव्य मूर्ति के सम्मुख तब भी अखंड घृत ज्योति जलती थी। स्वयं गिरिजा बाई का तेजोमय व्यक्तित्व भी उस पूजन-गृह से मेल खाता था। गिरिजा बाई और रामस्वामी निःसन्तान थे। कुछ वर्ष पूर्व वे गाँव से अपने दूर के किसी रिश्तेदार के अनाथ पुत्र को ले आए थे। गिरिजा बाई उसे ठूँस-ठूँसकर खिलाती रहतीं, फिर भी उसकी ठूँठ-सी देह पर रत्ती-भर मांस की परत भी नहीं चढ़ी थी। उस पर रंग था आबनूसी स्याह, अँधेरे में कोई देख ले तो 'भूत-भूत' कह चिल्ला पड़े। उस पर एक आँख भैंगी थी, कभी-कभी लगता, पुतली है ही नहीं। ललाट के बीचोंबीच आँख के आकार का बड़े से घाव का निशान था।

"यही है मेरे शिव सुबय्या का तीसरा नेत्र।" गुस्सा आने पर गिरिजा बाई कहतीं, "इसी से तो अभागे की सब पढ़ी-रटी विद्या बह जाती है, दिमाग में कुछ टिकता नहीं।" सचमुच ही बेचारा लगातार तीन वर्षों से ही क्लास में अटका पड़ा था।

"अरी तुम अच्छे-अच्छे स्कूलों में पढ़ती हो।" गिरिजा बाई कहतीं, "छुट्टियों में घर आती हो तो इसे भी पढ़ा दिया करो, शायद तुम्हारी सोहबत ही इसे सुधार दे!" दूसरे ही दिन से सुबय्या सुबह होते-न-होते अपनी कापी-किताब ले, हमसे पढ़ने आ जाता। नंगे बदन, ऊँची बँधी धोती, ललाट पर भस्म का प्रगाढ़ प्रलेप, सतर बँधी शिखा और काले स्याह चेहरे पर विद्युत वह्नि-सी चमकती सफेद दन्त-पंक्ति। माँ कभी-कभी बौखला जातीं, "सुबह-ही-सुबह इस कलूटे कनुवे का मुँह देख लिया है, न जाने दिन कैसा बीतेगा।"

"वह काना नहीं है, भैंगा है माँ।" मैं अपने शिष्य का पक्ष लेती।

मुझे उस पर बेहद तरस आता था। अनाथ लड़का, बुआ के यहाँ आश्रित नौकर की-सी ही जिन्दगी तो जी रहा था।

"अरे सुबय्या, पानी भरा? कमरा झाड़ा? पूजा के बर्तन साफ किए? चल जल्दी काफी बना ला।" असंख्य आदेशों की गोली दागतीं बुआ जब काफी पीकर शान्त होतीं, तो वह हमसे पढ़ने भाग आता।

मेरे दोनों भाई उसे छेड़ते रहते, "क्यों रे भड़भूँजे, तुझे तो पसीना भी काला आता होगा, क्यों?"

"अरे भुतनी के, कल बनियान पहनकर आना, तेरी नंगी काली पीठ आँखों में चुभती है।"

वह बेचारा हिन्दी समझता ही कहाँ था, पर फिर धीरे-धीरे वह हिन्दी भी सीख गया। जितने दिन हम गर्मी की छुट्टियों में घर रहते, वह दिन-रात हमारे यहाँ ही पड़ा रहता।

"क्यों रे सुबय्या, तुझे हमारे यहाँ इतना अच्छा क्यों लगता है रे?" एक दिन मैंने पूछ दिया।

"बताऊँ?" उसने अपनी बड़ी-बड़ी डरी-सहमी आँखें उठाकर, लजाकर सहसा झुका लीं।

"बता ना।" मेरी बड़ी बहन ने कहा।

"आप लोग सब इतना सफेद हैं ना, इसी से।" बेचारा, अपने काले रंग के लिए वह विधाता को कभी क्षमा नहीं कर पाया। शायद वही कुंठा उसे एक दिन विधाता की सृष्टि का संहार करने को उकसा गई।

रक्षाबन्धन के दिन वह स्वयं ही एक सजीली राखी लेकर उपस्थित हो जाता।

"हमको आप राखी बाँधेगा ना, इसी से हम लाया।"

"तू क्यों लाया, भाई थोड़े ही ना राखी लाता है, बहन उसे बाँधती है, फिर पहाड़ में यानी हमारे देश में राखी दामाद और भानजे को बाँधी जाती है, हमारे यहाँ भाई-बहन का त्यौहार है भाई दूज, उस दिन आना, हम तुझे पूड़ी-पकवान खिलाकर तिलक करेंगे और तू हमें रुपया देगा।"

"ऐसा क्या!" उसका मुँह लटक गया।

"अच्छा चल, मैं तुझे राखी बाँध दूँगी। पर अगली बार तू राखी मत लाना, भाई थोड़े ही ना राखी लाता है, बहन उसे बाँधती है।" मैंने उसे तिलक लगाकर राखी बाँधी और मुँह में लड्डू भर दिया।

"आज से तू हमारा भाई बन गया सुबय्या।"

"भाई?" उसकी आँखों में उल्लास की सहस्र किरणें फूट उठीं।

"हाँ, भाई।"

"सच?"

"सच।"

और फिर तीन वर्षों तक मेरा वह भाई, मेरे सगे भाइयों से भी पहले, भाई दूज के पकवान खाने पहुँच जाता। रक्षाबन्धन के दिन भी वह स्वयं राखी लेकर आ जाता।

सुबह अखबार लेने, हममें से कोई भी द्वार खोलता तो देखता, नंगे बदन, ललाट पर भस्म पोते, मेरा राखीबन्द भाई, देहरी पर स्वामिभक्त श्वान-सा बैठा है।

"अरी जा, तेरा कलूटा कनुआ आ गया है तुझसे राखी बँधवाने। जब भी सुबह-सुबह इसकी मनहूस सूरत देखी है, कुछ-न-कुछ बुरी खबर जरूर सुनने को मिली है।" माँ भुनभुनातीं।

"छिः, माँ। कनुआ क्यों कहती हो उसे। वह काना नहीं, भैंगा है।" मैं कहती।

"जो भी है, है तो मनहूस। जा बाँध राखी और दफा कर।"

मेरी माँ को उसका आना फूटी आँखों नहीं भाता था।

देखती नहीं, कैसे टगर-टगर चोरों की तरह ताकता है। आए दिन बेचारी गिरिजा बाई चिल्लाती रहती हैं, पूजा का चढ़ावा गायब हो गया। रामस्वामी की जेब से पैसा चला गया। आखिर इसके सिवा वहाँ है ही कौन जो लेगा। देख, इसे बहुत मुँह मत लगा, मुझे इसकी कौए की-सी टेढ़ी नजर अच्छी नहीं लगती।"

मेरे होस्टल जाने के दिन आते तो वह उदास हो जाता, मुँह से कुछ नहीं कहता, पर जाने के दिन एक मोंगरे का गजरा लेकर स्टेशन पर अवश्य उपस्थित रहता।

"ले आ गया तेरा भाई।" मेरी बहन कहतीं।

"पिछली बार स्टेशन आया तो ट्रेन सात घंटे लेट पहुँची थी।"

मैं ट्रेन से गर्दन निकाल, उसके दुबले काले हाथ में हिलते पांडुवर्णी जीर्ण रूमाल को तब तक देखती रहती, जब तक वह आँखों से ओझल नहीं हो जाता। शायद तीन वर्षों तक वह निरन्तर मुझसे राखी बँधवाने आता रहा, फिर उसी वर्ष मेरे पिता का देहान्त हुआ और दक्षिण हमसे छूट गया। हम जब बैंगलूर से पहाड़ लौटे तो वह अपनी बुआ के साथ श्रीरंगपट्टनम् की

यात्रा पर गया था, और फिर वह सहसा जैसे किसी शून्य अन्तरिक्ष से सहसा धूमकेतू-सा प्रकट हो गया, वह भी ठीक रक्षाबन्धन के दिन।

इटारसी से कुछ आगे बढ़ते ही ट्रेन ने गति द्विगुणित कर दी थी, अन्धकार गहन हो चला था, भोपाल पहुँचते-पहुँचते दस बज जाएगा, सोच मैंने लपककर बत्ती बुझा दी। पढ़ते-पढ़ते ऊब गई थी, कूपे में और कोई नहीं था, एक धूमिल नीली बत्ती जल रही थी। सहसा खटाक से द्वार खुल गया। मैं हड़बड़ाकर उठ बैठी। मैंने तो चिटकनी चढ़ाई थी, यह कैसे खुल गया। मैं बत्ती जलाती, इससे पूर्व ही मैंने देखा, एक मुड़े तार को भीतर डाल, सधे कौशल से चिटखनी खोलनेवाला एक दीर्घदेही व्यक्ति मेरे सिरहाने खड़ा है खाकी वर्दी, सिर पर धरी तिरछी बैरा कैप, जिसने यवनिका की भाँति उसका पूरा चेहरा ढाँप लिया था।

"खबरदार जो चिल्लाई, यहीं खतम कर दूँगा, लाओ बटुआ, घड़ी, चेन, कंगन, कान के टाप्स भी खोलकर दे दो, नहीं तो मुझे खींचने पड़ेंगे। बेकार में खून बहाना मुझे अच्छा नहीं लगता।"

मैंने एक-एक कर सब चीजें उसे थमा दीं। ऐसी परिस्थिति में, व्यर्थ का दुःसाहस प्रदर्शन मुझे महँगा बैठेगा, यह मैं समझ गई, क्योंकि उसके हाथ में एक लम्बा लपलपाता छुरा था। मेरी ओर बिना पीठ किए ही फिर उसने ऊपर के बर्थ पर धरा मेरा सूटकेस इस सहज भंगिमा से उठा लिया, जैसे उसी का हो और गन्तव्य स्टेशन आने पर वह अपना ही सामान लिए उतर रहा हो।

"सुनो।" मैंने न जाने कैसे साहस जुटाकर कहा।

"तुम सब ले जा सकते हो, पर सूटकेस में मेरा पासपोर्ट है, मुझे परसों रात की फ्लाइट से सांघातिक रूप से बीमार किसी को देखने लन्दन जाना है, तुम यह ले जाओगे तो मैं इतनी जल्दी दूसरा पासपोर्ट नहीं बना पाऊँगी।" मैं सहसा अपनी रुलाई नहीं रोक पाई।

"बस-बस, रोना नहीं, मुझे औरतों की रुलाई से बड़ी घबड़ाहट होती है। लाओ चाबी—पासपोर्ट निकाल दूँ।"

सूटकेस खोल, उसने ऊपर ही धरा पासपोर्ट निकाला, बिना खोले ही थमा जाता तो अच्छा था, पर न जाने क्या सोच उसने पासपोर्ट खोला, बड़ी देर तक देखता रहा, फिर सूटकेस खुला ही छोड़ उसने बत्ती जला दी।

मैंने अब तक उसका चेहरा देखा भी नहीं था। बत्ती जली तो मैंने अचकचाकर उसे देखा और उसने मुझे। हम दोनों कितने ही बदल गए हों, राखी के क्षीण सूत्र ने ही शायद एकसाथ हम दोनों को किसी फिल्मी फ्लैश बैक की तत्परता से एक बार फिर शेषाद्रिपुरम् की उस नई बस्ती में खड़ा कर दिया।

"सुबय्या, तुम सुबय्या हो ना?"

उसने टोपी उतारकर बर्थ पर शायद इसीलिए पटकी कि मैं उसका चेहरा ठीक से देख, उसे पहचान लूँ। ललाट के बीचोंबीच, उसका तीसरा नेत्र, उसकी दुष्कीर्ति की भाँति जैसे और फैल गया था।

"यही तो है मेरे शिव सुबय्या का तीसरा नेत्र, इसी से तो अभागे की सारी पढ़ी-पढ़ाई विद्या बहकर निकल जाती है, दिमाग में कुछ टिकता नहीं;" जैसे गिरिजा बाई, कमर पर हाथ धरे उसे कोस रही थीं।

"आज इतने बरस में तुमसे मिला, वह भी ठीक रक्षाबन्धन के दिन। तुम पासपोर्ट नहीं माँगता तो हमसे आज कितना बड़ा पाप हो जाता।"

"इससे भी बड़ा पाप नहीं कर चुके क्या? सुना है, बहुत नाम कमा चुके हो। दस हजार का इनाम है तुम्हारे सिर का।" मेरा स्वर शायद कुछ अधिक ही तीखा हो गया था।

वह खिसिया गया, "माँ कहाँ है? बड़े भाई कहाँ हैं? तुम्हारा हजबैंड किधर है?" जिन सबकी कुशल वह पूछ रहा था, वे सब एक-एक कर सांसारिक कुशल-क्षेम की परिधि से बहुत दूर जा चुके थे। फिर सकपकाकर उसने पूछा, "तुम शादी तो बनाया ना?" मैं चुप रही।

सहसा वह चौकन्ना होकर सतर हो गया। गाड़ी की गति कुछ धीमी हो रही थी। किसी आसन्नप्राय स्टेशन की बत्तियाँ, सुदूर अरण्य में जुगनू-सी चमकने लगी थीं।

"मैं चलूँ, राखी नहीं बाँधेगा?" सहसा उसका स्वर कोमल धैवत पर उतर आया।

"नहीं।"

"कोई बात नहीं, मैं तुमको हमेशा रक्षाबन्धन पर एक रुपया देता था, याद है ना?"

"उसे भी शायद बुआ के मन्दिर से चुराकर लाते होगे।" मैंने तीखे स्वर में कहा।

"ठीक पकड़ा तुम।" उसने बेहयायी से हँसकर बटुआ खोला, "लो," न जाने कितने नोट निकाल उसने मेरी ओर बढ़ा दिए।

"मैं तुम्हारा रुपया अब लेना तो दूर, छूना भी नहीं चाहती।"

"ओह, हम समझ गया। कोई बात नहीं, तुम राखी नहीं बाँधा, पर हमको लगता तुम राखी बाँध दिया।" और वह टोपी पहन तीर-सा निकल गया।

मैं कुछ देर तक उठ ही नहीं पाई, जब बड़ी चेष्टा से खुला सूटकेस बन्द करने उठी तो मेरे दोनों पैर काँप रहे थे। वह लेकर चला जाता तो? मूर्ख की भाँति पूरे पाँच हजार कैश लेकर जा रही थी, ट्रेवलर्स चेक बनाने का समय ही कहाँ मिला था? उस पर पासपोर्ट, कुल देवताओं की पोटली, चार तोले के कंगन, घड़ी, हीरे की अँगूठी! कैसा बचाया वर्षों पूर्व बाँधी गई राखी की डोर ने! पर तब ही देखा, चलते-चलते मेरा वह हतभागा भाई, मुझे मात दे ही गया था। अपना वालेट, वह मेरे सूटकेस में वैसे ही धर गया था। सौ-सौ पाउंडों की मोटी गड्डी, डालर, दीनार और फ्रैंक से भरा बटुआ, बकरा खाए अजदहे के पेट-सा फूला था। न जाने किस विदेशी यात्री की जेब कतर वह उसे तिड़ी कर लाया था। निखालिस इंगलिश लेदर के बटुए पर लिखा था 'मेड इन ग्रेट ब्रिटेन' किन्तु उसमें न नाम-धाम है, न अता-पता! अब कहाँ ढूँढूँ इसके स्वामी को और किसे लौटाऊँ?

सोचती हूँ, कभी फिर तिरुपति गई तो वहाँ के दानपात्र में ही इसे डाल आऊँगी।

सुना है, वहाँ संसार-भर के महापातकी, अपनी पाप की कमाई उँड़ेल जाते हैं और उनका समस्त कलुष धुल जाता है।

राखी तो उसे नहीं बाँध पाई पर इतना तो कर ही सकती हूँ। जिसे अब मैं नहीं ढूँढ़ पाऊँगी, मेरे उस राखीबन्द भाई को शायद दयालु वेंकटेश्वर स्वयं एक दिन मुश्कें बाँध अपने दरबार में बुला भेजें और वह अभागा उनके चरणों में गिरकर कह सके :

"पापोहं पाप कर्मोहं
पापात्मा पाप संभवम्
त्राहि मां मुंडरीकाक्षं सर्वपापहरो हरिः।"

अपराजिता

आरती ने अपना चेहरा दर्पण में देखा और फिर सिहरकर दोनों हाथों से अपना मुँह ढाँप लिया। दर्पण में, अपने साँवले, साधारण चेहरे के साथ, उसे उसी प्रतिबिम्ब की प्रेतछाया फिर त्रस्त कर गई थी, जिसने उसे कई रातों से सोने नहीं दिया था। यह अदर्शी प्रतिबिम्ब, उसे बार-बार अँगूठा दिखाकर कह रहा था, 'क्या खाकर मेरी बराबरी करोगी, आरती सक्सेना! प्रतिभा को तो मनुष्य अपने परिश्रम से भी सँवार सकता है, किन्तु कितना ही परिश्रम क्यों न कर ले, विधाता के दिए कुत्सित चेहरे को वह क्या सँवार सकता है? देख लिया है ना मेरा चेहरा? मेरे यौवन, मेरे सौन्दर्य के सम्मुख अब क्या तुम्हारी अफसरी टिक सकती है?

आरती की सूजी आँखों की पलकें, अभी भी अश्रुसिक्त थीं—क्या कहेगी वह अब अपने मित्रों से? फिर मित्र भी क्या उसके साधारण स्तर के थे? वह कुछ भी न कहें, तब भी उसके उदास चेहरे की एक-एक रेखा को वे खुली पुस्तक-सा ही बाँच लेने में समर्थ थे। आरती की असाधारण प्रतिभा के स्तर के मित्र जुटना भी सहज नहीं था। अपने गहन अध्ययन, अनुपम शौर्य एवं असाधारण योग्यता के ही कारण आज वह सचिवालय की उस ऊँची कुर्सी पर आसीन थी। इसी से, उन्नत नासिका या कर्णचुम्बी आयत नयनों के अभाव में भी, उसका साधारण चेहरा एक अनोखी ही आभा से बुद्धिदीप्त रहता। वैसे देखा जाता, तो वह देखने में साधारण ही नहीं, साधारण के स्तर से भी बहुत नीचे ही उतरती थी। संकुचित ललाट, जुड़ी घनी भौंहें, और तीखे तेवर उसे और भी उग्र बनाकर देखनेवाले को सहमा देते। उसका एकमात्र दर्शनीय अवयव, उसकी शरबती आँखें थीं, जो परिवेश के साथ कदम मिलातीं, बिजली की गति से, अपना रूप बदलती रहती थीं। जहाँ

प्रणयी पति को देखते ही उन बड़ी मद-भरी आँखों में रस का सागर छलकने लगता वहीं पर कलुआ जैसे कुख्यात तस्कर को कभी उन्हीं तरल आँखों के सहसा ज्वालामुखी बन उठे अग्निगर्भा तेज ने पक्षाघात का-सा झटका दे दिया था। जब, आरती ने उस छोटे-से पिछड़े इलाके में, अपने आबकारी विभाग की कलक्टरी का पदभार पहली बार सँभाला था, वह रूखी मर्दानी अफसर जितनी ही कर्मठ, योग्य थी, उतनी ही ईमानदार और प्रतिभा-सम्पन्न थी। एक तस्कर ने तो, उसे पकड़े जाने पर, पचास हजार के उत्कोच का प्रलोभन भी दिखाया था, किन्तु शायद वह रुपये के लिए, निरीह सम्पन्न महाजनों के प्राण हरनेवाला हृदयहीन डकैत नहीं जानता था कि रुपये के मोह ने आरती सक्सेना को कभी उसकी कर्तव्यनिष्ठा से नहीं डिगाया। चाहती, तो वह उसी क्षण, पल-पल दुगुनी घोषित की जा रही उत्कोचराशि को ग्रहण कर, जीवन-भर अपने रूपवान कृशकाय सहचर के साथ, चैन की बंसी बजा सकती थी। फिर तो, रात-आधी रात को, किसी की सुदूरस्थित ग्राम में तस्करों के अड्डे का सन्धान पाते ही, वह गुर्राती भूखी नरभक्षिणी-सी ही, शिकार की खोज में निकलने लगी। एक तो उसका जिला नेपाल की सरहद से सटा था, उस पर सीमान्त का गहन अरण्य उनका प्रिय अड्डा था। चार ही महीनों में उसने तीन छापे मारकर लाखों की हशीश, अफीम बरामद कर ली थी। एक दिन, वह ऐसे ही थकानप्रद दौरे से, जीप धड़धड़ाती अपने बंगले में पहुँची ही थी कि तहसील का एक धूर्त नापित उसे सूचना दे गया था—'कलुआ हमारे ही गाँव के ठाकुरों की बरात में आया है सरकार, पूरे साठ-सत्तर हजार का माल लिये है।'

कलुआ के आतंक ने उन दिनों समीपस्थ प्रत्येक ग्राम को थर्राकर रख दिया था। वह एक कुख्यात तस्कर ही नहीं, एक नृशंस डकैत भी था। दिन-दहाड़े, समृद्ध ग्रामीणों के यहाँ अपनी बहुमूल्य पोटलियाँ छिपा, वह प्रतिवेशी ग्रामों की समृद्धि को, किसी गर्त में छिपाए हड्डी के टुकड़े की भाँति सूँघता, चोर कुत्ते-सा ही पहुँच जाता और बल्लम-भाले, देशी बारूद के धमाके से, पूरे ग्राम को आतंकित कर, सम्पन्न श्रीमन्त को भी पथ का भिखारी बना जाता। कहा जाता था कि उसके अचूक निशाने की कीर्ति से ही सहमकर, कोई भी पुलिस की टुकड़ी उससे आज तक मोर्चा नहीं ले पाई थी। उसी अचूक निशाने के स्वामी को, अपने अचूक निशाने से पराजित कर, दुःसाहसी आरती सक्सेना ने, अपने पूरे जिले को अपनी खाकी ट्यूनिक की जेब में

डाल लिया था। वह जब भी छापा मारने निकलती, हमेशा मर्दानी वर्दी का ही परिधान धारण किए रहती, साड़ी के छहगजी जंजाल में, अपनी प्रशासकीय योग्यता को उलझाना उसे पसन्द नहीं था, इसीलिए उसने अपने ऐसे शत्रुसन्धानी दौरों के लिए एकसाथ कई खाकी वर्दियाँ सिला ली थीं। पौरुष को वह अपने अर्जित पौरुष से ही, आज तक पराजित करती चली आई थी। वह इस बात का पूरा-पूरा ध्यान रखती थी कि किसी नन्ही-सी तुरपन से भी, नारी की ललित-ललाम छटा न छिटक पाए! दूर से देखने पर तो, किसी भी अपरिचित को, उसे देख किसी रोबदार, गठीले पुरुष का भी भ्रम हो सकता था। एक बार तो, उसके एक मित्र की नन्ही पुत्री ने कह दिया, 'हाय बुआ, आप अगर वो आठ आनेवाली नकली मूँछें लगा लें तो और भी अच्छी लगेंगी।'

कलुआ के अड्डे पर छापा मारने भी वह अपनी उसी मर्दानी वर्दी में निकल पड़ी थी। फिर जिस छल-बल से, वह साक्षात् चामुण्डा का रूप धारण कर, उस चिक्षुर से मोर्चा लेने, अपने गणों सहित, उस ग्राम में पहुँची और छिपकर, पेड़ के पत्तों से एकाकार हो गई, वह घटना पूरे शहर में एक दन्तकथा बन गई थी। विदेशी ठर्रे और बनैले सुअर के तामसी अपच से उन्मत्त कलुआ, बरातियों का मनोरंजन, उसी की गुणगाथा से कर रहा था—'अजी, यहाँ कैसे-कैसे अफसरों को थूक चटा दिया, यह तीन कौड़ी की मेहरारू क्या खाकर कलुआ से जूझेगी! सूई उछालकर भी, अपने निशाने से उड़ा सकता है कलुआ! किसकी छाती में हैं इतने बाल जो इस छाती को बन्दूक के धमाके से दागे!'

वह बड़े गर्व से, अपनी लोमश छाती का प्रदर्शन कर ही रहा था कि पत्तों के गहन अन्तराल से सन्नाती गोली उसकी कनपटी का स्पर्श करती एक पल को, उसकी बोलती बन्द कर गई। फिर तो, कलुआ का वीभत्स चेहरा और भी वीभत्स हो उठा था। देखते-ही-देखते विवाह का मंडप खाली हो गया, कच्ची मिट्टी के बने घरों के द्वार पटापट बन्द हो गए, पर उस भगदड़ के बीच भी, कलुआ अपनी वनकेसरी की-सी गर्जना से दिशाएँ गुँजाने लगा था, 'मर्द है तो सामने आकर लड़, जनखों की तरह छिपकर गोली क्यों चलाता है?'

वह अब बन्दूक ताने, दाँत पीसता शत्रु के शरसन्धान की दिशा को ढूँढ़ने लगा था। मर्द न होकर भी वह जवाँमर्द के ही साहस से पेड़ से कूद गई

थी। आमने-सामने की टक्कर में पहली बार, उस अचूक निशानेबाज का निशाना आरती के कन्धों को छूता व्यर्थ निकल गया था। उसका एक कारण और भी था, जिसने सर्वदा पुरुष-प्रतिद्वंद्वी की ही आग उगलती आँखें देखी थीं, वह एक क्षण को उस अन्धकार में किसी वन्य-पशु की-सी जलती उन आँखों के अस्वाभाविक तेज से, सहसा चौकन्ना हो गया था। फिर उत्तेजना, क्रोध और पेड़ से लगाई गई ऊँची छलाँग ने आरती का ढीला बँधा जूड़ा खोलकर कन्धों पर बिखेर दिया था।

खुले केश, तमतमाया चेहरा और आरक्त चक्षुओं की उस ज्वलन्त दृष्टि ने कलुआ का सन्तुलन छीन लिया। उसके मोटे होंठों से भद्दी अश्लील गाली आधी ही निकली थी कि आरती की कुमुक ने उसे घेरकर जकड़ लिया। आरती को प्रशस्ति तो प्रचुर मिली ही थी, साथ ही उसके अनुपम शौर्य-प्रदर्शन ने उसे उसी दिन से, पुरुष सहकर्मियों की बिरादरी में बिना किसी रोक-टोक के प्रवेश की अनुमति दे दी थी। उसकी स्वयं की महिमा के साथ-साथ फिर निरन्तर उसके पद की गरिमा भी बढ़ती ही चली गई थी। कुछ अंशों में, आरती की योग्यता को उसके सुखी दाम्पत्य जीवन ने ही घिस-माँजकर और भी परिष्कृत कर दिया था; उसके निकटतम मित्रों को भी कभी-कभी आश्चर्य होता कि एकदम ही अनमोल जोड़ी होने पर भी, दोनों में स्वाभाविक खटपट तो दूर, सामान्य-सी बहस भी कभी नहीं होती थी। लगता था, दोनों ने ही बड़ी समझदारी से कुछ ऐसा समझौता कर लिया था कि उनके जीवन में एक दर्शनीय मशीनी तत्परता आ गई थी। दिन-भर दोनों समानान्तर रेखाओं-से विलग रहते और सन्ध्या होते ही वे दो रेखाएँ एक-दूसरे का अस्तित्व मिटा एकाकार हो जातीं। न दोनों के स्वभाव में कोई साम्य था; न चेहरे-मोहरे और शरीर की बनावट में ही!

आरती हृष्ट-पुष्ट ऊँची महिला थी, उसके मदाक्रान्त प्रौढ़त्व ने, समय से कुछ पूर्व ही किसी बिनबुलाए अवांछित अतिथि की भाँति टपककर, उसके यौवन को दुःसाहस से पीछे ढकेल दिया था, जीवन के तैंतीस वसन्तों में ही कनपटी के बालों से सफेदी झाँकने लगी थी, सचिवालय के कठिन कार्यभार ने, चेहरे को सिकोड़ दिया था, पुरुषों के निरन्तर साहचर्य से, उठने-बैठने, हँसने-बोलने में पुरुषोचित गरिमा आ गई थी। अराल अँगुलियों को, यत्न से किया गया मैनीक्योर भी, अब नहीं सँवार पाता था, दिन-भर कलम पकड़ने से, अँगुलियों में गाँठें उभर आई थीं। फिर भी, उसकी सज्जा, वाणी, हँसी

में कहीं भी शैथिल्य नहीं रहता। वहीं पर उसके पति रामभजन सक्सेना के नाम में ही किसी अर्दली के-से नाम की खनक नहीं थी, पूरे व्यक्तित्व में ही सदैव, किसी दीवार के ढह पड़ने का-सा खतरा बना रहता। आरती प्राणान्तक चेष्टा से ही अपने उस निपट गँवार पति को एक सुसंस्कृत नागरिक बना पाई थी।

पितृगृह की समृद्धि में पालिता आरती, ब्याहकर ससुराल आई तो उसका यही सुदर्शन सहचर, मुँह में दतौन दबा, लोटा लेकर दिशा-जंगल जाया करता था। नाम का तो ग्रेजुएट था, किन्तु सभ्य शिष्टाचार की वर्णमाला से, उसका सामान्य-सा भी परिचय नहीं था। अंग्रेजी बोलना तो दूर, पढ़ने में भी वह बुरी तरह हकलाता था। उसी देहाती भजन का कायाकल्प कर दिया था–आरती ने। शरीर अभी भी कृश था, किन्तु उसकी वही कृशता उसके सुकुमार चेहरे को और भी कमनीय बना देती थी, वह ऐसा चेहरा था, जिसे कभी पारसी थिएटर कम्पनियाँ सजा-धजाकर, नारी रूप में अवतरित कर, लाखों दर्शकों के हृदय विजित किया करती थीं। आरती के लिए वह भोला पति एक मोहक शिशु-सा ही था, जिसे तरह-तरह के उपहारों से लादकर भी, उसे कभी पूर्ण सन्तोष नहीं होता था और वह भी, पत्नी-प्रदत्त प्रत्येक अलभ्य दामी उपहार के हाथ में आते ही, अबोध शिशु-सा ही किलक उठता। कहीं भी कोई अच्छा कपड़ा देखती, आरती चट से भजन के लिए खरीद लेती, चौक की न जाने किन-किन सँकरी गलियों में घूम, वह उसके लिए चिकन के जालीदार कुर्ते बनवाती, कहीं से कारचोबी के नागरा बनवा लाती और कहीं से कोल्हापुरी चप्पलें।

पत्नी की कलात्मक सुरुचि बेजोड़ थी और उसी का संस्पर्श, उसके मोम की डली-से पति को भी लग गया था। कान्वेंट शिक्षिता आरती की त्रुटिहीन उच्चारण ही भजन की जिह्वा पर नहीं उतरा, उसके अदब, कायदे, नम्रता, शिष्टाचार की छाया भी, उसे निरन्तर अपने आरक्षण में घेरे, साथ-साथ चलने लगी थी। आरती की दृष्टि में, उसके पति का सबसे बड़ा आकर्षण था नारीमात्र के प्रति उसकी उदासीनता। उसकी मित्र-पत्नियाँ, मिलनेवालियों में एक-से-एक आकर्षक मुखरा-चपला उर्वशियाँ थीं, किन्तु मजाल थी कि कभी भजन उनसे हँसी-चुहल तो कर ले! नारी-रूप की प्रेरणाशक्ति उसके भोले महादेव का कभी स्पर्श भी नहीं कर पाती थी। उसका संसार, उसका प्रणय-निवेदन केवल अपनी रोबदार पत्नी तक ही सीमित था, वही उसकी एकमात्र

उपास्य थी और वह उसका एकमात्र उपासक!

जब तक सास जीवित रहीं, आरती की त्रुटिहीन सेवा के बावजूद, उससे असन्तुष्ट ही रहीं, 'हम तो उसी दिन जान गई थीं, जब बचुआ उन्हें ब्याह के लाए थे। अजी, कुछ जनानी लकार हो तो गोद भी भरे!' वैसे बचुआ, उसे अपने मन से ब्याहकर नहीं लाए थे, उनके दूरदर्शी पिता ने ही उन्हें वह उपहार भेंट किया था। आकण्ठ कर्ज में डूबे, मुंशीजी का वह अकर्मण्य मन्दबुद्धि पुत्र, कई असफलताओं के पश्चात, ग्रेजुएट बन पाया था, फिर पिता के ही एक मित्र ने, उसके लिए वनस्पति घी फैक्टरी में एक छोटी-मोटी नौकरी भी ढूँढ़ दी थी। जब कर्जदारों ने मुंशीजी के द्वार खटखटाकर कुंडी का लगभग उन्मूलन ही कर दिया था और गिरवी पड़े मकान की कुर्सी का भय, उन्हें बुरी तरह त्रस्त कर रहा था, तभी यह रिश्ता आया था।

पहले तो वह चौंके, फिर उनका विवेक जाग्रत हो गया। रिश्ता उन्हें मंजूर था, पर तगड़े तिलक के अतिरिक्त, अपने सुदर्शन पुत्र की अन्तिम नीलामी बोली में, वह चाहते थे कि समधी उनका पूरा कर्ज उतार बंधक पड़ा पुश्तैनी मकान भी छुड़ा दें। आरती के पिता, अवकाशप्राप्त जिलाशीध थे, किन्तु अवकाशप्राप्ति-पूर्व नौकरी ने, उन्हें जिन-जिन जिलों का सम्राट बनाया, वहाँ-वहाँ से उन्होंने महमूद गजनवी की-सी ही हृदयहीनता से, लूट-पाटकर यथेष्ट समृद्धि बटोरी थी। फ़िर आरती उनकी एकमात्र सन्तान थी। यह विधाता का सरासर अन्याय था कि पुत्री के चेहरे को वह सामान्य-सा लावण्य भी नहीं प्रदान कर सके, नहीं तो आज पढ़ी-लिखी पुत्री को, उन्हें ऐसे बहाना पड़ता! सुदर्शन जामाता के कमनीय चेहरे पर रीझकर ही उन्होंने यह रिश्ता भेजा था। बुड्ढा डाइबिटिक था और बुढ़िया को दिल का पुराना रोग था, आखिर सास-ससुर कितने दिन जिएँगे? ईश्वर ने चाहा तो कुछ ही दिनों में बेटी का मैदान साफ हो जाएगा और वे भजन को गृह-जामाता बना, अपने गृह का स्थायी सदस्य बना लेंगे। किन्तु जब उनकी काल्पनिक योजना साकार हुई तो उनके भजन को स्थायी सदस्य बनाने के सपने मिट्टी में मिल गए। माता-पिता को एकसाथ ही ट्रेन-दुर्घटना में खोकर आरती विक्षिप्त-सी हो गई थी। किन्तु कठिन-से-कठिन परिस्थितियों से भी उसने आज तक कभी हार नहीं मानी थी। ससुराल का बेढंगा मकान बेच, उसने पिता की कोठी को किराए पर उठा दिया, फिर पति की नाममात्र की नौकरी छुड़वा, उसे साथ लेकर वह अपनी नौकरी सँभालने चल दी।

भजन का वास्तविक कायाकल्प, उसके इसी निरंकुश राज्यकाल से आरम्भ हुआ था। उसकी अप्रतिम खिसियायी हँसी को, बरबस धारण कराए गए मौनव्रत ने मिटा दिया, अकारण की गुनगुनाहट, और बीच-बीच में कन्धे उचकाने के बद-अभ्यास को भी, रोबदार पत्नी की कनखियों की मार ने, सदा के लिए मुक्ति दिला दी। यही नहीं, रात-रात पढ़ाकर, आरती ने उसे न जाने कब एम.ए. की परीक्षा भी ठेल-ठालकर उत्तीर्ण करा दी। फिर तो अपनी मित्र-मंडली में वह अपने पति का परिचय पठन-पाठन प्रेमी विद्वान के रूप में देने लगी, 'इन्हें क्या कभी अपनी रिसर्च से फुर्सत मिलती है? जब देखो तब मोटी-मोटी किताबें लिए किसी कोने में बैठे रहते हैं!' वास्तविकता एकदम उसके कथन के विपरीत होती। बेचारा भजन कोने में स्वेच्छा से नहीं बैठता था, उसे बैठा दिया जाता था, जिससे आरती की बौद्धिक गोष्ठी के बीच, वह कहीं अपना कोई सस्ता-सा चुटकुला न सुना बैठे। एक-दो बार वह आरती को, उसके मित्रों के सम्मुख ऐसे चुटकुले सुनाकर, बुरी तरह अपदस्थ कर चुका था। आरती एक लोकप्रिय वरिष्ठ अफसर थी। आए दिन उसके यहाँ गोष्ठी जमती, उसकी मौलिक परिहासप्रियता, आनन्दी स्वभाव, उदार मेजबानी उसकी गोष्ठियों को और भी मधुर बना देती।

उसके दिए गए सहभोजों की शहर में विशेष ख्याति थी, जब भी उसके यहाँ पार्टी होती, वह रुपया पानी की भाँति बहा देती। भजन, ऐसे अवसरों पर, अपनी पूरी सामर्थ्य से जुट जाता। न जाने किन-किन मंडियों में घूम-घूमकर पसेरियों में सब्जी खरीदता, फिर स्वस्थ बकरे की एक-एक रान की जाँच-परख कर बोटियाँ कटवाता। यहाँ तक कि मसाला पीसने में भी उसे नौकर पर विश्वास नहीं होता! आरती दफ्तर से लौटती तो देखती– कच्छा-बनियान पहने वह सिल-बट्टे से जूझता, पसीना-पसीना हो रहा है। 'भजन, दिस इज टू मच! तुम इन हरामखोर पड़ोसियों को नहीं जानते! कहीं जान गए तो मेरी ही बदनामी करेंगे,' वह कहती।

'किसे क्या पता कि हमने मसाले पीसे हैं,' वह बड़े भोलेपन से हँसकर फिर मसाला पीसने लगता।

'बहादुर ने तो देख लिया है, घर का भेदी, हर नौकर विभीषण होता है भजन। किसी ने कभी फुसलाया तो चट से उगल आएगा कि मेमसाहब साहब से मसाले भी पिसवाती हैं।'

कभी-कभी आरती रुआँसी हो जाती। पर भजन को किसी के कहने-

सुनने की चिन्ता नहीं रहती। जब आरती ड्राइंग रूम की और अपनी सज्जा में व्यस्त रहती, वह रायते के लिए दही मथ रहा होता। घर का नेपाली नौकर बहादुर ही उसका एकमात्र मित्र था, उसे भी यह मसाला पीसनेवाला, मेम साहब के ब्लाउज पेटी-कोट में स्त्री करनेवाला साहब बहुत पसन्द था। न उसे कभी डाँटता, न डपटता। आरती को कभी-कभी मीटिंग से लौटने में बड़ी देर हो जाती तो देखती, स्वामी और भृत्य दोनों परमानन्द से रेडियो लगाकर फिल्मी गाने सुन रहे हैं।

'कितनी भाग्यवान हो तुम आरती!' उसकी मित्र सीमा चक्रवर्ती कहती थी, 'तुम्हारे पति की जगह कहीं मेरा हरेन्द्र होता तो ऐसी दावत के बाद मेरी खैर नहीं रहती। तुम तो जानती ही हो, वह एलाइड में है और मैं आई.ए.एस. हूँ। इस काम्प्लेक्स से वह कभी मुक्त नहीं हो पाता। कई दावतें ऐसी होती हैं, जहाँ केवल मुझे ही निमन्त्रित किया जाता है। बस, फिर यह समझ लो कि पूरा महीना-भर वह दावत मेरे सिर से निकलती रहती है...।'

आरती गर्व से मुस्करा देती, किन्तु सहसा एक ही रात में वह उसकी सहज स्वाभाविक गर्वोन्मत्त मुस्कराहट सूखे अधरों पर ही सूखकर विलुप्त हो गई थी। आज पहली बार जीवनोदधि की उद्धत आनन्दी तरंगों के बीच एक अदृश्य चट्टान की भयावह उपस्थिति उसे त्रस्त कर गई थी। कुछ ही क्षणों में उसका जीवनपोत, उससे टकराकर चूर-चूर हो जाएगा। दिन-भर की क्लान्ति के पश्चात् कभी-कभी जब भजन अपने लजीले प्रणय-निवेदन के साथ, डरते-डरते उसे बाँहों में खींचने की चेष्टा करता तो वह इस बुरी तरह से डपट देती कि बेचारा सहमकर पत्थर बन जाता, आज उन्हीं बाँहों के विस्तृत घेरों में स्वयं ही सिमटकर खो जाने को उसका आर्त्त हृदय व्याकुल हो रहा था। विवाह से पूर्व, डाइटिंग के चक्कर में जब वह ग्रास-भर खाना खाकर ही उठ जाती थी, तो उसकी माँ उसे टोकती थी, 'बेटी, ऐसे ही खाना कम करोगी तो एक दिन आँतें सिकुड़ जाएँगी और भूख एकदम ही मर जाएगी।' यही शायद भजन की अभूख का कारण भी था। उस क्षुधार्त्त भिक्षुक को उसने ही तो तीव्र भर्त्सना से न जाने कितनी बार द्वार से भूखा ही लौटा दिया था। पर तब वह क्या जानती थी कि उसके शिशु-से सरल पति को उस मायावी गुरु का चक्कर बाँध रहा है? कुछ महीनों से वह पति की विचित्र गतिविधि को देख शंकित अवश्य हुई थी, पर फिर अफसरों का शत्रु मार्च का महीना सिर पर चढ़ आया था, न जाने कितने बिल, कितनी फाइलें और

चिड़ियाघर के बन्द पिंजरे में गुर्राते बब्बर शेर की-सी गर्जना में उसके सचिव कलेजा बीच-बीच में अलग ही धड़का रहे थे, क्या करती बेचारी। थकी-माँदी आती और भजन से थोड़ा इधर-उधर की बातें कर सो जाती। अचानक एक दिन आरती की नींद टूटी तो देखा पार्श्व के पलँग से भजन गायब है।

उसने सोचा, शायद बाथरूम गया है, वह फिर नींद में डूब गई। थोड़ी देर बाद अपने कद्दावर एल्सेशियन का भौंकना सुन, वह चौंककर उठ बैठी। पलँग अभी भी खाली था। जिस कोने की ओर मुँह किए जैकी भौंक रहा था, उधर ही उसकी दृष्टि स्वयं मुड़ गई। न जाने कब से उसके पार्श्व से उतर, भजन चटाई बिछा शीर्षासन की मुद्रा में मूर्ति-सा स्थिर उल्टा लटका था! उसकी सतर देह काठ-सी तनी थी, सिर के बालों ने लम्बोतरे चेहरे को पूरी तरह ढँक लिया था। जैकी स्वामी की परिचित देहगन्ध से भी आश्वस्त नहीं हो पा रहा था।

'चुप कर जैकी।' आरती ने उसे झपटा, फिर अपनी झुँझलाहट को यथासाध्य संयत कर, उसने उल्टे लटके भजन के कान के पास मुँह सटाकर पुकारा—'भजन, भजन डार्लिंग!'

पर भजन डार्लिंग ने तो जैसे परमपद पा लिया था, संसार में होकर भी वह संसार में नहीं था। आरती का साहसी कलेजा भी बुरी तरह धड़क उठा। दिल्ली, मसूरी, मद्रास की वह अपनी सारी अफसरी कवायद भूल-बिसरकर रह गई। बड़ी देर बाद वह सीधा होकर बैठा, तो आरती सहमकर स्वयं ही पीछे हट गई। यह तो उसका पति नहीं था! चेहरे पर की दिव्य मुसकान और अर्धोन्मीलित दृष्टि न जाने किस अदृश्य शान्ति के सागर में डुबकियाँ लगा रही थी।

'यह सब क्या कर रहे हो भजन, इतनी ठंड में नंगे बदन?' वह चिन्तातुर-व्यग्र होकर पति को बरबस पार्श्व में खींच लाई और कम्बल उढ़ा दिया, 'यू हैव ए वेरी वीक चेस्ट भजन! याद नहीं पिछली बार इन्हीं दिनों तुम्हें ब्रांको-न्यूमोनिया हो गया था? इस बार कुछ हो गया तो मैं कुछ कर भी नहीं पाऊँगी। तुम्हें पता है ना, मुझे एक सेमिनार में नैनीताल जाना है!'

भजन ने कोई उत्तर नहीं दिया। बड़ी देर तक पति का हाथ मुट्ठी में कसकर दाबे-दाबे ही, आरती फिर गहरी नींद में डूब गई। जब उठी तो उसका पार्श्व पर्यंक फिर सूना था। उसने ड्रेसिंग गाउन डाला, सब कमरे देखे, बाथरूम देखा; फिर बहादुर की पेशी की।

'क्यों बहादुर, साहब कहीं गए हैं क्या?'

उस एक प्रश्न को पूछने में, उस आत्मसम्मानी प्रखर नारी की कितनी ही सूखी सिसकियाँ कंठ-प्राचीर से टकरा-टकराकर, उसका कलेजा निचोड़ गई थीं! उसका पति, आज तक उससे बिना पूछे, कभी बाथरूम तक नहीं गया था, यह हरामखोर बहादुर भी जानता था। फिर उसी से, आज पति के पलायन की कैफियत माँगने में वह धरती में धँस गई थी।

'जी, साब तो आजकल रोज दुपहर में गुरुजी के पास जाता है। आज जल्दी चला गया...!' उसका चपटा चेहरा स्वामी की कीर्ति से उद्भासित हो, और भी चपटा लगने लगा था।

'गुरुजी? कौन गुरुजी?'

'नागा बाबा है हजोर, तन पर बस्तर नहीं! साब हमको भी एक दिन ले गया था। कहता था—बहादुर, हम भजनानन्द बन गया तो तुमको भी साथ ले जाएगा!'

आरती को लगा, वह बेहोश होकर उसी मूर्ख के सामने कहीं कोई दृश्य उपस्थित न कर बैठे।

'ठीक है, तुम नाश्ता तैयार करो—साहब के आने पर ही मैं चाय पियूँगी।'

और न जाने कब तक वह अवश कुर्सी में ही बैठी रही थी। जिसे उसने किसी जंगली भेड़िये की माँद से छुड़ाए 'बुल्फ बाय' की ही भाँति, अपने बुद्धि-नैपुण्य से, सुसंस्कृत समाज का सम्मानित सदस्य बना लिया था, वह उसके किस अयत्न से प्रताड़ित होकर, सहसा अनुशासन का बन्धन तोड़ गया था? जब वह लौटा, तो उसके नग्न तन पर, देहाती लाल अँगोछे का ह्रस्व परिधान देख, आरती का चेहरा तमतमा उठा। कहीं उसकी सुरुचिपूर्ण मित्रों की बिरादरी उसे देख लेती, तो वह कहाँ मुँह छिपाती फिरती? किन्तु उस अद्भुत अनुशासनप्रिय नारी को, विधाता ने, हाथ में आई शक्ति का दुरुपयोग करना नहीं सिखाया था। हृदय क्रोध की उत्तुंग तरंगों से उद्वेलित होने पर भी, वह जिह्वा को संयम के अंकुश से साधने में समर्थ थी। वह जानती थी कि व्यर्थ की चिल-गोहार मचाकर, वह अपने नौकर की, इधर-उधर बातें लगाने की प्रवृत्ति को ही प्रश्रय देगी। आज तक उसका विवाहाकाश दाम्पत्य-जीवन की कटुता से कभी म्लान नहीं हुआ।

'आओ, भजन,' उसने अपने मधुर स्मित से अपने निगरगंड सहचर का आह्वान किया, 'मैं कब से चाय लेकर बैठी हूँ!'

नित्य की भाँति, उस दिन भी आरती की मेज दर्पण-सी चमक रही थी। चाँदी का टी-सेट, दो प्लेटों में पाँच अंडे, कुरकुरे टोस्ट, पौरिज और चाँदी की तश्तरी में मेवे।

कृपण पिता की अटूट धनराशि की, आरती के नित्यप्रति के भोजों में ऐसी ही तृतीय गति होती थी।

'तुम खा लो! बहादुर से कहो मेरे लिए एक गिलास दूध ले आए। मैं आज से अंडा नहीं खाऊँगा!'

स्वर की अस्वाभाविक दृढ़ता ने आरती के कलेजे में खंजर-सा धँसा दिया।

ऐसा दुःसाहस? जिसने इतने वर्षों से कभी धेला भी कमाकर नहीं दिया, वह आज कह रहा है कि यह नहीं खाएगा! वह नहीं खाएगा! उसके टुकड़ों पर पलनेवाले देहाती, लंठ-गँवार की ऐसी स्पर्धा? किसने उसके इस नम्र अश्व को ऐसा अबाध्य बना दिया कि वह लगाम मुँह में ले ही नहीं रहा था?

फिर भी, आरती बिना कुछ कहे, चुपचाप नाश्ता करती रही। दूध पीकर वह बिना उससे कुछ बोले ही जाने लगा, तो पल-भर के लिए ठिठका, 'आरती, आज मैं रात तक लौटूँगा, स्वामीजी के यहाँ बनारस से उनके गुरुभाई आ रहे हैं, तुम खाना खा लेना...!'

स्तब्ध आरती, हाथ-पर-हाथ धरे बैठी ही रही थी, उसकी अफसरी, विद्या, वैभव व्यर्थ होकर उसे विद्रूप का अँगूठा दिखा रहे थे। वह फिर उस दिन भूखी ही दफ्तर चली गई थी। जीवन में पहली बार, उसे अपनी निरीह विवशता पर दया आ रही थी। खटाखट मशीनी गति से फाइलों को निबटाने में आज तक उसकी अपूर्व ख्याति थी, किन्तु आज मेज पर फाइलों का अम्बार लगा था और उसकी शक्ति ही चुक गई थी; आज तक वह अपने अनुभवी पिता की ही सीख पर चलती आई थी, 'बेटी, फाइलों को हमेशा घोड़े समझकर ही खटाखट दौड़ाती रहना। बहुत दिनों तक अस्तबल में बँधा घोड़ा, खुलने पर, कभी-कभी मालिक को भी गिरा देता है।'

पर आज उसकी कलम अचल होकर बार-बार बिदक रही थी। क्या, वह स्वयं अपने इस दुर्भाग्य के लिए उत्तरदायिनी नहीं थी? अफसरी की अकड़ में तनी, वह भूल गई थी कि वह एक पत्नी भी है। एक म्यान की दो तलवारें ही आज परस्पर टकरा गई थीं। इसमें कोई सन्देह नहीं कि वह एक कुशल अफसर की ख्याति का सर्वोच्च सम्मान पा चुकी थी। कैसे-कैसे खूँखार नरव्याघ्र

से सचिवों से उसने आज तक डटकर ही मोर्चा लिया था! विधानसभा के प्रश्न हों, या शासन-सम्बन्धी कोई नया सुझाव—बिना उसकी सम्मति के आज तक उसके किसी भी सचिव ने कोई महत्त्वपूर्ण निर्णय नहीं लिया था। हाथ में कलम थामते ही उसका कुत्सित चेहरा एक अनोखी आभा से उद्भासित हो उठता। उलझी से उलझी फाइल के झाड़-झंखाड़ को भी वह कलम से ऐसे उखाड़कर सुलझा देती कि लगता कोई अनुभवकुशल माली जंगल बनी बंजर भूमि को खुरपी से गोड़-गाड़ सुघड़ बना गया है। वास्तव में, उस नारी की सृष्टि विधाता ने दफ्तर की कुर्सी के लिए ही की थी। उसकी गोदी के लिए यदि शिशु किलकता भी तो वह किलक कभी स्वाभाविक नहीं लग सकती थी। दिन-भर की थकी-माँदी घर लौटती तो भजन उसका हँसकर स्वागत करने द्वार पर खड़ा रहता। सन्ध्या होते ही वह उसे बगल में बिठाकर अपनी मित्रमंडली से मिलने पहुँच जाती। वहाँ कभी-कभी भजन के निरीह पौरुष को लेकर उसके मित्र परिहास की चुटकियाँ भी लेते, किन्तु स्वयं आरती के शब्दों में उसका बौद्धिक पति, उनके तुच्छ हास-परिहास में कभी भाग नहीं ले सकता था, इसी से बेचारे के हाथ में जबर्दस्ती किसी जटिल पुस्तक का गरिष्ठ चिखौना ठूँस उसे अलग बिठा दिया जाता।

आज अपने उसी निरीह पति की अनुशासनहीनता उसे डंक देने लगी थी। फिर उसके नाजुक चेहरे, भोली हँसी से भी अधिक आकर्षक थी उसकी निस्वार्थ सेवा-भावना। पूरी गृहस्थी का भार स्वेच्छा से ढोने के दास्य भाव की वह इतनी आदी हो चुकी थी कि उसके बिना उसके जीवन का एक-एक पल व्यर्थ हो उठा था।

एक दिन जब वह दफ्तर से लौटी तो भजन घर पर नहीं था। संकोचवश वह बहादुर से कुछ नहीं पूछ पाई, पर जब रात तक भी वह न लौटा तब वह शंकित होने लगी। बहादुर से कुछ पूछती भी कैसे? यह उसके लिए कितनी लज्जा की बात होगी कि घर के नौकर से वह यह पूछे कि साहब कहाँ गए हैं। और कोई साहब होता, तो शायद पत्नी को पूछने में संकोच नहीं होता, किन्तु बहादुर तो जानता था कि उसके साहब की दिनचर्या की एक-एक पलघटिका भी मेमसाहब के आँचल की गाँठ में अब तक बँधी रही है। वह उदास बैठी चाय पी रही थी कि सिर झुकाए बहादुर स्वयं ही आकर उसके सामने खड़ा हो गया।

'मेम साब,' उसने काँपते कंठ से उसे सम्बोधित कर फिर अपना सिर

झुका लिया।

'क्या बात है?' स्वर में अभी भी अनुशासन की कड़क थी।

'साहब चला गया, मेम साहब, अब कभी नहीं आएगा।'

'क्या?' उत्तेजित होकर आरती कुर्सी से उठ गई थी।

'हाँ, मेम साहब, साहब को गुरुजी ने दीच्छा दे दिया है। आज हमसे बोला, 'बहादुर, अब हम जा रहा है, कभी नहीं लौटेगा...!' '

भजन के इस दुसाहसी पलायन ने आरती की चेतना ही हर ली थी। न जाने कब तक, वह मूर्ति-सी अडिग उसी कुर्सी पर बैठी रही थी। 'मेम साहब,' बहादुर के सहमे स्वर ने उसे एक बार फिर चौंका दिया।

'क्या है, बहादुर?' उसने अपने उद्वेलित हृदय की उमड़ती तरंगों को अपने संयत, कठोर स्वर से दबा दिया।

'मेम साहब, घर से तार आया है, माँ बहुत बीमार है...आज की गाड़ी से ही जाना होगा...!'

'ठीक है, तुम जा सकते हो।'

बहादुर आश्चर्य से अपनी उस सनकी मालकिन को देखता ही रह गया था। पहले क्या कभी उसने एक दिन की भी छुट्टी ऐसे दे दी थी? छुट्टी का नाम लेते ही तो वह भड़क उठती थी! किन्तु आज वह बहादुर की छुट्टी के समाचार से प्रसन्न ही हुई थी। वही तो भजन के पलायन का एकमात्र साक्षी था। वह चला गया, तो अपने दुर्भाग्य-प्रकरण को अपने ही तक सीमित रख सकती थी। भाड़ में जाए भजन! गोबर का कीड़ा गोबर में सड़-सड़कर मरना चाहे तो दोष उसका नहीं था। अपने एकान्त को उसे अब अपनी बहुचर्चित गरिमा के साथ ही स्वीकार करना होगा। बहादुर को घर भेज, वह दफ्तर चली गई। जब लौटी तब सूना घर उसे एक बार फिर काट खाने को दौड़ा। नहीं, ऐसे हथियार डालकर काम नहीं चलेगा। उसे एक और अवसर अपने उस मूर्ख-अकर्मण्य पति को देना ही होगा। डूबती मूँडी को, बाल पकड़कर एक बार खींचकर देखेगी, और फिर भी यदि वह डूबना चाहे तो डूबे।

सारी रात वह बेचैन करवटें बदलती रही, फिर पौ फटने से पहले ही वह नहा-धोकर तैयार हो गई। पति के निठल्ले गुरु का पता लगाने में उसे कोई कठिनाई नहीं हो सकती थी। शहर से दूर जिस अरण्य में उस रमते जोगी का आश्रम था, उसका पूरा नक्शा वह बहादुर से पूछ-पाछकर अपनी

डायरी में उतार चुकी थी। पड़ोस के फ्लैटों की पूरी कतार जब गहरी नींद में डूबी थी, आरती सक्सेना अपने फ्लैट में ताला लगा, कार निकालकर अकेली ही अपने मूर्ख पति को ढूँढ़ने निकल पड़ी। किन्तु दुर्भाग्य उसके साथ शायद कदम-से-कदम मिलाकर चल रहा था। लोहे-लक्कड़ से भरे एक ट्रक की टक्कर के पश्चात, उसे चालक की भद्दी गाली और उड़ती जटिल दाढ़ी की ही झलक दिखी। फिर ललाट से बहती अपनी ही रक्तधारा को देख वह चीख मारकर बेहोश हो गई थी।

जब होश आया तो वह अस्पताल में थी। उसके असंख्य मित्रों की चिन्तातुर दृष्टि उसे सहसा फिर दुर्बल बना गई। वह जीवित रह गई—इससे बड़ा दुर्भाग्य और क्या हो सकता था? निश्चय ही उसके अन्तरंग मित्र भजन को ढूँढ़ते रहे होंगे। क्या कहेगी अब वह उनसे? पत्नी की ऐसी दुख-भरी अवस्था में, उसे खबर करने के लिए उससे पता माँगेंगे, तो क्या वह उन्हें उस अरण्य का पता दे पाएगी? क्लान्त-अवसन्न पलकों को, उसने अकारण ही मूँद लिया। चोट उतनी ग़हरी नहीं थी, ललाट पर सामान्य-सा घाव था, बायें पैर की हड्डी में छोटी-सी दरार आ गई थी, यह सचमुच ही दैवी कृपा थी कि उस जहाज-से विशाल ट्रक की टक्कर भी, न उसकी नाजुक कार का बाल बाँका कर पाई थी, न स्वयं उसका ही।

उसके मित्रों ने ही कार की मरम्मत करा दी और पन्द्रह दिनों में वह स्वस्थ होकर घर लौट आई। इसी बीच मित्र उससे बार-बार भजन का पता पूछते रहते, 'एक पत्र तो उन्हें लिखना ही चाहिए, तार आप भले ही न दें! आप पर इतनी बड़ी विपत्ति आई है! न नौकर है, न कोई आत्मीय! हमारा भी तो कुछ कर्त्तव्य है! भजन आएगा तो क्या कहेगा?'

'नही-नहीं!' आरती बड़े ही चातुर्य से उन्हें समझा-बुझाकर शान्त कर देती, 'आप लोग भजन को नहीं जानते! एक तो रयूमैटिक हार्ट का मरीज रह चुका है, मुझे कभी छींक भी आ जाती थी, तो पगला जाता था। इतने दिनों बाद तो बेचारे को एकान्त अध्ययन का अवसर जुटा है, मैं उसका पता नहीं दे सकती, और फिर, अब तो मैं एकदम ठीक हूँ!'

कभी-कभी उसका अद्भुत अभिनय स्वयं उसे ही अभिभूत कर देता। कौन कह सकता था कि एक महीने से, उसकी एक-एक निद्राहीन रात्रि, शून्य वातावरण में सिसकते ही गुजर गई है! उसकी भूख, प्यास, नींद सब कुछ, उसका नवीन संन्यासी अपने साथ ही हर ले गया था। दिन तो दफ्तर

में कट जाता, सन्ध्या को वह द्वार बन्द कर भजन के एक-एक कपड़े को घंटों तक सहलाती, सूँघती, सिसकती रहती। मित्रों को वह कब तक अपनी व्यर्थ कैफियत से फुसला सकती थी? एक दिन आधी रात को उसने अपना निर्णय ले ही लिया। एक प्रयास को तो विधाता ने व्यर्थ कर दिया था, अब वह एक बार अपने दुर्भाग्य से फिर जूझेगी! जीवन में, आज तक उसने क्या कभी हार मानी थी? रात-भर बैठकर उसने पति के गुरु से अपने वार्तालाप की भूमिका तैयार की—क्या-क्या कहना होगा, कैसे कहना होगा, सबकुछ उसने अपनी डायरी में नोट किया और जब दफ्तर जाने लगी, तो पति-सन्धान के लिए निकाली गई अपनी साड़ी भी मैंचिग ब्लाउज, पर्स के साथ पलंग पर सजा गई। एक जरूरी मीटिंग के चक्रव्यूह से, जब वह निकली तो सन्ध्या हो गई थी। घर लौट स्वयं चाय बनाने, मुँह-हाथ धोने में प्रगल्भा सन्ध्या और प्रगाढ़ हो गई थी। तेजी में कार ड्राइव करने पर भी गंतव्य स्थान तक पहुँचने में उसे पैंतालीस मिनट लग गए थे। गाड़ी उस गहन अरण्य में जा नहीं सकती थी। पास ही अरहर के खेत के साये में गाड़ी लॉक कर, वह उतरी तो कलेजा धड़क रहा था। क्या पता, भजन के गुरु अपने शिष्य के साथ डेरा-डंडा उखाड़ किसी और अरण्य में चले गए हों! जोगी और साँप का क्या कोई घर होता है! वह हमेशा अपनी टार्च साथ रखती थी, किन्तु उस दिन पहली बार, मानसिक अशान्ति ने उसे ऐसा विभ्रान्त कर दिया था कि वह टार्च साथ रखना भी भूल गई थी। बड़े-बड़े काशगुच्छ, बार-बार उसे उलझा रहे थे। उधर एक कँटीली झाड़ी बौराए कुत्ते-सी उसकी साड़ी की सुनहरी जरी में उलझ गई। उसे छुड़ाने लगी तो गोखरू काँटों का गुच्छे-का-गुच्छा पूरी हथेली की खाल उधेड़कर रह गया। विवशता और खीझ के आँसू उसकी आँखों में छलक आए। आज भजन ऐसी मूर्खता नहीं करता और इस भंड स्वामी के चक्कर में नहीं पड़ता तो प्रदेश की वह वरिष्ठ अफसर उन अभागे जंगली काँटों में ऐसे उलझती!

हाथ के काँटे निकाल, वह फिर आगे बढ़ी। दूर-दूर तक फैले गहन अन्धकार के निःसीम शून्य-सागर के बीच, वह तुच्छ तरुणी-सी ही डगमगाती खड़ी थी कि बड़ी दूर टिमटिमाती एक बत्ती के क्षीण आलोक ने, उसे आश्वस्त किया। निश्चय ही, यह उस मूर्ख के आश्रम की बत्ती होगी!

उसका अनुमान ठीक ही था। एक लम्बी-सँकरी निष्पत्र यूक्लिप्टस वृक्षों की परिधि पार कर, वह आश्रम के द्वार तक पहुँची और ठिठककर खड़ी रह

गई।

अश्वत्थ के मोटे तने के पीछे दुबकने में उसने फिर विलम्ब नहीं किया। इतने दिनों बाद उस प्राणप्रिय चेहरे को अचानक देख, वह क्षण-भर को अपना मानसिक सन्तुलन ही जैसे खो बैठी थी! फूस की छाई झोंपड़ी के गोबर से लिपे प्रांगण में धधकती धूनी की रक्तिम लपटों में ताम्रवर्णी बने, उस चेहरे को एकदम ही अपरिचित बना दिया था। एक ही महीने में उस सुदर्शन चेहरे की कैसी गत बन गई थी! जिन बालों को वह स्वयं शहर के सबसे महँगे सैलून में जाकर, अपने निर्देशन में कटवाती-छँटवाती थी उनकी रूखी लटों पर राख उड़ रही थी। शरीर पर कपड़े का चीथड़ा भी नहीं था। हाथ में पकड़ी चिलम के संकीर्ण मुख में, वह धूनी से अंगारे रखता फूँकता जा रहा था। नग्न औघड़ शरीर पर ही नहीं, सुचिक्कन कपोलों पर भी राख की मोटी तह थी। जिन रेशमी जुल्फों को विदेशों से आयात की गई क्रीम से सँवारती थी, उन पर जैसे मुट्ठी-भर राख अभी-अभी बिखेरी गई थी। लगता था वह कच्ची मिट्टी के ढेर में किसी नादान गदहे की भाँति लोट-पोटकर उठ बैठा है। धधकती चिलम को होंठों से लगा, दम खींचते ही फिर वह बुरी तरह खाँसने लगा था।

'देख रहा है, बेटा केवलानन्द! महीना-भर हो गया, पर यह रहा बौड़म-का-बौड़म! अभी तक सप्तमी का दम लगाना भी नहीं सीख पाया! पहला कश खींचते ही, ससुरा खाँसते-खाँसते औंधिया जाता है। लौंडिया है रे क्या? ही-ही-ही-ही...!' गुरु की उस वीभत्स अश्लील हँसी को सुनते ही, आरती भय से ठंडी पड़ गई।

बाप-रे-बाप! जैसी भयंकर हँसी थी वैसा ही भयानक चेहरा भी! नग्न-दिगम्बर, सारे बदन में राख का प्रलेप, ऊँची उठी उलझी जटाओं के उत्तुंग उभार को फिर गुरु ने 'बम! 'बम' कर खोल, लम्बी लटों की यवनिका अपने नग्न स्कन्धों पर बिखेर दी। भजन के हाथ से चिलम छीन वह फिर अपनी लाल अंगारे-सी आँखें ललाट पर चढ़ा ज़ोर-ज़ोर से कश खींचने लगा। 'ले रे भजनन्द, ऐसे कश खींच, समझा?'

अनेक दुर्द्धर्ष सचिवों से मोर्चा लेनेवाली, अपनी अद्‌भुत प्रतिभा से पुरुष सहकर्मियों को सदैव पराजित करनेवाली अपराजिता आरती, गुरु की गर्जना सुन जिस पीपल के नीचे खड़ी थी, उसी के निरीह पत्ते-सी ठक्-ठक् काँपने लगी।

'रामदासी!' गुरु ने हाँक लगाई, 'बाहर आ और इस छोकरे को जरा चिलम पीना सिखा! आए हैं ससुर वैरागी बनने, कलेजा है पिद्दी का!'

रामदासी आकर भजन के पीछे हँसती खड़ी हो गई। गेरुआ ऊँची बँधी धोती का फेंटा, उसके सुडौल वक्षस्थल का महाऔदार्य से प्रदर्शन करता, उसकी भव्य ग्रीवा से लिपटा था। वन्यमृगी के-से चपल-आयत नयनों से परिहास की असंख्य किरणें फूट रही थीं। उन्नत नासिका के नीचे, होंठों की गढ़न ही शायद ऐसी थी कि लगता था—निरन्तर किसी का उपहास करती, उसे अपदस्थ कर रही हो! नाम-मात्र को धारण किए गए संक्षिप्त परिधान के लिए उस श्यामल चेहरे पर किसी भी प्रकार का अप्रतिभ भाव नहीं था। सहज सिद्ध अधिकार से उसने फिर वहीं बन्द अधरों की रहस्यमयी मुस्कान के साथ, गुरु के हाथों से चिलम ली और बड़ी ही स्वाभाविक अन्तरंगता से भजन के पास बैठकर, उसे चिलम पकड़ना सिखाने लगी।

उस रससिक्त शिक्षा के बीच, फिर उस गुरु के उस दूसरे संड-मुसंड नंग-धड़ंग चेले केवलानन्द ने क्या कहा, वह सुन नहीं पाई; पर लावण्यमयी रामदासी वैराग्य की नीवें ढहाती चिलम सहित भजन के कन्धों पर ढुलक गई।

आरती का आहत नारीत्व सहसा चोट खाई नागिन-सा ही फन उठाकर फुफकार उठा। वह तेजी से बढ़ती धूनी की रक्तिम धूम्ररेखा को चीरती बिना किसी की ओर देखे, भजन के सामने तनकर खड़ी हो गई।

'भजन, चलो, घर!' उसे आज भी अपने अनुशासन पर दृढ़ विश्वास था। एक बार आँखें चार होने पर भजन अब भी उसके आदेश की अवहेलना नहीं कर सकता था।

पर पति की गाँजे के दम से आरक्त दृष्टि धूनी की धूम्ररेखा पर ही निबद्ध थी। उसने एक बार भी आँखें उठाकर आरती की ओर नहीं देखा। चिलम एक जलती लकड़ी से टिका, वह एक लम्बे चीमटे से आग को अकारण ही ऐसे उभाड़ने लगा, जैसे पास खड़ी जीवन सहचरी को उसने देखा ही न हो।

'भजन, घर चलो!' इस बार के अस्फुट आर्त-स्वर में केवल समर्पण था, अनुशासन नहीं!

'घर?' भजन का कंठ-स्वर भी गाँजे के दम ने बदल दिया था?

उसमें अब कोमलता नहीं, तीव्र षड्ज की तीखी खनक थी।

'मेरा कोई घर नहीं, हा-हा-हा-हा!' आरती का चेहरा सफेद पड़ गया था।

'क्या कहते हो, भजन, तुम्हारा कोई घर नहीं...?' इस बार शोकाकुला आरती की आँखों से अविरल अश्रुधारा बहने लगी। उसे अपनी विवशता इतनी असह्य कभी नहीं लगी थी। पहली बार उसे लगा कि उसके बाह्य आवरण के बीच उसकी ऊँची नौकरी, उसकी प्रतिभा, उसकी ख्याति के बीच—केवल पत्नीभाव की ही धारा निरन्तर बहती रही थी। उसी धारा में उसके जीवन की सार्थकता थी, जिसे वह आज तक एक क्षीण धारा ही समझती रही थी। वह आज उसके विवेक, संयम, लज्जा, बाह्याडम्बर के रोड़े-पत्थरों को ठेलती, फूटकर बाहर निकल पड़ी थी। संसार का कोई भी समर्थ बाँध अब उसके वेग को अवरुद्ध नहीं कर सकता था।

उसी क्षण, रामदासी चिलम उठाने झुकी, दूर से देखने पर वह जितनी आकर्षक लगी थी, नैकट्य से उसके प्रस्फुटित यौवन का आकर्षण आरती को उतना ही घातक लगा। निश्चय ही यही दुराचारिणी उसके निर्बुद्धि पति के विनिपात की मूल उत्सभूमि थी। क्रोध से आरती की नासिका का अग्रभाग फड़क उठा। तमतमाया चेहरा फिर कठोर हो गया, क्षण-भर पूर्व क्या इसी मायाविनी के पाश में बँधने भजन, सिद्धार्थ बना अपने सुसज्जित वातानुकूलित भवन, सुशिक्षिता अफसर पत्नी के सुदीर्घ-सुखद साहचर्य को भुला इस बीहड़ अरण्य में भटक गया था!

उस अपरिचिता, स्वयंवृत्त सौत के प्रति उसे घृणा ही अधिक हुई थी, क्रोध कम।

'तुम यहाँ क्या करती हो?' उसने उस रोबीले स्वर में पूछा, जिसमें वह कभी-कभी अपने चपरासी-फर्राशों को सचिवालय की बेंचों पर ऊँघने के लिए डपटती थी।

किन्तु, उस प्रश्न की कड़क पद्मपत्र पर पड़े जल-बिन्दु-सी ही व्यर्थ ढलक गई! जिससे प्रश्न पूछा गया था, उसकी निर्भीक दृष्टि में, किसी को कुछ न समझनेवाले दर्प की झलक ही उभर आई थी।

आरती के प्रश्न का उत्तर दिए बिना ही वह अबाध्य छोकरी चिलम की राख वहीं झाड़ती रही।

इस बार आरती बौखलाकर, पत्थर की मूर्ति-से जड़ बैठे, उस औघड़ गुरु पर बरस पड़ी, 'तुम जैसे भंड स्वामियों को मैं खूब जानती हूँ। एक बार

आजमगढ़ में, ऐसे ही आश्रम में मैंने छापा मारकर सेरों अफीम बरामद की थी। जवान छोकरियों को अपने इस आश्रम में बटोर, तुम कैसी दीक्षा दे रहे हो, इस छोकरी को देखते ही समझ गई हूँ...।'

अब तक, निर्लिप्त-विरोध भाव से अडिग बैठी अवधूत की राख से ढकी पलकें सहसा खुल गईं। दहकते अंगारे-सी दृष्टि में यदि जलाने की शक्ति होती, तो आरती सक्सेना उसी क्षण भस्म होकर राख हो जाती।

'माई!' क्रोधी गुरु की आँखें ललाट पर चढ़ गईं। लम्बा चिमटा उसने जोर-जोर से जमीन पर ऐसे पटका जैसे क्रुद्ध, अविवेकी भीड़ को डराने, कोई पुलिस-अधिकारी हवा में गोली चला रहा हो।

'जानती है तू, किससे बातें कर रही है?'

'हाँ, हाँ, जानती हूँ!' उत्तेजित आरती बुरी तरह हाँफने लगी थी, 'एक ऐसे धूर्त चोट्टे से, जो लोगों की सुखी गृहस्थी उजाड़, योग में नहीं भोग में लिप्त है!'

'निकल जा यहाँ से!' भजन का गुरु अब अपनी पूरी वीभत्स नग्नता का निर्लज्ज प्रदर्शन करता, चिमटे सहित खड़ा हो गया। किन्तु तेजस्विनी निर्भीक आरती भी सिंहनी-सी ही तनी खड़ी थी।

'ठीक है, भजन!' उसने नग्न गुरु की ओर दृष्टिपात किए बिना ही, अपने पति को लक्ष्य कर अपना अन्तिम अग्निवाण चलाया, 'तुम शायद भूल गए हो कि कानून की दृष्टि में तो तुम अभी भी मेरे पति हो। तुम्हें जाना ही है तो कायदे से, कानून को सन्तुष्ट कर ही जा सकोगे, समझे? और उस क्रिया में तुम्हारे इस ढोंगी-पाखंडी गुरु और तुम्हारी इस संगिनी को किस आश्रम की हवा खानी होगी, वह शायद मुझे बताना नहीं पड़ेगा!'

इतना कहकर वह फिर तेजी से पलटकर निकल गई थी। घर लौटते ही उसकी गर्वोक्ति उसे स्वयं ही व्यर्थ लगने लगी। कानून की शरण में जाने का अर्थ था—अपने गन्दे कपड़ों की मलिन पोटली सबके सामने खोलना। काश, वह माँ होती तो उसके जीवन की रिक्तता आज इतनी असह्य नहीं होती। विवाहित जीवन की अनेक स्मृतियों के दंश उसे सहसा पागल बना गए! विधाता उसे यह किन पूर्वकृत पापों का दंड दे गया था?

एक बात वह खूब समझ गई थी, गुरु और नवीन वैराग्य-सहचरी की उपस्थिति में, उसके भोले पति का प्रत्यावर्तन असम्भव था। पर जैसे भी हो, एक बार उसे एकान्त में ही घेरना होगा। बहुत सम्भव था कि उसकी दी

गई धमकी से त्रस्त हो गुरु महाराज, रात-ही-रात में चेले-चेलियों सहित कहीं चल दें।

यही उधेड़बुन रात के तीन बजे आरती को फिर उसी अरण्य में खींच ले गई।

नक्षत्र-खचित व्योम के नीचे, वह उसी अश्वत्थ से लिपटी, व्यर्थ अभिसारिका बनी खड़ी रही। कुटिया के मुँदे द्वार जब खुले, तो वह एक पल को थरथराकर वहीं बैठ गई। ओह, भजन ही था? यह अलमस्त चाल, लम्बे-गोरे हाथ में लोटा और मुख में दतौन!

वर्षों पूर्व के देहाती 'हनीमून' की स्मृति एक बार फिर आरती को बौरा गई। जब वह नयी-नयी ब्याह कर आई तो भजन ऐसे ही तो दिशा-जंगल जाया करता था! आरती ने अपने को और भी पीछे दुबका लिया, भजन लोटा लिये उसी अलमस्त चाल से नदी की ओर बढ़ता गया। पीछे-पीछे दबे पाँव रखती जीवन-सहचरी भी चली आ रही थी—यह उसने नहीं देखा। कार के पास पहुँचकर वह एक क्षण को ठिठककर खड़ा रह गया! तभी आरती ने बिजली की तड़प से, उसके हाथ से लोटा छीन, दूर पटका और हाथ खींचकर उसे कार में बिठा, हवा की गति से कार भगा दी!

निर्वाण

मैंने कभी स्वप्न में भी नहीं सोचा था कि चार इंच की ह्रस्व कंचुकी-धारिणी आधुनिका मनोरमा चोपड़ा को ऐसी आकस्मिक निर्वाण-प्राप्ति हो जाएगी।

मनोरमा से मेरा परिचय कई वर्ष पूर्व आकाशवाणी केन्द्र में हुआ था। किन्तु तब तक की मन्नू और आज की मन्नू में धरती-आकाश का अन्तर था। तब वह अपनी मधुर और कुछ-कुछ तोतली वाणी में अपनी महिला श्रोताओं को, फालसे का शरबत या आम का मुरब्बा बनाने की विधि बताती और कभी सोहर-बन्ने को सरल लोकगीतों के टेप बजा उनका मनोरंजन किया करती थी। किन्तु अब उसके श्रोता कम थे, दर्शक अधिक। टेलीविजन की वह अब एक अत्यन्त लोकप्रिय तारिका थी। पता नहीं किस अमरबूटी शतावरी का सेवन कर उसने अपने यौवन को मुट्ठी में बन्दी बनाकर रख दिया था। धीरे-धीरे उस आकर्षक व्यक्तित्व से मेरा परिचय घनिष्ठ होता हुआ प्रगाढ़ मैत्री में बदल गया था।

एक दिन मैंने उससे पूछ भी लिया, "मन्नू, इन पन्द्रह वर्षों में तू क्या कोई योग-साधना करती रही है? एक छटाँक मांस भी तो नहीं चढ़ा तेरे शरीर पर।"

"यह सब मेरे गुरुदेव की कृपा है, बहन।" उसका चेहरा एक अलौकिक दर्प से दीप्त हो उठा था।

"गुरु?" मैंने उसे आश्चर्य से देखा। विधाता-प्रदत्त नैन-नक्श को भी, उसने जैसे बड़े दुस्साहस से किसी अदृश्य स्पर्श से मिटा दिया था। पेंसिल से अंकित दो धनुषाकार भँवें, लिपस्टिक के कलात्मक प्रहार से सपाट अधरों को दिया गया बंकिम उभार, कपोलों पर 'ब्लश-आन' की लालिमा और निर्लज्ज धड़ल्लेपन से खुली सोफिया लौरेन की-सी मेकलाइन। उसकी संध्याएँ

रोज ही पाँच-सितारे के किसी होटल में बीतती थीं, पति की फर्म की ऊँची नौकरी जिसे आए दिन गगनचारिणी बना देश-विदेश के गगनांगनों में उड़ाती-फिरती थी, क्या उसका भी कोई गुरु हो सकता था।

मनोरमा चोपड़ा, कैसी आधुनिका क्यों न हो, उसके एक ही गुण पर मुग्ध हो, मैंने कभी निःसंशय चित्त से उसकी ओर मैत्री का हाथ बढ़ाया था। वह एक आदर्श पत्नी, पुत्रवधू और जननी थी। उसका सुखी पारिवारिक जीवन किसी भी सम्पन्न श्रीमन्त की पत्नी का हृदय ईर्ष्या से उद्वेलित कर सकता था। पति के आफिस जाने से पूर्व और लौटने के पश्चात, वह जिस निष्ठा से उसकी सेवा में जुटी रहती, उसे देखना भी स्वयं अपने-आपमें एक आनन्दपूर्ण अनुभूति थी। उसके उस व्यवहार में कहीं भी, किसी को प्रभावित करने की बनावटी फुर्ती का आडम्बर नहीं रहता। वह स्वयं पति के जूतों में पालिश करती, उनके कपड़े निकाल पलँग पर धरती, कमीज की बाँहों में 'स्टड' जड़ती, फिर उसी फुर्ती से, शून्य में फैली उसकी बाँहों को दिशा-निर्देश देती, कोट लेकर उसके पीछे खड़ी हो जाती।

एक दिन ऐसे ही समय में काम से, उनके घर में बिना द्वार खटकाए ही धड़धड़ाती हुई मैं भीतर चली गई और अप्रस्तुत होकर द्वार पर ही ठिठककर रह गई। मैंने सोचा था, वक्त के पाबन्द चोपड़ा साहब दफ्तर चले गए होंगे और मन्नू अकेली ही होगी।

"आइए-आइए, संकोच क्यों कर रही हैं? मन्नू मेरी पत्नी ही नहीं, मेरी बैले भी है। माम की 'ट्रेजर' पढ़ी है आपने? मेरी 'ट्रेजर' है मन्नू।" चोपड़ा साहब ने हँसकर कहा, तो मन्नू मेरी ओर बढ़ आई, "देख रही हो ना। अब बुढ़ापे में वसन्त जाग रहा है इनके। दस साल का बेटा भी अपने हाथ से टाई बाँधकर स्कूल चला जाता है, पर बाप की टाई का फन्दा अब भी मुझे ही ठीक करना पड़ता है।"

ईश्वर ने, उसे मुँहमाँगे दो स्वस्थ-सुन्दर बच्चे दिए थे, जिन्हें वह खिलौना-सा सजा-धजा स्कूल भेजने पर ही काम पर निकलती थी। सास पहले-पहले उससे असन्तुष्ट रहती थी। पुत्र ने स्वयं अपनी पसन्द से ही उस विजातीय लड़की से प्रेम-विवाह किया था। वह बंगाली थी और चोपड़ा साहब थे ठेठ पंजाबी, किन्तु मक्का की रोटी और सरसों के साग को, मन्नू ने उसी स्वाभाविक सरलता से ग्रहण कर लिया था, जैसे जनमते ही कभी अपने देश की चच्चड़ी और घंट को किया था।

उसका पंजाबी बोलने का लहजा जितना ही त्रुटिहीन था, उतनी ही त्रुटिहीन उसकी वेशभूषा भी थी। जहाँ तक मुझे याद है, मैंने कभी उसे 'ताँत' या 'डूरे घनेरवाली' साड़ियों में नहीं देखा। चटकीले-भड़कीले रंगों की शिफान, क्रेप नाइलॉन की पारदर्शी साड़ियों के चयन में वह पंजाबी जीवंत रुचि का ही परिचय अधिक देती। कभी-कभी अपनी पृथुल वेणी को ऐलोकेशी जूड़े में सँवार वह एक-आध गुलाब खोंस लेती, तो चोपड़ा साहब हँसकर उसे छेड़ने लगते, "देखो न, आज इन्हें अपने 'सोनार बांगला' की याद हो आई है, पर कुछ भी कहो, मन्नू, जूड़ा अब तुम्हें सूट नहीं करता।"

फिर एक दिन वह स्वेच्छा से ही जूड़े का भी आमूल विध्वंस कर आई। अब उसके कटे केशगुच्छ रेशमी गुच्छे-से कन्धे तक झूलते उसके व्यक्तित्व को और आकर्षक बना गए थे। कोई भी उसे देखकर नहीं कह सकता था कि वह बंगाली है। सास की सेवा में तो वह किसी भी आज्ञाकारिणी पुत्रवधू को पराजित कर सकती थी।

"मैं तुझे भी एक दिन अपने गुरुदेव के दर्शन कराऊँगी।'' उसने एक दिन मुझसे कहा, तो मैंने हँसकर हाथ जोड़ दिए थे, "माफ करना, मन्नू, मेरी इन स्वामियों में कोई श्रद्धा नहीं है।" मैं एकदम ही एग्नोस्टिक हूँ, ऐसी बात नहीं है, ईश्वर में मेरा दृढ़ विश्वास है, किन्तु किसी साधु-सा पहुँचे सिद्ध का अन्धानुगमन, मेरी प्रकृति के विरुद्ध है, किसी लब्धप्रतिष्ठ स्वामी का सान्निध्य, मेरे या अन्य किसी के जीवन में, मांगलिक परिवर्तन संघटित कर सकता है, या किसी गुरु का भृकुटि-विलास अप्रसन्न होने पर किसी का अनिष्ट कर सकता है, यह सहसा मान लेने को मेरा चित्त प्रस्तुत नहीं होता।"

कुमायूँ आदिकाल से उन्नत कोटि के ऐसे साधकों की पदधूलि से धन्य रहा है, जिन्हें प्राच्य-पाश्चात्य सभी देशों ने कभी मान्यता दी थी। मैं अब भी अवसर पाते ही वर्षों पूर्व समाधिस्थ हुए एक ऐसे ही साधक की प्रस्तरमूर्ति के दर्शन करने जाती हूँ। और जब भी दर्शन कर लौटती हूँ, लगता है, अपार्थिव रूप से ही उनके वरदहस्त का शीतल स्पर्श मुझे फूल-सा हल्का बना गया है। किन्तु इस फरेबी युग में ऐसे किसी सिद्ध का अस्तित्व मेरे सन्देही मन को शंकित ही अधिक करता है, इसी से जब कभी मन्नू ने मुझे अपने गुरुदेव के दर्शन के लिए आमन्त्रित किया, मैं एक-न-एक बहाना बना उसे घिस्सा देती रही थी। मुझे जैसे भय होता था कि उनके समक्ष उपस्थित होने पर कहीं उनके व्यक्तित्व के सम्मोहक प्रभाव में आकर, मेरी विचारधारा

परिवर्तित न हो जाए, किन्तु उस दिन मन्नू के निवास-स्थान की एकदम विपरीत दिशा में जाने पर भी, न जाने कौन-सी शक्ति मुझे उसी ओर खींच ले गई। उनकी दर्शनीय कोठी की छटा मुझे सर्वदा ही नित्य नवीन लगती थी। कभी जयपुर के कारीगरों से बनवाया गया संगमरमरी कुंड, कभी किसी जादुई स्पर्श से उसी के बीच स्थापित की गई शिवमूर्ति, उनकी भव्य जटाओं के मध्य से निकलती फव्वारे की जलराशि, उनके आशुतोष दिव्य स्मित को भिगोती मुझे आश्चर्यचकित कर देती थी।

उधर दूसरे में, अपनी इटली-यात्रा के दौरान खरीदकर लाई गई वीनस की खंडित मूर्ति स्थापित कर चोपड़ा साहब ने अपनी सर्वथा मौलिक रुचि का मुझे विधिवत् परिचय भी दे दिया था, "देख रही है ना? एक ओर स्फुरणमौलि कल्लोलिनी गंगा, दूसरी ओर वीनस की भुवनमोहिनी सुन्दरता। प्राच्य-प्रतीचि का यह मिलन, कैसा लगा आपको? हम किपलिंग की उक्ति में विश्वास नहीं करते थे 'ईस्ट इज ईस्ट एंड वेस्ट इज़ वेस्ट'।"

सचमुच ही चोपड़ा साहब का मौलिक प्रयोग गोल की सज्जा को एक अनोखी भव्यता से मंडित कर गया था। जहाँ शिपनडेल का एकदम ही विदेशी रुचि का फर्नीचर था, वहीं बीचोंबीच झूलता था काठियावाड़ी 'हिचका'! काकटेल पार्टी भी होती, तो अलभ्य आसवों का वह बहुचर्चित सम्मिश्रण, मुरादाबादी गंगा-जमनी काम की कलात्मक सुराही से, बेल्जियन कट गिलास के जाम में ढाल, देशी-विदेशी अतिथियों को परिवेशित किया जाता। उस दिन भारी दक्षिणा देकर चोपड़ा साहब एक-से-एक चुस्त सुन्दरी किशोरियों को न जाने किस रत्नगर्भा खान से बटोर लाते। मैं कई बार उनकी इन दावतों की कर्णकटु आलोचना भी सुन चुकी थी—अतिथियों को आसव का ही नहीं, सौन्दर्य का भी मादक घूँट पिला-पिलाकर ही तो इस अल्प अवधि में वे इस विख्यात फर्म के जनरल मैनेजर के पद पर आरूढ़ हो गए हैं।

लोग कहते, तो मुझे बड़ा दुख होता। यह ठीक था कि उनके अतिथि साधारण तबके के नहीं होते थे। मन्त्री, उनके आत्मीय सचिव, उद्योगपति, राजदूत एक-से-एक राजसी अतिथि निमन्त्रण बड़ी ललक से ही स्वीकार किया करते थे। वह आकर्षण साकी का था, जाम का या उदार मेजबान की मैत्री का, यह मैं कभी समझ नहीं पाई।

उस दिन मैं पहुँची, तो बरसाती से लेकर बाहर तक रंग-बिरंगी कारों की कतार देख ठिठककर खड़ी रह गई। तभी, न जाने किस काम से मन्नू निकली

और मुझे देखते ही भागकर मुझसे लिपट गई, “ओह, तू स्वयं आ गई, मैं जानती थी, एक दिन ऐसा ही होगा।” भाव-विभोर होकर, वह मुझे हाथ पकड़कर भीतर खींच ले गई।

पहले मैं समझ ही नहीं पाई, पर कमरे में पैर रखते ही सब स्पष्ट हो गया। जहाँ दीवान, सोफा, रेशमी गद्दियों, रा सिल्क के पर्दों के बीच अपूर्व नग्न मूर्तियों का जमघट रहता था वहाँ सबकुछ तिरोहित हो, फर्श पर दूधिया चाँदनी बिछी थी। एक ओर था छोटा-सा कुशासन और बीच में धरी उसके गुरुदेव की बड़ी-सी तस्वीर के सामने अगरबत्तियों के गुच्छे का गुच्छा जलता पूरे कमरे को अपनी लच्छेदार धूम्ररेखा से सुवासित कर रहा था। कमरे में तिल धरने की भी जगह नहीं थी। एक-से-एक समृद्ध अतिथि, सहमी मुद्रा में नतमस्तक बैठे, गुरुदेव की प्रतीक्षा कर रहे थे। कौन कह सकता था कि ये वे परिचित चेहरे हैं, जिन्हें मैं कुछ दिन पूर्व एक सुख्यात होटल में दिए गए विवाह भोज में, इस्तांबूल की नग्नप्राय कैबरे नर्तकी की चिकनी देह पर निर्लज्जता से आँखों-आँखों में लार टपकाते देख चुकी थी! कमरे में तानपूरे और तबले की जोड़ियों के बीच बैठी आकाशवाणी की कई परिचित नायिकाओं को मैं पहचान, स्मित का अभिवादन दे रही थी कि दूसरी ओर बैठी अपनी साहित्यिक बिरादरी के व्यंग्यात्मक स्मित से सहम गई। उस तिर्यक् स्मित में किसी बादशाह के हरम में, सहसा अनधिकार प्रवेश पा गई किसी सौत के प्रति प्रदर्शित कई जोड़ा प्रतिष्ठित आँखों की अवज्ञामिश्रित सौतिया डाह की-सी ही दहन थी। सहमकर मैंने आँखें फेर लीं और सकपकाकर बैठ गई।

सहसा गुरुदेव का पदार्पण हुआ। स्कंध स्पर्श करते रेशमी घुँघराले बाल, स्थूलकाय प्रसन्नवदन उस दिव्यपुरुष को देखते ही जैसे सबको एकसाथ बिजली का-सा झटका लगा और सब खड़े हो गए। संकेत से ही उन्होंने सबको बैठने का आदेश दिया, फिर अपनी गूढ़ दृष्टि, मेरी ओर निबद्ध कर बोले :

“अवश्यंभावी अवश्य होता है, लड़की, क्यों? अपने पति के विषय में अब भी सोच रही है क्या?”

मुझे पसीना आ गया। कैसे जान गया था यह प्रज्ञाचक्षु? मेरे पति को उस दिन हरारत हो आई थी। और वैसी ही अवस्था में उन्हें दौरे में बाहर जाना पड़ा था। मैं सचमुच उस क्षण यही सोच रही थी। क्या यह उनका परिचित ज्ञान था या विचार-स्थानांतरण? मैंने लज्जा और परिताप से सिर

झुका दिया।

"यह यहाँ नहीं आना चाहती थी।" स्वामीजी का दिव्य स्मित मेरी नंगी पीठ पर फिर तड़ातड़ चाबुक-सी मारने लगा, "किन्तु इसे यहाँ आना पड़ा, सोच रही थी पति को बुखार ही में दौरे में जाना पड़ा है, पता नहीं कैसे हैं।"

वे फिर हँसे, "चिन्ता मत कर, सब मंगल होगा, मेरे लिए यह सब जल-सा सुगम है।"

उन्होंने अब अपनी दृष्टि को कमरे में बिखरी भीड़ पर घुमाकर कहा, "इसे जानने के दो मार्ग–समीकरण अर्थात जागतिक शक्तियों के संघट्ट का स्वरूपज्ञान और दूसरा तीव्र दृष्टि, जिसे तुम लोग शायद दिव्य-दृष्टि कहने पर अधिक स्पष्ट रूप से समझ लोगे..."

कमरे की भीड़ को आतुरता की लहर चंचल कर गई। आधुनिक जीवन के अनेक संशयों से क्षुब्ध कितने ही व्याकुल चित्त, एकसाथ अनेक प्रश्न पूछने को लालायित हो और निकट खिसक आए। उधर द्वार के पास ही बैठी तीन-चार सुन्दरी किशोरियाँ एकसाथ हवा के झोंके की तीव्रता से बाहर निकल गईं।

क्या पता, स्वामीजी के दिव्य-चक्षु, पढ़ाई के साथ-साथ चल रही उनकी दूसरी आजीविका का उद्‌गम स्रोत भी सबके सामने खुली पुस्तक-सा बाँच कर, उन्हें अपदस्थ कर दें।

"शान्त हो, शान्त हो, मैं यहाँ योग-प्रदर्शन करने नहीं आया हूँ...तुम लोग नवीन सभ्यता की सन्तान हो, प्रत्येक शंका का समाधान चाहते हो, क्यों, है न?" स्वामीजी की झकझक करती दन्तपंक्ति देख, मैं अवाक् रह गई। चेहरे की-सी ही चमक उजले दाँतों की भी थी, "मैंने इसी से तुम्हारी शंका का एक छोटा-सा समाधान प्रस्तुत किया था, मन्नू, अब कीर्तन आरम्भ करो।" और फिर कमरा कीर्तन की मधुर स्वर-लहरों से गूँज उठा था।

इस घटना के पश्चात मेरे न चाहने पर भी मेरी विचारधारा में एक आमूल परिवर्तन संघटित हो गया। अनेक तर्क-वितर्कों से भी मैं अपने अशान्त चित्त को शान्त नहीं कर पाई थी। गुरुदेव तो उसी रात की फ्लाइट से शिकागो चले गए, किन्तु मुझे ऐसा अनुभव होने लगा जैसे मेरी समग्र सत्ता सचेत होकर मुझे अद्‌भुत पुकार से झकझोरकर कह रही है, 'आँखें खोल, मूर्ख मैं हूँ, मैं हूँ!' यह पुकार शुद्ध बोधात्मक थी। उधर जब कभी मन्नू

मिलती, गुरुदेव के अनेक चमत्कारों की कहानियाँ सुना, मुझे और भी अशान्त बना देती।

"जानती है, क्या कहते हैं गुरुदेव? कहते हैं, 'मन्नू, साधना तुझे नहीं करनी होगी, तेरे लिए जो करणीय है, मैं करूँगा। शक्ति, अनुभूति ये सब बाह्य वस्तुएँ हैं, इनमें तेरी आसक्ति रही तो कभी भी तुझे निर्वाण की प्राप्ति नहीं होगी। साधना का तब तक कोई महत्त्व नहीं होता जब तक गुरु अनुगत न हो। धीरे-धीरे तेरे सब कार्य स्वतः सिद्ध होंगे, पगली।' "

यह सुनाते, मन्नू का चेहरा शिशु-सा सरल बन जाता और मैं ईर्ष्या से उसे देखती रहती।

कैसा सहज, सरल विश्वास था उसका, न मेरे विवेकी चित्त जैसी व्यर्थ की दलीलें, न कोई संशय, कब और कैसे उन्होंने मेडिकल इंस्टीट्यूट से असाध्य करार दिए गए किस कैंसरग्रस्त रोगी को, केवल अपनी धूनी की चुटकी-भर भस्म से ठीक कर दिया; कब, किस लक्षाधिपति विदेशी चेले के अशान्त चित्त की खोई शान्ति लौटा दी; सुनने में अब मुझे भी आनन्द आने लगा। किन्तु साथ-ही-साथ मन्नू के सुखी दाम्पत्य जीवन में क्रमशः गहरी बनी जा रही दरार को भी अब मैं स्पष्ट रूप से देख रही थी। जब कभी उनकी कोठी में गुरुनाम संकीर्तन होता, मैं देखती, चोपड़ा साहब घर में उपस्थित रहने पर भी पत्नी की प्रार्थनासभा में अनुपस्थित ही रहते। यही नहीं, एक-दो बार मेरे ही सामने इसी प्रसंग को लेकर दोनों बड़ी बुरी तरह उलझ पड़े थे और मैं अप्रस्तुत होकर बाहर खिसक आई थी। फिर मुझे अपने पति की बीमारी के कारण सुदीर्घ अवधि तक पहाड़ पर रहना पड़ा, जब लौटी, तो मनोरमा चोपड़ा निर्वाण प्राप्त कर चुकी थी।

मैंने आते ही फोन किया, तो किसी ने नहीं उठाया। दूसरे दिन मैंने फिर फोन किया, प्रातःकाल तो वह केवल अपने परिवार के लिए सुरक्षित रखती थी, निश्चय ही घर पर होगी। बड़ी देर तक फोन की घंटी किर्र-किर्र कर बजती रही। अन्त में जब निराश होकर मैं रखने ही जा रही थी कि उनकी नन्ही बेटी बुलबुल ने फोन उठाया, "हैलो!"

नन्हें स्वर को फोन पर ही दुलारकर मैंने पूछा, "मम्मी को फोन देना तो, बेटी।"

"मम्मी तो है नहीं।" स्वर की अस्वाभाविक उदासी ने मुझे चौंका दिया।

"कहाँ गई?"

उसने इस बार बिना कुछ कहे ही फोन नीचे रख दिया।

ऐसा तो वह पहले कभी नहीं करती थी। मन्नू ने नम्रता और शिष्टाचार की घूँटी तो अपने बच्चों की जन्मघुट्टी ही में घोलकर पिलाई थी। उसी दिन फिर मैं स्वयं ही उसकी कोठी पर पहुँच गई थी। स्वार्थ कुछ मेरा भी था। मेरी एक मौसेरी बहन कैंसर के क्रूर पंजे में दबी, भयावह यन्त्रणा में छटपटा रही थी। क्या पता, उसके चमत्कारी गुरु की चुटकी-सी भभूत उसे भी नवजीवन प्रदान कर दे? गुरुदेव का पता लेने ही मैं उस दिन वहाँ पहुँची थी। घंटी बजाई, तो चोपड़ा साहब ने ही द्वार खोला। मैं उन्हें आश्चर्य से देखती ही रह गई। जिस दर्शनीय व्यक्ति की साज-सज्जा देखकर कभी भूख भागती थी, वह मेरे सम्मुख किसी निगरगंड फकीर-सा ही खड़ा था। मैला-सा सिलवट पड़ा, नाइटसूट, ड्रेसिंग गाउन की उधड़ी तुरपन एक ओर लटकी थी, बढ़ी दाढ़ी चेहरे को रुग्ण बना जैसे उनकी वयस के दस साल और बढ़ा गई थी।

"यह क्या, चोपड़ा साहब, बीमार थे क्या? मन्नू कहाँ है?" मैंने पूछा।

किसी परमहंस की-सी हँसी से उनका चेहरा सहसा करुण हो गया, विद्रूप और व्यंग्य की ऐसी वीभत्स झुर्रियाँ मैंने आज तक किसी चेहरे पर फिर नहीं देखीं।

"मन्नू? शी हैज गोन, गोन विद द विंड...(वह चली गई हवा के साथ उड़ गई...)," और फिर हाथ का बुझा सिगार, हाथ में ही लिये वे अपनी भूल-भूलैया-सी कोठी के, न जाने किस कमरे में जाकर खो गए।

भीतर जा, माताजी से सबकुछ सुन मैं स्तब्ध होकर घर लौट आई थी। मन्नू ने इधर अपनी सुखी गृहस्थी की लक्ष्मण-रेखा स्वेच्छा से ही लाँघ कपटी रावण का हाथ पकड़ लिया था। पहले भी कई बार उसकी पति से इन्हीं गुरु को लेकर झड़प हो चुकी थी। आए दिन उनके साथ धार्मिक गोष्ठियों में भाग लेने, देश-विदेश की खाक छानती मन्नू पति, पुत्र, पुत्री सबको भुला बैठी थी।

"खोती नूँ कुछ खिला दिया सी गुरु दे बच्चे ने।" माताजी के आँसू उनके अनुभव की झुर्रियों पर टपकते, एक पल को उन्हें विह्वल कर गए। फिर उन्होंने मन्नू के दुर्भाग्य का पूरा प्रकरण मुझे सुना दिया।

एक दिन, पुत्र को तीव्र ज्वर में छोड़ वह अपने गुरु के साथ तिरुपति जाने लगी, तो उसके पति ने उसे उसके गुरुदेव के सम्मुख ही डपट दिया

था, 'संजय को तेज बुखार है, बेबे का भी ब्लडप्रेशर कल से बहुत बढ़ गया है, ऐसे में तुम नहीं जा सकतीं, मन्नू!' मन ही मन क्रोध से जला-भुना जा रहा था, पर स्वर था एकदम शान्त, निरुद्वेग।

पर उस मत्थासाड़ी के सिर पर तो गुरु का जादू चढ़कर बोल रहा था, 'नहीं, मैं जा रही हूँ, गुरु मेरे साथ हैं, संजय का कोई अनिष्ट नहीं हो सकता, मैं उसे भभूत लगा जाऊँगी।'

'मन्नू!' इस बार पति का पौरुष, उसके कंठस्वर में तीव्र होकर गूँज उठा था।

'तुम बिल्कुल नहीं जाओगी, अगर गईं, तो फिर दरवाजे तुम्हारे लिए लाख खटखटाने पर भी कभी नहीं खुलेंगे, सोच लो।'

माता जी ने लपककर द्वार की ओर बढ़ रही बहू को बाँहों में भर लिया था, 'मत जा, बेटी, अरे इसका गुस्सा बड़ा बेढब है। मैंने तो, इसे गर्भ में रखा है। मन्नू, जो कहेगा, वह करके रहेगा। महाराज, आप ही समझाइए इसे। विह्वल-सी होकर, बहू को छोड़ माताजी हाथ बाँधे अब तक प्रस्तर मूर्ति-से खड़े स्वामीजी के सम्मुख दुहरी हो गई थीं। किन्तु, कैसा आश्चर्य था कि एक सुखी-सम्पन्न परिवार की नींव में जान-बूझकर ही डाइनामाइट सुलगाता, वह संसार-त्यागी, रहस्यमय, स्वामी चुपचाप खड़ा था।

'मम्मी, मम्मी!' बुखार में पड़ा संजय तभी कमरे से उसे जोर-जोर से पुकारने लगा।

'कसाई भी होता तो शायद पसीज जाता, बेटी।' माताजी दुपट्टे से आँखें पोंछती कहती जा रही थीं, 'पर वह अभागी नहीं पसीजी। मैंने रोकर हाथ पकड़ लिया, पर उसने झटका देकर छुड़ा लिया और तेजी से बाहर निकल गई, बाहर स्वामी की कार खड़ी थी। दोनों कब बैठे और कब गए, फिर हम जान भी नहीं पाए। शायद उसी के साथ-साथ, हम पर भी कुछ मूठ चला गया था अभागा।"

फिर उसका वह सर्वनाशी पत्र एक दिन किसी घातक भूकम्पी धक्के के आकस्मिक प्रहार से उसकी गृहस्थी के बचे-खुचे खँडहर को भी भरभराकर भूमिसात कर गया। "आप लोग मेरा मोह छोड़ दें, मैंने गुरु-कृपा से अपने जीवन का लक्ष्य पा लिया है।"

उसके बाद मुझे महीनों तक उसका कोई समाचार नहीं मिला। फिर एक दिन एकसाथ ही देश के प्रमुख समाचारपत्रों ने उसके गुरुदेव की धज्जियाँ

उड़ाकर रख दीं। कभी इन्हीं अखबारों में, उनके भक्त पत्रकारों ने उनकी प्रशंसा में कलम तोड़कर रख दी थी। आज वही लेखनी विमुख होकर उसके लिए आग उगल रही थी। उसकी तस्करी की कहानियाँ, भोली-भाली युवतियों को ही नहीं, अनेक सुशिक्षिता आधुनिकाओं को भी अपने सम्मोहन-पाश में बाँधने का रंगीन विवरण, कई विदेशी चेले-चपाटों की लूटपाट, उन्हें पथ का भिखारी बना देने का लेखा पढ़कर भी मुझे सबकुछ अधूरा-सा ही लगा था, क्योंकि उनकी जिस शिष्या ने, उन्हें दीक्षा की सबसे गहरी दक्षिणा दी थी, उस अभागिनी का नाम मुझे कहीं ढूँढ़ने पर भी नहीं मिला।

सौत

मुझे, जब उस बार एक मीटिंग में भाग लेने बम्बई जाना पड़ा तब मेरे सम्मुख मुख्य समस्या आई थी आवास की। कहाँ रहूँगी वहाँ? तब ही अचानक याद आया कि नीरा भी तो वहीं रहती थी। नीरा मेरे दूर सम्पर्क की चचेरी ननद थी। पहले उसे यों अचानक अपने आगमन की सूचना देने में संकोच भी हुआ था। जनसंकुल बम्बई का जीवन कितना कठिन है एवं वहाँ के संकुचित-सीमित आवास में आतिथ्य निभाने में मेजबान के प्राण कैसे कंठगत हो जाते हैं, यह सब जानकर भी मुझे नीरा को लिखना ही पड़ा था, क्योंकि किसी होटल में रहने का साहस अन्त तक मैं सँजो नहीं पाई।

नीरा का फ्लैट छोटा होने पर भी बड़ा सुन्दर था, बत्तीस-बत्तीस फ्लैटों के गुलदस्ते, रात को दूर से देखने पर, किसी बन्दरगाह पर खड़े सुन्दर जहाजों-से ही लगते थे। नीरा को बम्बई का जीवन बहुत पसन्द था, तीन वर्षों के बम्बई-प्रवास ने उसका कायाकल्प कर दिया था। वैसे भी, वह पिथौरागढ़ के उस अनजाने ग्राम से बम्बई आई थी, जहाँ उसके विवाह तक, कुमाऊँ मोटर यूनियन की बस भी नहीं पहुँच पाई थी, उन दिनों मोटर-रोड का निर्माण-कार्य चल ही रहा था। मुझे आज भी याद है, लग्न का समय बीता जा रहा था और उसकी बारात नहीं पहुँची थी। बड़ी देर बाद, उसकी बारात के थके-माँदे बराती बिना किसी बैंड-बाजे के ऐसे चले आए थे जैसे कोई मातमी जुलूस हो। पहाड़ी लद्दू घोड़े में बैठा, उसका सजीला दूल्हा भी वर्षा की बौछार में भीग-भाग, एकदम ही अनाकर्षक लग रहा था। उधर नीरा आकर्षक न होने पर भी कामदार लहँगे-दुपट्टे में बड़ी प्यारी लग रही थी। नए गहने, कपड़े और नवीन जीवनसाथी का उल्लास उसके गदबदे गोल-मटोल चेहरे पर लज्जा का अंगराग बिखेर, उसकी उजली हँसी को और भी उजली

बना गया था। किन्तु आज की नीरा की न तो वेशभूषा में न वाणी में, वह पहाड़ी ढीलमढाल लटका था, न आतिथ्य में। उसके मुँह से 'मैंने बोला,' 'तुमको होना क्या?' आदि विभिन्न प्रदेशी उच्चारण सुन, मैंने उसे टोका भी था, "यह कैसे बोलने लगी हो, नीरा, क्या हो गया है तुम्हारी हिन्दी को?"

"क्या करूँ भाभी, मेरी पड़ोसिन हैदराबाद की है ना, इसी से बोली में उसकी छाप लग गई है। आज तुमसे मिलाऊँगी, बहुत ही प्यारी लड़की है।" नीरा की प्रतिवेशिनी राज्यम बम्बई के एक प्रसिद्ध होटल में रिसेप्शनिस्ट थी। उसके पति मद्रास में ही किसी दवाओं की विदेशी फर्म में काम करते थे। दोनों का वेतन खासा-अच्छा था। उस पर उनकी एकमात्र पुत्री ननिहाल में पल रही थी। राज्यम स्वयं ऊटी के कान्वेन्ट से पढ़ी थी, इसी से अंग्रेजी का उच्चारण, उठने-बैठने का सलीका, सबकुछ खाँटी मेमसाहबी था। वेशभूषा में भारतीय संस्कृति का लवलेश भी नहीं था। टखनियों तक झूल रही मैक्सी। बायाँ भाग, किसी समृद्ध थिएटर के रेशमी पर्दे की भाँति, बीचोंबीच, उन्मुक्त औदार्य से खुली परतों को समेट लेती, किन्तु उस कौशल में भी, उसकी सधी पूर्वाभ्यास से की गई उदासीनता, मैंने कनखियों ही में पकड़ ली थी। गुलाबी रेशम की खुली भाँज के बीच, रह-रहकर उसकी गुलाबी रेशमी जंघा की क्षणिक छटा, बिजली-सी कौंध जाती। किन्तु उसके चेहरे पर, वही स्वाभाविक सौम्य स्मित खेलता रहता, जैसा उन सर्कस सुन्दरियों के चेहरे पर रहता है, जो बालिश्त-भर की रेशमी कोपीन पहने ट्रैपीज़ के झूलों पर ऐसी ही उदासीनता से, सर्र से निकल जाती हैं। उसकी मैक्सी का गला भी इसी औदार्य से खुला, किसी उत्तुंग पर्वतश्रेणी पर फिसल रहे पहाड़ी झरने के वेग से ही, झरझराता नीचे उतर गया था। पतली ग्रीवा में थी सुवर्णमंडित रुद्राक्ष की माला, गेरुए रंग की शाट सिल्क की मैक्सी और कंठ की रुद्राक्ष कंठी से मेल खाता ही, उसका केशविन्यास भी था। संसारत्यागी अवधूत के से उस जटाजूट में भी एक रुद्राक्ष की माला लपेटी गई थी, हाथ में वैसा ही मेल खाता रुद्राक्ष का कंकण था। बाद में नीरा ने बताया था कि वह जूड़े की लेटेस्ट स्टाइल है, 'फारीदाबा हेयर स्टाइल है, भाभी,' उसने बड़े गर्व से अपनी शृंगारपटु सहेली की उपस्थिति में ही फिर उसका प्रशस्तिपत्र पढ़ दिया था, 'पर हम-तुम पर थोड़े ही ना अच्छी लग सकती है, यह तो राज्यम ही है कि कैसी ही बनकर क्यों न निकल पड़े, लोग मुड़-मुड़कर देखते रहते हैं।'

बात ठीक ही कही थी नीरा ने। लड़की वास्तव में व्यक्तित्वसम्पन्ना थी,

कुर्गी थी, इसी से रंग था एकदम चिट्टा सुर्ख, उस पर कुछ 'ब्लेशऔन' की महिमा थी, कुछ 'प्लग कलर्ड' लिपस्टिक की। उसे देखकर, मुझे वाजिदअली शाह की जोगिया बेगम, सिकन्दर महल का स्मरण हो आया। वयस होगी कोई तेईस-चौबीस के लगभग, किन्तु व्यवहार अल्हड़ षोडशी का था। होटल की रिसेप्शनिस्ट थी, इसी से छल्लेदार बातें बनाने में पारंगत थी। मेरा परिचय पाते ही, वह मेरे पास अपना मोढ़ा खिसका लाई, 'सो यू आर ए राइटर—हाउ वेरी-वेरी इंटरेस्टिंग, क्या लिखती हैं आप, उपन्यास, कहानी या नाटक?'—जी में तो आया कह दूँ, तुम्हें देखकर तो अभी एक नाटक ही लिखने को मन कर रहा है, पर तब क्या जानती थी कि एक दिन उसे ही नायिका बनाकर लेखनी स्वयं ही मुखरा बन उठेगी। रात का खाना राज्यम नित्य नीरा के साथ ही खाती थी। मैं नीरा का व्यवहार, फुर्ती और पाक-कौशल देखकर मुग्ध हो गई थी। एक बालिश्त के, अपने उस गुफा-से सँकरे चौके में उसने इतनी चीजें कब बना दीं, और कैसे? न उसके पास कोई नौकर था न महरी, फिर भी मैं जितनी देर मीटिंग में रही, उसने न जाने क्या-क्या बना लिया था। पूड़ी-कचौड़ी, तीन तरह की सूखी, रसेदार सब्जियाँ, ठेठ पहाड़ी रायता और मीठी चटनी। बम्बई में भी उसने उत्तराखंड के स्वादिष्ट पकवानों की महिमा को पूर्ण रूप से साकार कर दिया, तो मैं अवाक् रह गई। कुमाऊँ के पकवान देखने में जितने ही आडम्बरहीन और अनाकर्षक होते हैं, खाने में उतने ही सुस्वादु और मौलिक। उन सरल पकवानों की भूमिका कितनी दुरूह होती है, यह मैं जानती थी। "अरी, ऐसे कुरकुरे सिंगल तो पहाड़ की बड़ी-बूढ़ियाँ भी नहीं बना पाती होंगी और यह करड़ी ककड़ी कहाँ मिल गई तुझे?" पहाड़ी करड़ी ककड़ी के पीले गंडे-से कलेवर को मैंने ठीक ही पहचाना था।

"बाबूजी अल्मोड़े से लाए थे, ठीक उसी दिन मुझे तुम्हारा तार मिला तो मैंने उठाकर फ्रिज में रख दी, सोचा तुम आओगी तो ठेठ पहाड़ी दावत करूँगी, ये रायता राज्यम को भी बहुत पसन्द है, क्यों है ना, राज्यम?"

पर उसकी भोजनप्रिया प्रतिवेशिनी को उत्तर देने का अवकाश ही कहाँ था? रायते का डोंगा, लगभग साफ कर, वह अब किसी क्षुधाकातर भिक्षु की भाँति कचौड़ियों के अम्बार पर टूटी। मुझे अपनी लोलुपता को रँगे हाथों पकड़ लिया गया देख, वह बड़ी ही मोहक हँसी से घायल कर कहने लगी, "क्या गजब का खाना बनाती हो नीरा, इसी से आज इतना खा रही हूँ, अपने होटल का खाना तो एकदम चरी-भूसा है इसके सामने!" पर, मैंने प्रायः

ही देखा है कि डाइटिंग के चक्कर में बँधी ये छरहरी आधुनिकाएँ दावतों में, स्वेच्छा से ही जिह्वा पर लगे संयम अंकुश को दूर पटक, भूखे कंगलों की भाँति खाने पर टूट पड़ती हैं।

"क्यों, तुम्हारे सुख्यात होटलों में तो सुना, चित्र-जगत के सितारों का नित्य मेला ही जुटा रहता है और वहाँ उनके नाम कई कमरे स्थायी रूप से आरक्षित रहते हैं," मेरा स्वर, शायद कुछ अधिक व्यंग्यात्मक हो उठा था। "अजी, उनकी बात छोड़िए," वह अब दो कचौड़ियों को रोल कर आलूदम के एक भीम आलू से पेट फुला, बड़ी नजाकत से कुतरती कहने लगी, "वे क्या वहाँ खाना खाने आते हैं?" फिर वह कुटिल रहस्यमयी कनखियों से मेरे ननदोई को देखकर मुस्कराई, वह मुझे अच्छा नहीं लगा। अपने कहानी-उपन्यासों में, ऐसी असंख्य प्रेमासिक्त कुटिल कनखियों का वर्णन करते-करते अब किसी भी स्वयं-दूती नारी के अन्तर्मन के छायाचित्र को मैं, न चाहने पर भी किसी एक्स-रे प्लेट में उभरे, भग्न अस्थिकोटर-सा स्पष्ट देख लेती हूँ। उस दिन दावत लगभग तीन घंटे चली थी। इस बीच उस चपला सुन्दरी प्रतिवेशिनी की उपस्थिति ने, मुझे अपनी सरल ननद के अदृष्ट के प्रति आशंकित ही किया था। खाने के बाद अचानक याद आया कि मीठी खीर के पश्चात वह अत्यन्त अनिवार्य भारतीय मुखशुद्धि का प्रबन्ध करना भूल गई थी।

"हाय राम, मैं तो भूल ही गई थी कि आप पान खाती हैं—वैसे तो चौपाटी दूर नहीं है पर..."

"अरे, क्या पर पर करता," उसकी मेखलाधारिणी कैबरे नर्तकी-सी प्रतिवेशिनी हँसती उठ गई, "हम अभी लाएगा—चलो तो, महेश, निकालो अपना स्कूटर..."

मैं स्तब्ध रह गई। इतनी रात को, क्या यह लड़की अपनी इस अधखुली मैक्सी में, महेश की कमर में हाथ डाल, मेरे लिए पान लेने जाएगी। "नहीं-नहीं मुझे पान की कोई ऐसी आदत नहीं है," मैंने कहा, पर मेरी भोली ननद के चेहरे पर, अपनी सखी के प्रति कृतज्ञता की सहस्र किरणें फूट रही थीं।

"प्लीज, राज्यम, पुड़ा-भर लेती आना, फ्रिज में रख दूँगी।"

और फिर मेरी भयत्रस्त आँखों के सामने वह अपनी सखी के सहचर की कमर में हाथ डाले हवा-सी निकल गई। बड़ी देर बाद दोनों पान लेकर लौटे तो मैंने कठोर दृष्टि से महेश को घूरा। उसे मैं क्या आज से जानती

थी? फटे कोट की बाँह से नाक पोंछता महेश प्रायः ही तो हमारे यहाँ कभी पिता के लिए शिवपुराण माँगने आता और कभी विष्णुपुराण। उसके पिता गोविन्दवल्लभ पांडे हमारे कुल-पुरोहित थे और मेरा ही नहीं, मेरे सब भाई-बहनों का षष्ठी-पूजन उन्होंने किया था। मैं देख रही थी कि महेश मेरी आँखों से आँखें नहीं मिला पा रहा है। जब नीरा की प्रतिवेशिनी विदा हुई तब वह मेरा बिस्तर लगाने मेरे कमरे में आई। "भाभी, कैसी लगी मेरी सहेली? है ना गजब की लड़की? इसके होटल में कोई भी वी.आई.पी. अतिथि आएँ, इसकी ड्यूटी न हो तब भी इसे ही बुलाया जाता है।"

"मैं समझ सकती हूँ, तुम्हारी सखी के व्यक्तित्व की सृष्टि ही विधाता ने पुरुषों का आतिथ्य निभाने के लिए की है," मैंने कहा।

पर भोली नीरा ने मेरे उत्तर के व्यंग्य को, एक कान से सुन, दूसरे से निकाल दिया। वह फिर उसी उत्साह से कहने लगी, "है तो मद्रासी, पर रंग हम-तुमसे भी गोरा है। उस पर कपड़े पहनने में तो इसका जवाब नहीं है, भाभी, चाहे कुछ भी न पहने तब भी हीरे-सी दमकती है।"

"वह तो देख ही लिया," मेरा रूखा स्वर फिर उस चिकने घड़े पर तेल-सा ढरक गया।

"अच्छी लगी ना तुम्हें?"

"नहीं," न चाहने पर भी मेरे हृदय की बात होंठों पर फिसल गई।

"क्यों?" चादर की सिलवटें ठीक करते उसके दोनों हाथ रुक गए।

"इसलिए कि मुझे स्कूल-कॉलेज न जानेवाले लड़के और ससुराल न जानेवाली लड़कियाँ जरा भी अच्छी नहीं लगतीं..." मैंने हँसकर कहा।

"तो क्या हो गया, उसके पति तो यहाँ आते रहते हैं, फिर बेचारी करे भी क्या! सास बेहद तेज है।"

मैं तीन दिन तक नीरा की अतिथि बनी रही, और उन दिनों की संक्षिप्त अवधि में ही, उसकी उस चतुरा प्रतिवेशिनी का व्यवहार मुझे स्तब्ध कर गया। नित्य-प्रायः वह महेश के ऑफिस जाने तक नीरा के यहाँ ही डटी रहती, मैं अपने कमरे से ही देखती, वह महेश के कमरे में बैठी खिलखिला रही है और मेरी मूर्खा ननद चौके में भाड़ झोंक रही है। चाय-नाश्ता वहीं से लेकर वह होटल जाती और पाँच बजे लौटती, फिर अपना ताला खोलने से पहले वह नीरा की ही घंटी बजाती। रात को भी उसका खाना नीरा के यहाँ ही रहता। बड़ी रात तक ताश चलता, गिलासों की खनक से ही मैं जान

जाती कि ताशों के जोर-जोर से पटके जाने और असंस्कारी कहकहों के पीछे किसी गहरे जलपान का बहुत बड़ा योगदान है। स्कूटर की घर्र-घर्र सुन, मैंने खिड़की से झाँका था, महाराज पृथ्वीराज की मुद्रा में महेश पीठ पीछे लिपटी संयुक्ता को लेकर शायद मेरे ही लिए पान लेने जा रहा था। जी में आया, उसी क्षण अपनी उस सांसारिक बुद्धिहीना ननद को कमरे में बुलाकर झापड़ कस दूँ। पर तीन दिन के लिए जिस स्नेही ननद के गृह में अतिथि बनकर आई थी उसके निर्मल चित्त में सन्देह का व्यर्थ बीजारोपण कर मुझे मिलता भी क्या? हो सकता था वह सन्देह मेरी आवश्यकता से अधिक, संस्कारग्रस्त देहाती चित्त की, कल्पना-मात्र हो! क्या पता? आधुनिक पतिव्रता की मान्यताएँ, अब हमारी मान्यताओं से भिन्न हों, वह पति को ऐसी स्वतन्त्रता स्वेच्छा से ही दे देती हों। फिर भी चलते-चलते मैंने उसे सावधान कर ही दिया था, "देखो नीरा, तुम बहुत भोली हो, फ्लैट का जीवन निश्चय ही कुछ अंशों में मनुष्य के जीवन को अनुभवों से समृद्ध करता है, किन्तु इसके लिए तुम फ्लैटवासियों को अपनी एक बहुमूल्य धरोहर खोनी भी पड़ती है, वह है तुम लोगों की प्राइवेसी! किसी भी परिवार के सुख के लिए इस प्राइवेसी का अक्षुण्ण रहना अनिवार्य होता है। यहाँ तो तुम्हारी एक छींक, खाँसी या डकार तक पर तुम्हारा अधिकार नहीं रहता, उसी क्षण वह दूसरे परिवार की छींक-खाँसी बन जाती है। तुम्हारी सखी से तुम्हारी ऐसी मैत्री देखकर बड़ा आनन्द आया, किन्तु एक अंग्रेजी की कहावत सुनी है?—अन्तरंगता घृणा की जननी होती है, इसे मत भूलना, नीरा!"

"हाय भाभी, तुम्हें क्या लगता है कि मैं किसी से लड़ूँगी?"

मैं फिर कह ही क्या सकती थी?

मैं जब रात की गाड़ी से चलने लगी तब नीरा की प्रतिवेशिनी फिर मेरे लिए स्कूटर भगाती पान ले आई थी। मैंने पुड़ा बटुए में डाल लिया और जैसे ही स्टेशन पीछे छूटा, मैंने बँधा पुड़ा खिड़की से बाहर फेंक दिया। फिर एक वर्ष तक मुझे नीरा की कोई खबर नहीं मिली।

पिछली बार एक शादी में पहाड़ गई तब उसकी माँ मिल गई। कभी उनकी गाई घोड़ी-बन्ना के बिना कोई भी विवाह-उत्सव सम्पन्न नहीं होता था। उस दिन एक निर्जन कोने में ऐसी बैठी थीं कि पहले मैं उन्हें देख भी नहीं पाई। नन्हे-से घूँघट की यवनिका में उनका उतरा, कुम्हलाया चेहरा देख मैं स्तब्ध रह गई। क्या हो गया था मेरी इस आनन्दी सास को? अभी दो

वर्ष पूर्व नीरा के भाई की शादी में उन्होंने मेरे ससुर के सूट-बूट में लैस हो, कभी गोरे साहब और कभी पहाड़ की सरल ब्राह्मणी का अपूर्व अभिनय कर हमें हँसा-हँसाकर मार दिया था। किसी अनुभवी वैट्रोवयुलिस्ट की गुड़िया की भाँति वह कभी मोटी मर्दानी आवाज़ में गोरे साहब का प्रणय निवेदन करतीं, फिर तत्काल कंठ का पैंतरा बदल जनानी, काँपती आवाज़ में थरथराकर गातीं, 'हाथ जोड़ूँ गोरा जी, मैं तो बीबी बामणी।'

मैंने उन्हें देखते ही हँसकर ढोलक उनकी ओर लुढ़का दी, "लो चाची, ये क्या मुँह लटकाए बैठी हो? हो जाए एक कड़कती-सी घोड़ी!"

दुर्बल हाथों से ढोलक को मेरी ही ओर वापसी ढलान में लुढ़का उन्होंने अपनी डबडबाई आँखें फेर लीं। मेरी देवरानी ने मुझे चिकोटी काटी, "क्या कर रही हो, दीदी, आज पहली बार तो औरतों में आकर बैठी हैं, नहीं तो अम्माजी ने तो पलँग ही पकड़ ली थी।"

"क्यों?" मैंने फुसफुसाकर पूछा।

"सुना नहीं तुमने? अभागा महेश नाक कटाकर अपनी पड़ोसिन के साथ, नौकरी छोड़-छाड़, मद्रास भाग गया है। नीरा का तार पाकर बाबूजी उसे यहाँ लिवा लाए। पर लाने से क्या होता है? दिन-रात कमरे में गुमसुम पड़ी रहती है। कई डॉक्टरों को दिखा चुके हैं। कहते हैं दिमाग का मर्ज है, किसी दिमाग के डॉक्टर को दिखाइए। हृदय पर कोई भारी आघात लगा है।"

इससे बड़ा आघात किसी भी नारी को और लग भी क्या सकता था? मैं उस आनन्द-उत्सव के बीच सिर लटकाए बैठी चाची के उस वेदनाविधुर चेहरे की ओर दूसरी बार आँख उठाकर नहीं देख पाई। चलने लगी तो देवरानी चाँदी की तश्तरी में पान ले आई, "लो भाभी, मैं तो भूल ही गई थी कि तुम पान खाती हो।" ठीक एक वर्ष पहले ये ही शब्द नीरा ने भी कहे थे।

"नहीं, मैं अब पान नहीं खाती," कह मैंने तश्तरी खिसका दी और उठ गई। वैसे तो नीरा की सौत मेरे लिए पान लेने न जाती, तब भी होनी होकर ही रहती, पर मुझे बार-बार यही लगता है कि वह पृथ्वीराज-संयुक्ता की जोड़ी यदि आधी-आधी रात को मेरे लिए पान लेने न जाती तो शायद नीरा का उतना बड़ा सर्वनाश भी नहीं होता।

तीन कन्या

विभाजन से पूर्व, शिलांग जाने के लिए सबसे सुगम यात्रा, स्टीमर से हबीगंज पार कर रेलमार्ग से सम्पूर्ण की जाती थी। मुझे भी शिलांग इसी पथ से जाना था। ब्रह्मपुत्र के समुद्र जैसे वक्ष को चीरती, मछली की दुर्गन्ध से बसाती स्टीमर घाट पर लगते ही मैंने सामने खड़ी अनीता की मामी को पहचान लिया था। मुझे हबीगंज में रहने की असुविधा होगी, यह जानकर मेरी सहपाटिन अनीता ने अपनी मामी को पत्र लिख दिया था।

"तुम्हें स्टीमर से लिवा ले जाएँगी। मामी को कैसे पहचानोगी, पूछती हो?"

वह जोर से हँसी, 'शंख-सा रंग, लम्बा कद, माथे से भी बड़ा जूड़ा और गोद में मोम की गुड़िया-सी बेबी।' अनीता के वर्णन में कहीं भी अतिशयोक्ति दोष नहीं था। गोद में बेबी तो नहीं थी, पर साथ में दो दुबली-पतली रिकेटी साँवली लड़कियाँ थीं। इतनी सुन्दरी मामी की ऐसी घिनौनी जुड़वाँ पुत्रियाँ कैसे हो गई होंगी? मैं सोच रही थी, कुछ बच्चे ऐसे भी होते हैं, जिन्हें चेष्टा करने पर भी दुहराया नहीं जाता। दोनों लड़कियाँ ऐसी ही थीं। मुझे लेने मामी अपनी विक्टोरिया गाड़ी लाई थीं, गाड़ी का कलेवर जीर्ण-शीर्ण हो गया था। किन्तु खिड़कियों पर रेशमी झालर के परदे लगे थे और कोचवान की ठसकेदार मूँछें और भड़कीली वेशभूषा देखकर स्वामिनी का रोब मुझ पर यथेष्ट छाने लगा था।

विक्टोरिया गाड़ी चली, तो मामी ने परदा खोल दिया, 'लो देखो, यह मेरा हबीगंज! एक नर्सरी राइम में तुमने भी तो पढ़ा होगा, एक टेढ़ा शहर था, जहाँ का बूढ़ा, उसकी लाठी, यहाँ तक कि माइलस्टोन भी टेढ़ा था। ऐसा ही टेढ़ा शहर है यह।'

सचमुच मैं दंग रह गई थी। हर मकान की छत टेढ़ी; खिड़की टेढ़ी, द्वार टेढ़े, यहाँ तक कि पेड़ों के तने भी मुझे अजीब भुतहे-से टेढ़े-मेढ़े लग रहे थे। 'सुना, बहुत पहले भूकम्प के भयानक भृकुटि-विलास ने अभागे हबीगंज की सृष्टि लय कर दी थी।' मामी बोलीं, 'अभी भी छठे-छमाहे भूकम्प होता रहता है, इसी से हर मकान की नींव, देख रही हो ना, जमीन से कितनी ऊँची है। यह लो, यह आ गया हमारा बंकिम महल—तीनों मीनारें टेढ़ी होकर लद गईं। चौथी टूटी, तो फिर बनाई ही नहीं—आओ शुनद्दो।' मामी ने बाहर से ही पुकारा, 'नीतार हिन्दुस्तानी ऐसे छे (अजी सुनते हो, नीता की हिन्दुस्तानी सहेली आ गई है) पर यह तो हम बंगालियों से भी अच्छी बंगला बोलती है। वह हँसकर मुझे अपने पति के कमरे में खींच ले गई। जहाज से छप-छप लेटे, सवा गज की हुक्के की ज़रीदार नली गुड़गुड़ाते मामा बाबू उठ बैठे, 'ऐशो माँ, ऐशो।'

'यह है मेरा टेढ़ा बूढ़ा—देयर वॉज ए क्रूकेड मैन।' कहती मामी हँसती-हँसती दुहरी हो गईं। सचमुच ही उनका बूढ़ा टेढ़ा था। पक्षाघात से उसके दोनों पैर दो विभिन्न दिशाओं को मुड़े-तुड़े थे। बड़ी-बड़ी आँखें, बैल की-सी भावनाहीन, फटी-फटी बाहर को निकली और डरावनी लगती थीं। नाक सुडौल और खड्ग की धार-सी तीखी थी। मूँछें और दाढ़ी बुन्देलखंडी रजवाड़ों की सज्जा से बीच में विभक्त कर कान तक उठाकर चिपकाई लगती थीं। क्षण-भर को मुझे लगा था, बूढ़ा नकली दाढ़ी-मूँछें लगाकर किसी सस्ती नौटंकी में अभिनय कर लौटा है। अप्सरा-सी सुन्दरी मामी और डाकू के-से भयानक चेहरेवाला वह बूढ़ा! रात-भर मुझे वहीं रहना था। न जाने कैसे अनजान भय की सिहरन मेरी रीढ़ की हड्डी से सरसराती नीचे-ऊपर उतरने लगी। 'तोमाके देख मेये भय पेयेछे गो' (तुम्हें देखकर लड़की डर गई है, जी), मामी ने हँसकर अपने पति से कहा। बूढ़ा बड़ी देर तक हो-हो कर हँसता रहा और हँसने से उसकी रामढोल-सी तोंद थुलथुल करती हिलती ही रही थी।

मामी का महल वास्तव में दर्शनीय था, दर्जनों नौकरानियाँ थीं। कोई मछली काट रही है, कोई कमरे पोंछ रही है। कोई उनकी दो काली मरघिन्नी लड़कियों को घुमा रही है। मामी ने बड़े यत्न से मुझे दो दिन रखा। तीसरे दिन मैंने जाने की जिद की, तो तुनक गईं, 'वाह-वाह, पहली बार ननिहाल आई हो, ऐसे कैसे जाओगी!' ढाका की फूलदार साड़ी, नूतन गुड़ के सन्देश, घर के नारियल का तेल और भी न जाने क्या-क्या उपहार साथ में रखकर

बड़े स्नेह से मामी ने विदा दी थी। गोदी की छोटी लड़की बेबी को साथ लेकर वह मुझे पहुँचाने स्टेशन भी आई थीं, 'इसी मार्ग से लौटोगी, समझीं। कहीं गोहाटी होकर मत चली जाना।' उन्होंने कहा था। पर मुझे फिर गोहाटी से होकर ही जाना पड़ा। मामी से एक कृतज्ञता-पत्र की विदा लेकर मैं लौट आई थी।

अचानक बीस वर्ष बाद उनसे ऐसे फिर मिलना होगा, सोच ही कौन सकता था? मेरे बंगले के सामने का चौराहा, शायद प्रयाग का सबसे मुखर चौराहा है। एक सड़क सीधी संगम को चली जाती है। माघ मेले की इन्द्रधनुषी भीड़ का संगम पहले इसी चौराहे पर होता है। काकरेजी कछोटा कसे पैंजना झमकातीं बुन्देल ललनाएँ, नाक की दाईं-बाईं ओर हीरे की लौंगों के नन्हें सर्चलाइट जगमगाती दक्षिणी तीर्थयात्रियों से भरे ताँगों का जुलूस दिन डूबने तक सड़क की रंगीनी बनाए रखता है। मेडिकल कॉलेज को जाती कतारबद्ध श्वेताम्बरी नर्सों को देखकर कभी-कभी दंग रह जाती हूँ। एक-सा ठप्पा, एक-सी हँसी और एक-से जूड़े। लगता है, एक ही नमूना पेटेंट करा दर्जनों परिचारिकाएँ बनवा ली गई हैं। कभी-कभी इमली को ताककर फेंका गया ढेला, गलत निशाने पर बैठता है और देखते-देखते ही उद्दण्ड स्कूली बालकों की वानर सेना मेरी खिड़की का शीशा चूर-चूर कर देती है। ऐसे ही एक ढेले का शब्द सुनकर मैं बाहर निकली तो देखा, ढेला खिड़की पर नहीं, रिक्शा पर जाती एक महिला के माथे पर लग गया है। रिक्शावाला एक से एक चुनी गालियाँ देता दहाड़ रहा है और आसपास छोटी-मोटी भीड़ जमने लगी है।

महिला बेहद घबराई लग रही थी और उनका छोटा-सा रूमाल खून से रँग गया था। मुझे न जाने क्यों उस सम्भ्रान्त महिला की अपदस्थता देखकर तरस आ गया।

"आइए ना, भीतर घाव धोकर डेटोल लगाने से ठीक रहेगा। पास ही अस्पताल भी है, न हो तो ड्रेसिंग करवा लीजिएगा।" मैंने कहा।

भीड़ हट गई। महिला ने बड़ी कृतज्ञता से रूमाल हटाया और मैंने पहचान लिया। कुछ चेहरे ऐसे होते हैं, जो बीस क्या, चालीस वर्ष तक भी इजिप्शियन ममी की भाँति सुरक्षित रहते हैं। मामी का चेहरा भी शायद ऐसा ही था। चिकने चेहरे पर वयस की झुर्रियाँ नहीं पड़ी थीं। स्वस्थ दाँतों की मुस्कान अभी भी उतनी ही स्निग्ध थी। मैंने उन्हें पहचान लिया था, पर मुझे यह

देखकर बड़ा आनन्द आ रहा था कि उन्होंने मुझे अब तक नहीं पहचाना था। मैंने बड़े यत्न से आरामकुर्सी में लिटा दिया और घाव धोने लगी।

"इतना बदमाश है ये लेरका लोग, इस्कूल जाएगा नहीं, खाली फाकी देगा और बदमाशी करेगा!" उन्होंने कहा, तो मुझे हँसी आई।

"मामी! पहचाना नहीं क्या? देयर वाज ए क्रूकेड मैन..."

मामी ने मुझे गौर से देखा, "ओ माँ, यही तो सोच रही थी मैं। कहाँ देखा है इस लड़की को!" मामी मुझसे लिपट गईं।

"अब मेरा टेढ़ा बूढ़ा कहाँ रह गया, बेटी! रह गया है यह निगोड़ा टेढ़ा कपाल।"

"आप यहाँ कब आईं, मामी?'' मैंने पूछा। फिर तो मामी ने मुझे कई समाचार दे दिए।

अनीता एक सरदार से विवाह कर नाईजीरिया चली गई थी। मामा बाबू की मृत्यु के पश्चात अपने बंकिम महल और साथ सैकड़ों बीघा जमीन बेच-बाच मामी प्रयाग में बस गई थीं। लड़कियाँ यहीं पढ़-लिखकर बड़ी हुईं। बंगाल में उनका गुजारा नहीं हो सकता! "पूड़ी-पराँठा खाना सीख गई हैं, अब क्या बंगाल की झाल मछली और पालकर का घंट खा पाएँगी? सोचा, एक से एक अच्छे बंगाली परिवार यू.पी. में बिखरे पड़े हैं, कहीं-न-कहीं ठिकाने लगा दूँगी, पर कहाँ?"

"अब तो तीनों पढ़ चुकी होंगी?" मैंने पूछा।

"तुमसे क्या छिपाऊँ, बड़ी सोना रीना पच्चीसवें में है, बेबी को इसी चैत में बाईसवाँ लगेगा। बेबी की चिन्ता नहीं है, उसकी तो सगाई हो गई है।"

"तब बेबी की शादी चट से कर क्यों नहीं देतीं, मामी?"

"आहा, मेये आबार की बोले! (देखो, लड़की क्या कहती है!) सबसे छोटी की कर दूँ तो दुनिया यही कहेगी कि खरा माल तो बिक गया, खोटा रह गया। हिन्दू गृहस्थ के यहाँ जो रीति चली आई है, वही तो होगी। तुम कल अवश्य आना, बेटी! तीनों बहनों को देखोगी, तो पहचान ही नहीं पाओगी।"

अपने पार्क रोड के बंगले का पूरा नक्शा खींचकर मामी ने मुझे थमाया। दूसरे दिन सुबह ही मैं चल दी। इलाहाबाद की पार्क रोड मुझे किसी सुन्दरी किशोरी विधवा-सी लगती है। सुन्दर-सजे बंगले, उद्यानों में झूमते ऊदे-नीले पुष्पगुच्छ, मेडिकल कॉलेज के नये चित्र से सजे चंडीगढ़ी सज्जा के बंगले,

पर सब बेजान और मुर्दा। कभी घंटे टनटनाता एक-आध फायर ब्रिगेड उस सड़क से निकल जाता है, तब लगता है, उस निष्प्राण सड़क की निःस्पन्द नाड़ी फड़कने लगी है, पर फिर वही मनहूसी छा जाती है। उस दिन एक गन्दा बुर्का ओढ़े एक मुस्लिम महिला सड़क से लगी जीर्ण मजार पर बेले का गजरा चढ़ा, लोबान जला रही थी। उसी लोबान का मीठा धुआँ पूरी सड़क पर फैल गया था। उस मीठी घुटन में मामी के बंगले का नम्बर ढूँढ़ रही थी कि अपनी तीनों तन्वी कन्याओं के साथ मामी मुझे दिख गईं। लोहे के भारी जंगलों पर बड़े-बड़े अक्षरों में कुत्ते से सावधान रहने की चेतावनी टँगी थी। कतारबद्ध गमलों में स्थल-पद्म और कठाल चंपा देखकर लगा, जैसे जोड़ासाँको के ही आसपास कहीं पहुँच गई हूँ।

"वाह मामी, आप तो बंगाल की स्वर्गीय सुषमा को यू.पी. में खींच लाईं।" मैंने कहा।

"माँ के गुलाब देखिएगा, मामी, तीन वर्षों से लगातार इनाम जीत रही हैं।" सोना बोली।

मामी के गुलाब वास्तव में सवा लाख के थे। ऐसे हृष्ट-पुष्ट गुलाब मैंने बहुत कम देखे थे; किन्तु उनके गुलाब से भी सुन्दर उनकी तीसरी कन्या बेबी थी, इसमें कोई सन्देह नहीं। या तो दो साँवली बहनों के बीच में खड़ी रहने से या गुलाबी, पीले गुलाबों की मद्धिम आभा से बेबी का रंग गहरा गुलाबी लग रहा था। ऐसा रंग बंगाली लड़कियों में देखने को कम मिलता है। आँखें बहुत बड़ी नहीं थीं, किन्तु प्रत्यंचा-सी भवों के बीच लापरवाही से खींची गई तिलकनुमा काजल की बिन्दी बड़ी प्यारी लग रही थी। नाक बहुत पतली होने के कारण अधरपुट खुल-खुल जाते थे। लम्बे बालों का ढीला जूड़ा बार-बार खुलकर उसके कन्धों पर ढुलका जा रहा था और मामी की वह जूड़ा बाँधनेवाली अनूठी कन्या उतनी ही गाँठों में मेरा मन बाँधती जा रही थी। सोना और रीना भी शायद बहन के साथ नहीं देखी जातीं, जो यथेष्ट रूप से आकर्षक थीं। दोनों जुड़वाँ होने पर भी पहचानी जा सकती थीं। सोना की आँखें बड़ी थीं, रीना की साधारण। सोना की नाक रीना की अपेक्षा अधिक तीखी थी, किन्तु रंग दोनों का जुड़वाँ था। अपने रंग को पाउडर की मरीचिका से छिपाने का कोई प्रयास नहीं किया गया था, न केश-विन्यास में ही किसी प्रकार का आडम्बर था, इसी से दोनों बहनों की सादगी मुझे और भी अच्छी लगी।

"वाह, कितना बढ़िया मकान है, मामी, आपका!" मैंने कहा, "इलाहाबाद में तो मकानों की बड़ी तंगी है।"

"आर बोलो केनो माँ!" मामी बोलीं, "हमने इस मरे मकान के लिए क्या कम कष्ट उठाया है! वह तो मकान-मालिक का लड़का हमारे प्रतुल के साथ पढ़ा है। प्रतुल से हमारी बेबी की सगाई हुई है, बताया तो था शायद तुम्हें। बड़ा अच्छा लड़का है, बेटी। दो साल पहले आई.पी.एस. में आया था। आजकल सहारनपुर में एस.पी. है।"

"कब है शादी?" मैं प्रश्न पूछते ही खिसिया गई। मामी तो अपनी विवशता पहले ही बता चुकी थीं। सोना, रीना और बेबी मेरी चाय की तैयारी करने भीतर चली गई थीं। मामी फिर वही उत्तर दुहराने लगीं, "यही तो दिन-रात प्रतुल भी पूछता है। चार वर्ष पहले सगाई हो गई थी। अब तो कभी-कभी लड़का बुरी तरह झुंझलाने भी लगा है। कोई और होता, तो धत्ता बता देती, पर हाथ में आए रत्न को कैसे गँवा दूँ? इसी से दुधारू गाय की लात भी सहती रहती हूँ। सोना-रीना के लिए दिन-रात एक कर लड़के ढूँढ़ रही हूँ।"

"विवाह कर क्यों नहीं देतीं, मामी, आजकल यह सब कौन मानता है? मेरी ही छोटी ननद..." मैं बात पूरी भी नहीं कर पाई थी कि मामी की तीनों कन्याएँ खान-पान का बहुत-सा सामान लेकर आ गईं। बड़ी देर तक गपशप में घर लौटना भी भूल गई। फिर तो प्रायः ही तीनों बहनें मेरे यहाँ आ जातीं।

सोना नागपुर में डॉक्टर थी, रीना चंडीगढ़ में पढ़ रही थी, बेबी की सगाई हो चुकी थी, इसी से वह माँ के पास रह घर का काम सीख रही थी; पर मुझे उसे देखकर लगता था, चार वर्षों में उसने घर का आवश्यकता से अधिक काम सीख लिया था और वह अपनी दो कुँआरी बहनों और विधवा माँ के सहवास में बुरी तरह ऊबने लगी थी।

इसी बीच मेरे पति को विज्ञान परिषद् के एक जलसे में तीन महीने के लिए वियना जाना पड़ा। उस बीहड़ बंगले में रहने का मुझे साहस नहीं हुआ। सामने भयावने कम्पनी बाग के अहाते में ही आये दिन राहगीरों को छुरा मारने की घटनाएँ अखबार में छपती रहतीं। मैंने मामी की शरण ली।

"क्या अपने सुन्दर बंगले के दो कमरे सबलेट करने की कृपा करेंगी?"

"ओ माँ, सबलेट ना और कुछ! तू अपनी ननिहाल जाती तो वहाँ भी किराया देती क्या?"

उसी दिन मैं अपना सामान ले आई। मेरा अपना चूल्हा फिर मामी के यहाँ जल ही कहाँ पाया। नित्य ही मुझे मामी की रसोई में जीमने का निमन्त्रण रहा। कल सोना जा रही है, उसे चन्द्रपूली बहुत पसन्द हैं। रीना के साथ मछली के कटलेट बनाकर रखे जा रहे हैं। बिना मांस-मछली के बेबी के गले के नीचे गस्सा नहीं उतरता। पति के विदेश-गमन से प्रोषिता पत्नियों की कलाइयों के कंगनों का, विरह-दुख से बाँहों के अनन्त बन जाने का वर्णन प्राचीन कवियों ने किया है, पर यहाँ तो मामी की स्निग्ध स्नेह छाया में खा-खाकर मेरी कलाइयाँ ही बाँहें बनी जा रही थीं। मामी के कार्य करने की पटुता एवं क्षमता भी देखते ही बनती थी! उनका हर कार्य इतना सुघड़ और स्वच्छ होता था कि जी में आता, उनकी प्रौढ़, लम्बी अँगुलियाँ चूम लूँ। जिस उम्र में स्त्रियाँ अकारण ही चिड़चिड़ाने लगती हैं, वही उम्र थी मामी की, पर जब देखो तब उनका चेहरा ताजे फूल-सा खिला रहता। दोनों लड़कियाँ नौकरी पर चली गई थीं, अकेली बेबी माँ के पास बनी थी। उस लड़की की एकान्तप्रियता एवं अनोखा अस्वाभाविक गाम्भीर्य मुझे कभी-कभी भ्रम में डाल देता। लड़की का स्वभाव ही ऐसा है या माँ के कठोर अनुशासन से सधे अवांछित कौमार्य ने उसे इतना उदासीन बना दिया है। लगता था, टुकड़े-टुकड़े कर देने पर भी लड़की के हृदय की बात कभी भी कोई नहीं जान पाएगा। न उसे पहनने-ओढ़ने का शौक था, न घूमने का। न उसे पढ़ने में रुचि थी, न गाने-बजाने में। कभी-कभी कॉसस्टिच की कढ़ाई लेकर बैठ जाती, तो दिन-भर में एक गद्दी काढ़कर पूरी कर देती, कभी दो दिन में स्वेटर तैयार कर लेती, कभी पट्टियाँ बुन-बुनकर उधेड़ती रहती, कभी सनक सवार होती तो पूरे घर की सफाई कर डालती। उसे भी अपनी माँ की भाँति सफाई का खब्त था। मुझे उस सुन्दरी लड़की की इसी आदत को देखकर कभी-कभी उसके भविष्य के लिए बड़ी चिन्ता होती। मेरी कुछ ऐसी धारणा है कि जो नारी सफाई के पीछे मरी-मिटी जाती है, उसका वैवाहिक जीवन उतना सुखी नहीं हो पाता। जिसका सारा समय यही सोचने में बीत जाता है कि उसकी पलँगों पर बिछे पलँगपोशों की समानान्तर रेखाओं का माप, कितने इंच और कितने सेंटीमीटर की परिधि में बँधा रहना चाहिए; मेज पर सजी पुस्तकों की जिल्दों का रंग कैसे मैच किया जाए कि सुन्दर लगे या बक्स में साड़ियों की तह कैसे पिरामिड के स्तूपाकार गड्ढों में सजाई जाए; उसके पास अपनी गृहस्थी की मुख्य समस्याओं के मनन के लिए कभी-कभी बहुत कम समय

रह जाता है। उस नारी का पति कभी तौलिये की लुंगी बाँधे कमरों में इधर-उधर नहीं घूम पाता। बिस्तर की सिलवट बिगाड़ने का दुस्साहस करने पर गृहस्थी में तूफान खड़ा हो जाता है। उस गृह के बच्चे सजे-सँवरे गुलदस्तों में बँधे-कटे पुष्प-गुच्छों की ही भाँति सुन्दर, पर निर्जीव लगते हैं। अपने गृह को आवश्यकता से अधिक सज्जा प्रदान करने में कभी-कभी ऐसी कलात्मक रुचि की नारी के हृदय का अन्तरंग-कक्ष बिना झाड़ा ही रह जाता है और उसमें प्रयत्न की मकड़ी अपना ताना-बाना बुन लेती है। सज्जा या ऑर्डर पुरुष का गुण है। इधर-उधर चीज फेंकने, रुचि से कपड़े न पहनने, दाढ़ी बढ़ा, बीमार मजनूँ की सूरत लिए इधर-उधर घूमनेवाला पुरुष जिस लापरवाही से अपने व्यक्तित्व की अवहेलना करता है, उसी लापरवाही से कभी अपने परिवार की भी अवहेलना कर सकता है। स्त्री की जितनी ही अस्त-व्यस्त गृहस्थी होगी, उतना ही सुलझा उसका पारिवारिक जीवन रहेगा। इसी से मामी के कैक्टस की एक सौ अट्ठाईस किस्में, इटैलियन ब्रोकेड से मढ़ा सोफा और बगदाद कालीन देखकर मुझे लगता, जिस दिन मामी और उनकी तीन कन्याएँ अपने इस बनावटी आडम्बर की केंचुली से बाहर निकलकर खड़ी होंगी, उसी दिन उन तीनों को एकसाथ राजपुत्र से सुपात्र जुट जाएँगे। जिस गृहस्वामिनी के कालीन पर ही पैर रखने में भय होता था, उसकी पुत्रियों का हाथ कोई भला पकड़ेगा ही किस दुस्साहस से!

एक दिन मैं बरामदे में बैठी अखबार देख रही थी कि मामी दौड़ती आईं, "आज प्रतुल आ रहा है, मार्ग में शायद एक रात यहाँ भी रुकेगा। तुम्हें अगर आपत्ति न हो, तो तुम्हारे ही कमरे को उसके लिए खाली कर दूँ, एक उसी कमरे में एटैच्ड बाथ है।"

मैंने स्वयं ही अपनी सूक्ष्म गृहस्थी बटोरकर मामी और बेबी के कमरे में डेरा डाल लिया और बड़ी उत्सुकता से प्रतुल की प्रतीक्षा में बैठ गई। मामी और बेबी ने स्टेशन चलने के लिए बड़ा आग्रह भी किया, पर मैं टाल गई। उस परिवार से मेरी कितनी ही अन्तरंग घनिष्ठता क्यों न हो, उस भावी जामाता से तो मेरा किसी प्रकार का परिचय नहीं था, बल्कि मैं यदि बेबी की माँ होती, तो लड़की को अकेली ही स्टेशन भेज देती। जब माँ-बेटी प्रतुल के साथ लौटीं, तो मैं छत पर खड़ी थी। पहले तो मुझे लगा, वह प्रतुल नहीं, बंगला चलचित्र का लोकप्रिय नायक सौमित्र चटर्जी ही चला आ रहा है। उसे लेकर मामी ऊपर आईं तो मैं ही उसके लिए चाय बना लाई। मैं देख रही

थी, लड़के की आँखें एक सेकंड के लिए भी बेबी को नहीं छोड़ रही थीं।

"यह तुम्हारा गुसलखाना है, बेटा!" मामी बड़े स्नेह से बोलीं, "वैसे तुम तो कई बार पहले भी आ चुके हो।"

"जी हाँ, पर जिस रूप में आना चाहता हूँ, उस रूप में तो अभी कहाँ आ पाया हूँ।" कह वह आनन्दी युवक एक लाड़भीनी दृष्टि से अपनी वाग्दत्ता की ओर देखकर मुस्कराया।

"मैं नहा-धोकर आता हूँ। बेबी, तुम तैयार हो जाओ। आप खाने के लिए कोई तैयारी मत कीजिएगा, माँ! हम दोनों आज 'क्वालिटी' में खाएँगे। ठीक है न बेबी?" उसने कुरते के बटन खोलते-खोलते कहा और तौलिया पकड़कर उठ गया।

"हाँ मैं तो तैयार ही हूँ।" बेबी उस दिन जितनी सुन्दर लग रही थी, उतनी पहले कभी भी नहीं लगी।

बेबी उठकर बाहर जाने लगी, तो मैं उठ गई। अचानक आँधी की भाँति मामी ने आकर उसका हाथ पकड़ा और फुसफुसाने लगीं, 'बोका मेये (मूर्ख लड़की)! इतनी देर से, तुम अकेली उसके साथ 'क्वालिटी' जाओगी? जरा भी अक्ल नहीं है छोकरी को। लोग देखेंगे, तो क्या कहेंगे!"

बेबी का खिला चेहरा अचानक सूखकर लटक गया।

"हद करती हैं, मामी!" मैंने उस सरल लड़की का पक्ष लिया, "कौन क्या कहेगा? सभी को पता है कि दोनों इंगेज्ड हैं। आजकल कौन ऐसा दामाद है, जो विवाह से पहले ससुराल नहीं हो आता?"

नहा-धोकर गुनगुनाता प्रतुल बाहर आ गया, "ऐ बेबी, एक गिलास पानी तो ले आओ, गला सूख गया है।" उसके पानी से भीगे बालों की लटें छल्ले-सी बनाती ललाट पर फैल गई थीं। स्पष्ट था कि वह माता-पुत्री के तनाव से अनभिज्ञ था।

"वाह, आप तो अभी से बेचारी लड़की पर हुकूमत चलाने लगे।" मैंने परिहास कर मामी को हँसाने की चेष्टा की, पर मामी नहीं हँसीं।

"दोष, क्या मेरा है? देखिए ना, चार साल से ललाट पर मेरा रिजर्वेशन स्लिप लटकाए यह बेहया लड़की घूम रही है।"

बेबी पानी लेकर लौटी, किन्तु जिस समझ-बूझ से पानी मँगाकर प्रतुल कमरे में चला गया था, वह प्रयोजन सिद्ध नहीं हो पाया। प्यासे की प्यास बहुत गहरी थी। जलवाहिका के साथ-साथ मामी भी कमरे में जम गईं और

देश की बिगड़ती खाद्यान्न स्थिति का लेखा-जोखा देतीं, भावी जामाता को बोर करने लगीं। मैं अपने कमरे से सब सुन रही थी। मामी उन दोनों को एक क्षण भी एकान्त का सुअवसर देने के मूड में नहीं थीं। मुझे मन-ही-मन मामी की अल्पबुद्धि पर क्षोभ हो रहा था। जामाता कितना बढ़ गया है, इसका उन्हें कोई ध्यान ही नहीं था। मैं तो उन्हें पहले भी कई बार समझा चुकी थी। लम्बी सगाइयाँ विदेशियों को शोभा देती हैं, हम भारतीयों को नहीं। उनकी सगाई संयम की दुहाई नहीं माँगती, आदर्श के घेरे में नहीं बाँधी जाती, इसी से उस सगाई को सुगमता से निभाया जा सकता है, पर संस्कार-रज्जुबद्धा मामी की समझ में कुछ नहीं आया था। हुआ वही, जो मुझे भय था। रात के आठ बजे, नौ, दस, ग्यारह, सब एक-एक कर बजते रहे, पर मामी बेबी के पीछे निरन्तर छाया-सी घूम रही थीं। प्रतुल का कंठ-स्वर क्रमशः ऊँचा होता जा रहा था, "यह आपकी सरासर ज्यादती है। बेबी मेरी वाग्दत्ता पत्नी है। मैं इसे जब चाहूँ, घुमाने ले जा सकता हूँ। सच पूछिए तो मैं इस लम्बी सगाई से ऊब गया हूँ। पता नहीं, कब आपकी गुणवन्ती कन्याओं का विवाह हो और कब मेरे इस नीरस क्यू का अन्त हो। जितनी बार भी आया हूँ, आपने यही असहयोग आन्दोलन किया है। आज इस बात का फैसला करके रहूँगा।"

मामी ने उत्तर में पता नहीं क्या गुनगुन की कि लड़के का पारा एकदम ही चढ़ गया, "तो जाइए, अपनी तीन कन्याओं का ढोल गले से बाँध घूमती रहिए, मैं जा रहा हूँ। समझ लीजिए, फिर कभी नहीं आऊँगा। एक बार फिर पूछता हूँ, बेबी, चलोगी मेरे साथ घूमने?"

मैं अपने कमरे से चीख-चीखकर उत्तर देना चाह रही थी, 'हाँ, चलेगी, प्रतुल, अवश्य चलेगी।' बड़े प्रयत्न से मैंने अपने को रोका। बेबी का उत्तर कतिपय विवश सिसकियों में आया, पर मामी का कठोर कंठ-स्वर अचानक कर्कश होकर गूँज उठा, "नहीं, नहीं, सौ बार नहीं! क्या समझा है, रायबहादुर बनर्जी परिवार की कुँआरी लड़की रात, आधी रात चौकबाजार में घूमती फिरेगी?"

कितना नासमझ मूर्ख युवक है वह, मैं सोचने लगी। ऐसे अवसरों पर छल-बल से भी तो काम लिया जा सकता है। यदि वह यहाँ पहले आ चुका है तो अवश्य जान ही गया होगा कि मामी के कमरे का द्वार रात-भर खुला रहता है, यही उनकी एकमात्र दुर्बलता है। बन्द दरवाजे के भीतर उन्हें नींद

नहीं आती। बेबी की खाट एकदम द्वार से सटी लगी है और एक बार नींद आने पर मामी के कानों में नगाड़े पीटकर भी कोई उन्हें नहीं जगा सकता। इतनी भी बुद्धि नहीं है, तो लड़की को लेकर भाग क्यों नहीं जाता।

"ठीक है, मैं जा रहा हूँ।" प्रतुल शायद सचमुच ही चला गया, क्योंकि बेबी की सिसकियाँ मेरे कमरे के निकट आती गईं। मामी उसे निश्चय ही घसीटकर ला रही थीं, क्योंकि बीच-बीच में 'बोकामेये' (पागल लड़की) का स्वर आ रहा था।

अचानक भद्द-सी आवाज हुई और कटे पेड़-सी बेबी मेरे पार्श्व के पलँग पर आ गिरी।

मेरी समझ में नहीं आया, उसे आश्वासन दूँ, या नींद का बहाना बनाकर लेटी रहूँ। नींद का बहाना बनाने में ही मुझे लाभ दिखा।

प्रतुल सचमुच ही लौटकर नहीं आया। बेबी कई दिनों तक अपने कमरे में सिसकती रही। मुझे उस मूर्ख लड़की की अकर्मण्यता पर बड़ा दुख होता, पर बचपन से ही माँ के कठोर अनुशासन ने उसकी रीढ़ की हड्डी तोड़कर रख दी थी।

"कोई बात नहीं।" मामी कहतीं, "बंगाल की धरणी क्या योग्य युवकों से एकदम रीती हो गई है? इसी वर्ष दो लड़के आई.पी.एस. में आए हैं। एक का तो पिता भी डी.आई.जी. है। बरीशाल में उसकी ननिहाल है। वहीं मेरी बड़दी हैं। आज ही लिखती हूँ। ऐसे-ऐसे बीसियों प्रतुल तेरी जूतियाँ चाटेंगे...।"

पर बेबी को जैसे जूतियाँ चटवाने की कोई आकांक्षा नहीं थी।

इसी बीच मैं अपने बंगले में लौट आई थी। पति और बच्चों के साथ जब पहाड़ यात्रा से लौटी, तो मामी से मिलने गई। बेबी की दोनों बहनें छुट्टियों में फिर आई हुई थीं, और तीन कन्याओं की उपस्थिति ने बहुत हद तक पिछली उदासी झाड़-पोंछ दी थी। फिर एक-से रंगों के कार्डिगन बुने जाने लगे थे। फिर से तीन दिन के तीन-तीन शो सिनेमा देखे जा रहे थे। किन्तु तीन जोड़ा आँखों में एक जोड़ा आँखों की उदासी अभी भी पूर्ववत् थी।

"कल हम लोग सब माघ मेला जाएँगे, अमावस का नहान है। वहाँ एक सौ नब्बे वर्ष के एक बाबाजी आए हैं, सबके प्रश्नों के उत्तर देते हैं। आप भी चलिए ना, बड़ा आनन्द आएगा।" सोना बोली।

"माँ को हम प्रश्न नहीं पूछने देंगी।" मँझली रीना सबसे मुखर और हठीली थी। मैं जानती हूँ, यह क्या पूछेंगी।"

"क्या?" मैंने हँसकर पूछा।

"वही निरर्थक प्रश्न—हम तीनों का विवाह कब होगा?...सिली!" कहकर वह हँसने लगी।

"पर आपको चलना होगा, माशी!"

"आपको चलना ही होगा।" बेबी ने कहा, तो मैं उसकी करुण याचना-पूर्ण दृष्टि का निमन्त्रण टाल नहीं सकी। कभी मैंने उसका पक्ष लिया था, शायद उस कृतज्ञता को भूल नहीं पाई थी बेचारी।

मामी ने एक बड़ा-सा बजरा किराए पर ले लिया था। अन्य यात्रियों से भरी नावों की अपेक्षा हमारा हल्का-फुल्का बजरा सर्राटे से तैरा जा रहा था।

तीन कन्याएँ, एक-दूसरे से माथे सटाए, एक-से रंगों के तीन कार्डिगन, मशीन की तेजी से खटाखट बुनती जा रही थीं। अचानक गीत गाती ग्रामीण स्त्रियों से भरी एक नाव हमारे पास से गुजर गई। "देख रीना, वह नीली साड़ीवाली ग्राम्या कितनी सुन्दर लग रही है!" सोना ने कहा और 'देखूँ, दीदी' कहती दोनों बहनें आगे की ओर झुक गईं। नाव तिरछी हो गई। मैंने भी उत्सुकतावश नीली साड़ीवाली को देखने के लिए दृष्टि फेरी।

मैंने जिसे देखा, उसे शायद तीन कन्याएँ नहीं देख पाईं।

एक सरकारी पुलिस की नाव में, तीन-चार लाल पगड़ीधारी रोबदार थानेदार खड़े थे, जैसे लखनऊ के बने मिट्टी के खिलौने हों। स्वयं नाव खेता, कन्धे में कैमरा लटकाए, पार्श्व में अपनी अग्निवर्ण सुन्दरी असमी पत्नी को लिए, प्रतुल मुस्कराता खड़ा था। मैं मामी से सुन चुकी थी कि उसने एक असमी बरुआ लड़की से विवाह कर लिया है।

"कहिए, कैसी हैं, आप सब? खूब भेंट हुई!" वह अपनी नाव को तेजी से खेता एकदम इतने निकट ले आया कि उस रोबदार सरकारी नाव की टक्कर खाकर हमारा जीर्ण-शीर्ण बजरा डगमगा गया। लग रहा था, उसने जान-बूझकर ही ऐसा किया है, क्योंकि उसकी दुष्टतापूर्ण आँखें प्रतिशोध की चिनगारियाँ बरसा रही थीं। वह केवल बनियान और पैण्ट पहने नाव चला रहा था, नीली जर्सी गले से बँधी झूल रही थी। नंगी-चौड़ी ताम्रवर्णी छाती दर्पण-सी चमक रही थी।

मामी प्रस्तर प्रतिमा-सी चुपचाप बैठी थीं। सोना और रीना को जैसे साँप

सूँघ गया था। दोनों के हाथ की बुनाई गोदी में गिर गई थी। अकेली बेबी मन्त्रमुग्ध दृष्टि से अपने खोए उस रत्न को निहार रही थी, जिसे उसने अयत्न और अवज्ञा से गँवा दिया था। न उस दृष्टि में द्वेष था, न घृणा, न प्रतिशोध था, न करुणा। था केवल प्रेम, अबाध, निश्छल प्रेम।

"जानती हैं, मिसेज बनर्जी!" उसने मामी की ओर देखकर कहा, तो तीनों बहनें चौंक पड़ीं। आज तक उसने मामी को कभी इस विदेशी सम्बोधन से नहीं डँसा था।

"मेरी इस पत्नी को विवाह से पूर्व, मेरे साथ रात, आधी रात घूमने में कभी कोई आपत्ति नहीं रही।" वह हँसा और धीमे अंग्रेजी चलचित्र के नायक के स्वर में फुसफुसाया, "गुड बाई एंड गुड लक, तीन कन्या!" हमारी नाव को फिर एक क्रूर टक्कर से डगमगाता वह तीर-सा निकल गया।

मामी का चेहरा क्रोध और अपमान से क्रमशः लाल से सफेद पड़ता जा रहा था, किन्तु उन्होंने एक शब्द भी नहीं कहा। मैं सोच रही थी कि खानदान और ब्रीडिंग का खरा सोना ऐसे ही अवसरों पर कसौटी को नहीं छलता। दोनों बहनें गोद की बुनाई को उठा, सींक से नीचे गिर गए फन्दों को पिरोने लगी थीं। अकेली बेबी अभी भी अचल बुनाई थामे, लहरें काटती तीर-सी भागी जाती, उसी नाव को एकटक देख रही थी, जिसके पीछे खड़े तीन थानेदारों के झब्बेदार रेशमी साफों की झालरों के बीच से दिखती, प्रतुल के गले से बँधी, उसी की बुनी नीली जर्सी की निर्जीव बाँहें धीरे-धीरे ओझल होती जा रही थीं।

मुझे लगा, यह त्रिवेणी-तट नहीं ब्रह्मपुत्र का विस्तृत वक्ष है, जिसके तट से दिखती हबीगंज की टेढ़ी-मेढ़ी बस्ती के बीच, तीन टेढ़ी और चौथी टूटी मीनार लिये अभिशप्त बनर्जी परिवार का बंकिम महल चुपचाप खड़ा है।

'चार मीनारों में जो चौथी मीनार भूकम्प के धक्के से टूटकर बिखर गई थी, वह फिर कभी नहीं बनाई गई।' मामी ने कहा था। सोचती हूँ, आज भाग्य का भूकम्प, जो फिर वही क्रम दुहरा रहा है, उसका अन्त भी क्या वैसा ही रहेगा?

चन्नी

ट्रेन पूरी रफ्तार से चली आ रही थी। नीचे की बर्थ पर एक बुजुर्ग-से नवाब साहब लेटे 'स्टेट्समैन' पढ़ रहे थे। पास ही उनका नाम लिखा सूटकेस धरा था, जिस पर नवाबजादा शौकत अली का नाम, उन्हीं की जवानी की तरह धुँधला पड़ गया था। दूसरी बर्थ पर एक सिन्धी नया जोड़ा, कबूतर की-सी गुटर-गूँ में मस्त था। बार-बार लड़की-सी दिखती नई दुल्हन अपने जवान पति को ऊपर की बर्थ पर जाने के लिए ठेल रही थी और वह दुगुने जोश से उससे छेड़खानियाँ किए जा रहा था। ऊपर की बर्थ पर लेटी, मैं मन ही मन सोच रही थी कि ये नये-नये ताजे जोड़े, अपने आसपास की भीड़ से कितने बेखबर रहते हैं। मेरे लिए यह कोई नई चीज नहीं थी। नैनीताल की ठंडी सड़क पर दिन-दहाड़े ऐसे बीसियों जोड़े एक-दूसरे से लिपटे-लिपटाए घूमते रहते हैं, पर मैं देख रही थी कि बुजुर्ग नवाबजादा शौकत अली को उस जोड़े ने बेहद परेशान कर दिया था। बेचारे बार-बार खाँसते-खँखारते अपनी उपस्थिति का आभास दे रहे थे। जब लखीमपुर में वह रसीला जोड़ा उतर गया, तो उन्होंने चैन की साँस ली और करवट बदलकर सो गए।

गर्मी बेहद थी। पंखा चल रहा था, पर ट्रेन के अधिकांश पंखों की भाँति यात्रियों को छोड़कर, डिब्बे की हर दिशा को हवा भेज रहा था। मैंने कई बार उसे घुमा-फिराकर मनाने की कोशिश की, पर हार मानकर चुपचाप लेट जाना पड़ा। मैं सोच ही रही थी कि नीचे की बर्थ पर अपना बिस्तर बिछा लूँ। इतने में ही बहुत सारा सामान लेकर दो-तीन कुली धँस आए। भूरे-भूरे बालोंवाले एक लड़के ने बड़ी फुर्ती से निचली बर्थ पर होल्डाल फैला दिया और एक पिस्तई रंग के बुर्के की सर्र-सर्र के साथ एक महिला उस बर्थ पर जम गई।

चन्नी

"जमील, लो, इन कुलियों को पैसे दे देना और बचे तुम रख लेना।" एक पाँच का नोट उन्होंने उस भूरे बालोंवाले लड़के को थमाया ही था कि गाड़ी चल पड़ी और वह चट से उतर गया।

नवाबजादा हल्के-हल्के खर्राटे ले रहे थे। डिब्बे की बत्तियाँ पहले से ही बुझी थीं। उस महिला ने अपना रेशमी बुर्का उतारकर खूँटी पर टाँग दिया। महिला मेरे नीचेवाली बर्थ पर थी, इसी से चेहरा न दिखा, लेकिन गाड़ी स्टेशन छोड़ रही थी। स्टेशन की बत्तियों के अस्पष्ट-से धुँधलके में भी, बुर्का टाँगनेवाली की लम्बी-लम्बी अँगुलियाँ मुझे स्पष्ट दीख गईं। कुछ बुर्के की रेशमी खसखस और कुछ अँगुली में पड़ी हीरे की अँगूठी की दमक ने मेरा ध्यान आकर्षित किया। कैसी लम्बी-लम्बी सुडौल अँगुलियाँ थीं! और दूसरे ही क्षण मुझे एक अजब घुटन ने व्याकुल कर दिया। ऐसी ही लम्बी और सिरे से टेपरिंग अँगुलियाँ मैंने कहाँ देखी हैं—कहाँ देखी हैं? ठीक-ठीक याद न कर सकने की विचित्र झुँझलाहट ने मुझे ऐसा व्याकुल कर दिया कि याद न आने पर शायद नीचे कूदकर उस अपरिचिता महिला की अँगुलियाँ फिर देख डालती, पर तभी अचानक याद आया—अँगुलियाँ जिन हाथों में मैंने देखी थीं, वे जल-भुनकर कब के राख हो चुके थे। उनके फिर दीख जाने का कोई प्रश्न ही नहीं उठ सकता था।

आज से दस वर्ष पहले मेरे पति ही तो उन अँगुलियों का अस्तित्व गंगा में बहा आए थे। हाँ-हाँ, चन्नी की अँगुलियाँ ऐसी ही थीं। मैं उससे कहती, 'चन्नी, तेरी अँगुलियाँ तो चम्पे की कलियाँ हैं।'

'चल हट!' वह कहती, 'ताई तो कहती है, ऐसी लम्बी-लम्बी अँगुलियाँ चुड़ैल की होती हैं।'

ताई की नजर में तो वह हमेशा चुड़ैल ही रही। चन्नी मेरे मँझले मामा की इकलौती लड़की थी। जन्मते ही उसने जननी को डँसा और पिता को तो गर्भ से ही डँस चुकी थी। अनाथ चन्नी को बड़े मामाजी ने ही पाला। मेरी ननिहाल में तीन अल्सेशियन भी पलते थे। अभागिनी चन्नी को भी उसी स्तर से पाला जाता था। घर-भर की उतरनें वह पहनती, फिर भी कुन्दकली-सी चटकती रहती। घर-भर की बासी जूठन उदरस्थ करने पर भी उसके स्वास्थ्य ने कभी हार नहीं मानी।

मेरे ननिहाल की सब लड़कियाँ गोरी-चिट्ठी थीं, पर चन्नी थी साँवली। उसे अपने कृष्णवर्ण का कोई दुख नहीं था। वह जानती थी कि विधाता ने

उसकी शोख आँखों और मोती-सी दन्त-पंक्ति में लावण्य का ऐसा अपरिमित कोष भर दिया था, जिसे अपने गौरवर्ण की महिमा से भी उसकी चचेरी बहनें तुच्छ सिद्ध नहीं कर सकती थीं। एक से एक महँगे विदेशी शैम्पू से अपने सुनहरे बालों को धोकर, उसकी गोरी-गोरी मेम-सी बहनें कान्वेंट स्कूलों में पढ़ने जातीं और वह केवल रीठे से ही समृद्ध अपनी एड़ी तक लहराती चोटी पीठ पर डालकर 'जगततारिणी' स्कूल में पढ़ती। उसकी अध्यापिकाओं का कहना था कि ऐसी तेज लड़की उनके स्कूल में आज तक नहीं आई।

एक बार अपने स्कूल की खेल की टीम के साथ वह रूस भी घूम आई, तो चाची-ताइयों के दिल पर छुरियाँ चल गईं। बड़े मामाजी ने ही जिद करके उसे भेज भी दिया, नहीं तो बेचारी जा भी ना पाती। विदेश से लौटने के बाद चन्नी की बोटी-बोटी फड़कने लगी। शोख पहले से ही थी, अब वह ढीठ भी हो गई। जब छोटी थी, तभी पास-पड़ोस से शिकायतें आने लगी थीं—चन्नी ने किसी की चूड़ियाँ मसक दीं, किसी की गुड़िया कुएँ में डाल दी, कहीं से कच्ची इमलियाँ चुरा लाई, तो कहीं से कच्चे अमरूद। जवान हुई तो, कयामत ही आ गई। उसकी किताबों से एक-आध प्रेम-पत्र का गिरकर बड़ी मामा जी के हाथ में पड़ जाना तो नित्य की घटना थी, तिस पर मुहल्ले भर के छोकरों की भ्रमरावलि उसके इर्द-गिर्द मँडराने लगी। होने को तो बड़े मामाजी की लड़की सरला उससे कहीं सुन्दर थी, किन्तु बड़ी-बड़ी आँखों की चंचल पुतलियाँ घुमाना, खिलखिलाकर हँसी के मँजीरे बजाना—यह सब उसे कहाँ आता! अपनी सामान्य-सी साड़ी के आँचल-सिगनल से, चन्नी मुहल्ले-भर के युवकों के हृदइंजनों को रोक सकती थी, तभी तो बड़ी मामीजी अम्मा से कहतीं, 'बीवी, छोरी बंगाल का जादू जाने है। किसी तरह छोरी के हाथ पीले करूँ, तो छुट्टी मिले। सुन तो रही हो शास्त्रीजी की बिटिया भी मुसलमान साइकिलवाले के साथ भाग गई।'

शास्त्रीजी की बिटिया साइकिलवाले के साथ न भागी होती तो शायद चन्नी के विवाह की इतनी जल्दी न मचती। उसी दिन से मेरे दोनों मामा उसके लिए दाएँ-बाएँ वर ढूँढ़ने लगे। किन्तु इसी बीच एक सुयोग्य पात्र ने उसे स्वयं ढूँढ़ लिया। चन्नी अपने मामा के यहाँ अलीगढ़ गई हुई थी, वहीं की नुमाइश में उसे चटखारे ले-लेकर चाट खाते योगेन जीजा ने देख लिया।

'अब चाट खानेवाले भी दो तरह के होते हैं।' चन्नी ने मुझसे हँस-हँसकर कहा था। आज भी उसकी हिरनी की-सी आँखों की काली भँवर पुतलियाँ

मेरे स्मृति-पटल पर खिंच जाती हैं। 'एक तो प्लेट में चाट धरकर चम्मच से ऐसे चुगते हैं, जैसे मोती हों, न मिर्च की सिसकारियाँ, न हा-हा, हू-हू, न अँगुलियाँ चाटना, न आँखों में पानी; और एक चाट खानेवाले होते हैं हम सरीखे, आँखें लाल, होंठ लाल, यानी—दृगन बीच डोरे लाल, डोरे लाल झलकें—बस, तेरे जीजा ने हमें देखा और पसन्द कर लिया!'

काश, जीजा उस पर रीझे ही रहते!

ननिहाल की वह विष-वल्लरी मुझे प्राणों से प्रिय थी। उसकी कुख्याति सुनकर भी मुझे कभी घृणा नहीं हुई। एक दिन बड़ी मामी ने मुझे निराले में खींचकर समझाया भी था, 'देख बिट्टो, उस छोकरी के पीछे-पीछे मत फिरै। वह जहर की बुझी है, जहर की! अपनी नानी पै गई है, रंडी!' चन्नी के नाना ने वेश्या से विवाह किया था। हो सकता है, चन्नी में अपनी रूपजीवा नानी के ही संस्कार आए हों। मँझले मामा ने घर-भर की अवहेलना करके ही मामी से विवाह किया था, इसी से वर्जित कुल की स्मृतिचिन्ह चन्नी सबकी आँखों की किरकिरी थी। मैं छुट्टियों में ननिहाल जाती, तो वह मुझसे लिपट जाती। हाथ नचा-नचा, पुतलियाँ घुमा, ऐसे-ऐसे रंगीन किस्से लेकर बैठ जाती कि जी में आता सुनते ही रहो। प्रेम-पत्रों का उसके पास एक बड़ा-सा पुलिन्दा रहता, जिसे वह पिछवाड़े के बरामदे में मुझे ले जाकर पढ़-पढ़कर सुनाती।

'सरला से मत कहना, बड़ी चुगलखोर है, चट ताई से कह देगी।' वह कहती और सँकरे पिछवाड़े में, पास के पागलखाने से आती दुर्गन्ध के दुःसह भार को वहन कर भी मैं उसके प्रेम-पत्रों के रस-भंडार का रसास्वादन करती। एक उम्र ऐसी होती है, जब ऐसे प्रेमपत्रों का लड़कियों के मनोरंजन के लिए विशेष महत्त्व होता है। हमारी शायद वही उम्र थी। मैं सोलह की थी और चन्नी सत्रह की। उसी साल चन्नी का विवाह भी हो गया। मुझे आज भी उसके विवाह की एक-एक घटना कंठस्थ है। भारी जामदानी लहँगे में चन्नी की मुट्ठी-भर की कमर दुहरी हुई जा रही थी, उसकी नाक छिदी नहीं थी, इसी से उसकी ससुराल से स्प्रिंगवाली बड़ी-सी नथ आयी थी जिसका स्प्रिंग या तो ढीला हो जाता था या घूँघट की उमस से घुटकर चन्नी स्वयं ढीला कर सबके सामने घूँघट पलटकर कह उठती थी, 'देखो ताई, यह नथ हमसे नहीं सँभलती।'

आँखें दिखाती, दाँत पीसती बड़ी मामी दुगुना घूँघट खींच देती और उसकी फुसफुसाहट तीखी होकर शायद उसी दिन योगेन जीजा के कानों में

पड़ गई, 'अरी, आज के दिन तो हमारी लाज-शरम रख ले!'

योगेन जीजा शायद जान गए थे कि बिगड़ी घोड़ी को लगाम और चाबुक की शान में नहीं साधा तो, वह उन्हें भी अनाड़ी सवार की तरह मिट्टी में लिटा देगी। सिर से पैर तक गहनों से लदी चन्नी विदा हुई, तो मेरी दोनों मामियों ने निश्चिन्त साँस लेकर कहा था, 'चलो भई, हमने तो अब गंगा नहा ली।' फिर कई साल तक मुझे चन्नी की खबर ही नहीं मिली। मेरे विवाह पर भी योगेन जीजा ने उसे नहीं भेजा। सरला तो कहती थी कि उसके प्रेमपत्रों के पुलिन्दे के बारे में किसी ने योगेन जीजा को बतला दिया। क्या पता, बतानेवाली स्वयं सरला ही हो?

फिर सरला के ब्याह में बड़े मामा उसे स्वयं जाकर लिवा लाए। मुझे लगता है, उस अभागिनी को बड़े मामा बहुत चाहते थे, इसी से मामी के बहुत बुरा-भला कहने पर भी वे उसे लिवाने चले ही गए और कैसा आश्चर्य कि जीजा ने चटपट भेज भी दिया। तीन अदद मरियल-सी बच्चियों को लेकर वह ताँगे से उतरी, तो मैं अवसन्न रह गई। यह वही चन्नी थी, जो छूने से भी मैली होती थी। न आँखों में वह शोखी थी, न चेहरे पर रौनक। मुझे देखते ही सिर झुका लिया, जैसे अपनी गन्दी बदशक्ल लड़कियों के लिए माफी माँग रही हो। तीनों बच्चियों ने माँ का रंग और बाप का नक्शा पाया था। तीनों ही के चेहरे पर योगेन जीजा की सुग्गे की नाक का मनहूस साया था। उनके जिन अंगों को ढँकने के लिए उनके धारीदार कच्छों की सृष्टि हुई थी, उन्हें खुला छोड़कर, वे उनके घुटनों तक बड़े ही फूहड़ ढंग से लटक आए थे। नाक बह रही थी, जिन्हें पोंछने की चन्नी को कोई चिन्ता नहीं थी। विवाह के पश्चात सुघड़ से सुघड़ नारी भी कितनी बदल जाती है! यह वही चन्नी थी, जिसके प्रेमपत्रों के प्रतिभाशाली लेखक, उसके मनोहर व्यक्तित्व की बलैयाँ लेते, उसका आदेश पाते ही किसी भी मेल ट्रेन के धड़धड़ाते पहियों के नीचे लेट जाने को तत्पर रहते थे।

'हाय राम! चन्नी, तुझे यह क्या हो गया? बारात आने को है, कम से कम आज तो साड़ी बदल ले।' मैंने उसे खींच-खाँचकर अपनी एक साड़ी पहना दी, बालों को सँवारकर जूड़ा बनाया, बिन्दी लगाने लगी तो वह दोनों हाथों से मुँह ढँककर सिसक पड़ी।

'अरे भई, हमारी कमीज कहाँ डाल दी, हद हो तुम!' योगेन जीजा की चिड़चिड़ी आवाज सुनते ही वह भीगी बिल्ली-सी दुबक गई। मैं समझ गई

कि हृदयहीन पति के कठोर शासन ने ही उसकी मुख-श्री छीन ली है। बारात विदा होते ही जीजाजी उसे लेकर चले गए। उन्हें किसी मीटिंग में दिल्ली जाना था।

'योगेन जीजा, चन्नी को यहीं छोड़ जाइए ना, हमें भी तो दिल्ली जाना है, हमारे साथ चली जाएगी।' मैंने कहा और चन्नी का चेहरा फक पड़ गया, जैसे मेरे दुस्साहस से योगेन जीजा सबके सामने उसका अपमान न कर बैठें।

'नहीं, यहाँ कैसे छोड़ दें? होटल का खाना हमसे नहीं खाया जाता।'

वह गई, तो मारे भय के मुझसे ठीक से मिली भी नहीं। एक सहमी-सी हँसी के पीछे उसके दोनों होंठ बरबस रोकी गई रुलाई के भार से काँप रहे थे। मैं मोड़ पर अचानक ओझल हो गए उसके ताँगे को देख रही थी कि न जाने कहाँ से बड़ी मामी आ गईं। उनकी पुत्री को ससुराल से बहुत ही साधारण-सा चढ़ावा आया था। उसी की भड़ास उन्होंने चन्नी के मत्थे निकाली। 'क्या सुख है चन्नी को? जमींदार से जाकर सुना, योगेन तालों में बन्द करके धरै है! लच्छन जो वैसे ठहरे। इससे तो अपनी सरला अच्छे घर गई। ऐसा भी क्या गहना, जिससे गर्दन टूटे! चन्नी तो राह पर आ गई। दामाद करी न मिलता, तो आज़ 'शमी मंजिल' में होती!'

सामने 'शमी मंजिल' के गुम्बद दीख रहे थे। सबसे ऊँची मंजिल पर बने आधे चाँद पर नये मालिक ने काला रंग पोत दिया था। जिस छत की मुँडेर पर बिगोनिया के गमले महकते थे, वहाँ पर कई जोड़ी कच्छे और मैली-सी पाण्डुजीर्ण सलवारें सूख रही थीं। चन्नी की शादी के साल ही 'शमी मंजिल' ने उजड़कर पहले से ही उसकी मौत का मातम मना लिया था। आबिद चचा पाकिस्तान भाग गए और अब उनकी 'शमी मंजिल' किसी सरदार को क्लेम में मिल गई थी।

सरदारजी के सत्रह बच्चे थे, जो उनकी छत की हर मुँडेर पर लंगूरों की तरह चढ़े रहते थे। उनकी छत से मिली एक सँकरी-सी मुँडेर मामाजी के दीवानखाने की छत पर उतरती थी और कभी वही मुँडेर, डूबते सूरज की छाया में 'शमी मंजिल' और 'तुलसी कुटीर' की प्रेमपुण्य सलिला का संगम थी। इरफान अहमद चन्नी के पीछे दीवाना था। उसकी सारी चिट्ठियाँ हिना और खस से तर आती थीं। उन्हें सूँघ-सूँघकर किताबों से ढूँढ़ निकालना सरला के लिए बड़ा आसान होता। इसी से इरफान उन्हें मुँडेर की एक खपरैल के नीचे छिपा जाता। बड़े मामाजी से आबिद चचा की पुरानी मित्रता थी,

इसी से मुस्लिम परिवार से मिलने-जुलने पर हम पर भी कोई रोकटोक नहीं थी। इरफान भाई अलीगढ़ युनिवर्सिटी से घर आते, तो बड़ी मामी चौकन्नी होकर चन्नी के पैरों में बेड़ियाँ डाल देतीं। पर चन्नी उन कैदियों में से थी, जो बेड़ियों को काटने का साधन जेलखाने की ऊँची दीवारों में भी जुटा ही लेते हैं। बात शायद बहुत बढ़ जाती, पर बीच ही में हिन्दुस्तान और पाकिस्तान ने एक-दूसरे की ओर बड़ी बेरुखी से पीठ फेर ली।

जब मेरे पति की बदली दिल्ली हो गई तो मैं खुशी से उछल पड़ी। चन्नी वहीं थी। अब मैं उसकी उदासी को दूर कर लूँगी और वह फिर पहाड़ी मैना-सी चहकने लगेगी। किन्तु चहकती कैसे? मैना के गले में सुना, एक काँटा उग आता है और वह चहकना बन्द कर एक दिन गर्दन डाल देती है। चन्नी के गले में भी ऐसा ही काँटा उग आया था। मेरे और उसके मकान के बीच कुल तीन मकानों का फासला था और काम निबटाते ही मैं उसके पास पहुँच जाती। पर धीरे-धीरे मुझे लगने लगा कि जो चन्नी मुझे देखकर कली-सी खिल उठती थी, अब मुरझाकर बिखर जाती है।

योगेन जीजा के ऑफिस से लौटने से पहले ही मुझे किसी प्रकार विदा देने को वह छटपटाने लगती। मेरे यहाँ आती भी तो सहमी-सहमी निगाहों से इधर-उधर देखती, बार-बार चौंक पड़ती और कभी अपनी बड़ी-बड़ी आँखें मेरे चेहरे पर गड़ाए मुझे देखती रहती। मैं पूछती भी तो किससे? घर के भेदी प्रायः नौकर या बच्चे ही होते हैं। नौकर जीजाजी रखते ही नहीं थे, और चन्नी की तीनों बच्चियाँ वज्रमूर्खा थीं। इसी बीच मैं बाबूजी की बीमारी का तार पाकर मायके चली गई। वहीं मुझे एक दिन अपने पति की चिट्ठी मिली कि चन्नी किसी के साथ भाग गई।

मैं स्तब्ध थी, मन-ही-मन। मैं जानती थी कि चन्नी कभी भाग नहीं सकती। भागने की भी तो आखिर एक उम्र होती है। चौंतीस वर्ष की पढ़ी-लिखी तीन बच्चियों की माँ चन्नी भला किसके साथ भाग सकती थी! 'किसके साथ भागी, यह पता नहीं।' मेरे पति ने लिखा था, 'लेकिन योगेन का कहना है कि वह किसी प्रेमी के साथ ही भागी है।'

चन्नी क्या ऐसी नासमझ थी? योगेन जीजा के निर्मम व्यवहार और शक्की स्वभाव से ही ऊबकर वह किसी ताल-बावड़ी में कूद गई होगी। बेचारी ने पति का विश्वास पाने के लिए कितनी चेष्टा की थी। मैं नित्य बड़ी आशा से अखबार देखती। शायद किसी युवती की लाश मिलने का समाचार हो।

इसी बीच मेरे पति का एक पत्र आया कि चन्नी के किसी सरदार के यहाँ छिपने का समाचार मिला था। वहाँ पुलिस की सहायता से योगेन जीजा ने छापा मारा, तो सरदार फरार हो चुका था और दरवाजा तोड़ने तक चन्नी ने अपने शरीर पर मिट्टी का तेल छिड़ककर लाग लगा ली।

पड़ोसियों ने बतलाया कि वह सरदार कुछ ही दिन पहले दस साल की सजा भुगतकर लौटा था और एक दिन वह सुन्दर साँवली बंगालिन-सी लड़की उसके साथ आकर रहने लगी थी। दिन-भर वह कमरे में बन्द रहती और रात को सरदार के साथ घूमने निकलती। दरवाजा तोड़ने तक वह खत्म हो चुकी थी। बाद में योगेन जीजा और मेरे पति ही उसकी मिट्टी ठिकाने लगा आए थे।

आज ट्रेन में किसी अपरिचिता की लम्बी अँगुलियाँ देखकर अभागिनी चन्नी की स्मृति फिर ताजी हो उठी थी। एक बार बर्थ से झाँककर देखने की चेष्टा की तो देखा, वह अपरिचिता, मुस्लिम महिला करवट बदले सो रही थी। नवाब साहब के खर्राटों और ट्रेन के झकोरों के बीच मुझे भी नींद ने दबोच लिया। काफी देर बाद किसी स्टेशन पर गाड़ी रुकी। फिर चली और फिर न जाने कितने स्टेशनों पर रुकती-चलती बढ़ती चली गई। मैं गहरी नींद में पड़ी ही रही। जब उठी तो हलका गुलाबी उजाला होने लगा था। नीचे झाँककर देखा तो बर्थ खाली थी। लम्बी अँगुलियों वाली मुस्लिम महिला न जाने किस स्टेशन पर उतर चुकी थी। हाथ में गडुवा लिये नवाब साहब बाथरूम में घुस गए, तो मैं भी बिस्तर से उतरकर नीचे की बर्थ पर आ गई। एक छोटा-सा रूमाल, शायद वह महिला भूल गई थीं, बड़ा प्यारा-सा लेस लगा केम्ब्रिक का रूमाल था, जिसे देखकर फ्लौबेयर की किसी फ्रेंच नायिका का स्मरण हो आया और न जाने क्या सोचकर मैंने उसे उठा लिया। स्पर्श और भी प्यारा लगा। नाक से लगाया तो मुझे साँप सूँघ गया। कैसी परिचित मीठी खुशबू थी! वही जानी-पहचानी मीठी खुशबू, जो इरफान अहमद के हिना के तर खतों से आया करती थी। लखनऊ आने तक वह रूमाल मेरी मुट्ठी में ही धरा रहा। वह रूमाल नहीं, जैसे शादी के पसीने से तर चन्नी का हाथ मेरे हाथ में बन्द था।

घर पहुँचते ही मैंने अपने पति से पूछा, "क्यों, उस दिन आप भी जीजाजी के साथ मरघट तक गए थे न?" मेरे पति मुझे ऐसे देखने लगे जैसे मेरा दिमाग फिर गया हो। चन्नी को मरे दस साल हो चुके थे।

"हद करती हो तुम भी! आज अचानक क्या याद आई?"

"नहीं, ऐसे ही पूछा।" मैंने कुछ खिसियाकर कहा, "आप कहते थे न, उसने अपने को जला डाला था, फिर मरघट तक क्या ले गए होंगे, यही सोच रही थी।"

"इस बुरी तरह जली थी कि पहचान में ही नहीं आती थी। वे तो दोनों हाथ बच गए थे, बस।"

"हाय, राम! क्या दोनों हाथ देखकर ही आप लोगों ने उसे पहचान लिया था?" मेरा कलेजा बुरी तरह धड़के जा रहा था।

"नहीं, अँगुलियाँ देखकर। योगेन कहता था कि वैसी लम्बी-लम्बी अँगुलियाँ और किसी की नहीं हो सकतीं, फिर बाएँ हाथ पर गुदना भी तो था।"

मुझे याद आया। उसके बाएँ हाथ पर गुदा फूलों का एक नीला गमला! किन्तु क्या उस गमले पर उसका कापीराइट था? "क्या वैसा ही गमला किसी और के हाथों पर नहीं गुद सकता था?"

"योगेन जीजा ने कहा था कि वैसी अँगुलियाँ और किसी की नहीं हो सकतीं।"

जब ट्रेन में मुझे लम्बी-लम्बी अँगुलियाँ दिखीं...यही तो मैं भी जोर-जोर से कहना चाह रही हूँ, कि वैसी अँगुलियाँ और किसी की नहीं हो सकतीं, पर कैसे कहूँ? मेरी बात मानेगा ही कौन? मेरे पास सबूत है परिचित खुशबू से तर छोटे से, केम्ब्रिक के रूमाल का। संसार ऐसी भावुक कमजोर दलील पर विश्वास नहीं करता। फिर उस खुशबू ही को भला कब तक सहेज पाऊँगी? हिना और खस की खुशबू अब चन्नी के रहस्यमय अस्तित्व की भाँति धीरे-धीरे उड़ती जा रही है। जिस दिन वह बिल्कुल ही उड़ जाएगी, उस दिन शायद मैं भी मान लूँगी कि चन्नी सचमुच ही मर गई।

धुआँ

रामगढ़ के सीमान्त पर बसे छोटे-से नैक ग्राम में, जिस दिन रजुला का जन्म हुआ, दिशाएँ पहाड़ी दमुवे की चोट और तुतुरी की ध्वनि से आनन्द-विभोर हो उठीं। ग्राम आज भी जीवित है, पर उसके मकानों के कक्षगवाक्ष, किसी जर्जर वृद्ध की जीर्ण दन्तपंक्ति की ही भाँति, टूटकर बिखर पड़ने को तत्पर हैं। जो अब दूर से, लासा के दलाईलामा के विचित्र महल-सा दिखता है, किसी समय कुमाऊँ का प्रसिद्ध सौन्दर्यतीर्थ था। छोटे काठ के यही खँडहर, कभी तबले की झनक और घुँघरुओं की रुनक से गूँज उठते थे। हिरणी के-से शत-शत नयन-कटाक्ष, दूर-दूर से तरुण, किशोर, विगलित पौरुष के क्षत्रिय, ब्राह्मण, शूद्र सबको एक अनोखी भावनात्मक एकता की डोर से बाँधकर खींच लाते थे। प्रेम के कुछ अमूल्य क्षणों का मुँहमाँगा दाम देकर, उच्च कुलगोत्र का अस्तित्व मिटा, न जाने कितने पन्त, पांडे और जोशी यहाँ विवेकभ्रष्ट हुए।

सेब की नशीली खुशबू में डूबा रामगढ़ तब और भी मादक था, वहाँ की हवा के हर झोंके में सेब की मीठी खुशबू रहती पर तब रामगढ़, आज की भाँति अपने सेबों के लिए प्रसिद्ध नहीं था, रामगढ़ का मुख्य आकर्षण था नैक ग्राम। वहाँ की देवांगना-सी सुन्दरी उर्वशियाँ शरीर को ऐसी लगन और भक्ति से बेचती थीं, जैसे सामान्य-सी त्रुटि भी उनके जीवन को कलंकित कर देगी। प्रेम के आदान-प्रदान में कहीं भी वारांगना का विलास नहीं रहता, वाणी में, कटाक्षमय अभ्यर्थना में, यहाँ तक कि उनके संगीत के नैवेद्य में भी कहीं पर उनके कलुषित पेशे की छाप नहीं रहती। कभी किसी मनचले ग्राहक को, उनसे ठुमरी या गजल-दादरा सुनाने का आग्रह करने का साहस नहीं होता। सुन्दर ललाट पर पड़ा हल्के-से घूँघट का घेरा, आनत आनन पर भी

अपनी पवित्र छाया डाल देता। भजन, कीर्तन और परी चाँचरियों के पहाड़ी पूजागीत सुना, हाथ में मिट्टी का जला प्रदीप लेकर, सिर झुकाए अलस-पगों से, किसी सौम्य उच्च कुलवधू की भाँति ही वे उर्वशियाँ ग्राहकों के पीछे-पीछे अपने कक्षों में चली जातीं।

पुत्री का जन्म उस बस्ती में सर्वदा बड़े उल्लास से मनाया जाता। इसी से जब उनमें सबसे सुन्दरी मोतिया, अलस होकर नींबू और दाड़िम चाटने लगी तो अनुभवी सखियों ने घेर लिया—

"हाय, राम कसम, लड़की होगी, इसी से तो खट्टा माँग रही है, अभी से!" धना बोली।

"और क्या!" पिरमा चहकी, "लड़का निगोड़ा ऐसा पीला चटक रंग थोड़े ही ना रहने देता।"

मोतिया पान के पत्ते-सी फेरी जाने लगी, बत्तीस सुन्दरियों के हृदय प्रतीक्षा में धड़कने लगे, उनके वंश की पल्लवित लता अब सूखती जा रही थी, पन्द्रह वर्ष पहले चन्द्रा के निगोड़ा पूत ही जन्मा था। रजुला का जन्म हुआ तो सखियाँ नाच उठीं। रँगीली बस्ती के तीन-चार पुरुषों को नैनीताल भेजकर, गुरखा बैंड मँगवाया गया, तीन-तीन हलवाइयों ने कड़ाह चढ़ा दिए, एक ओर ब्राह्मणों के लिए दही में गुँधे आटे के पकवान उतरने लगे, दूसरी ओर बड़े-बड़े हंडों में क्षत्रियों के लिए समूचे बकरे भूने जाने लगे। लाल रुँवाली के पिछौड़ों से अपने रूप की बिजलियाँ गिराती, रजुला की बत्तीस मौसियाँ निमन्त्रित अतिथिगणों के हृदयों पर छुरियाँ चलाने लगीं। पंडितजी ने, शंख को मुँह में लगाकर, तीन बार नवजात कन्या के कान में नाम फूँक दिया—'रजुला-राजेश्वरी-राधिका' और स्वयं लाल पड़कर रह गए।

"यह काम असल में कन्या के पिता को करना था," कहकर वे खिसियानी हँसी हँसने लगे।

"हो न हो, इसमें तुम्हारे ही-से किसी ब्राह्मण का रक्त है पंडित ज्यू, मिला लो रंग," साथ ही खिलखिल करती दो-तीन मौसियों ने पंडितजी को घेर लिया, "क्या बात कही तुमने भी!"

पंडितजी स्वयं भी हँसने लगे—गहरी दक्षिणा, रसीली चुटकियों और मछली-सी लम्बी आँखों के कटाक्षों ने उन्हें रससागर में गले तक डुबो दिया था। "माया तो देखो भगवान् की, कल कुंडली बनाई, तो बस देखता रह

गया, रत्नांजलि योग है इसका पिरमा, हाथों से रतन उलीचे तो फिर भी हथेली रत्नों से भरी रहे!" उन्होंने काल्पनिक रत्नों की ढेरी में हथेली की अँजुली भरकर निकाली और हवा में बिखेर दी। "ऐसे, समझी? बाप रे रत्नांजलि योग," वे स्वयं ही अविश्वास से बुदबुदाने लगे।

"वह योग तो हम सबका है यार पंडित ज्यू", रसीली पिरमा चहकी और खिलखिलाकर हँसी के मंजीरे बन गए।

बत्तीस मातृत्व-वंचिता नारियों के अभिशप्त दग्ध हृदयों का मलहम बन गई रज़ुला। सन्ध्या को सब अपने श्रृंगार-कक्षों में चली जातीं तो सयानी देवकी रज़ुला को गोद में नचाती—

आजा मेरी चम्पाकली
सोजा मेरी चम्पावती—

ऐसे ही देवी ने मोतिया को नचाया था, ऐसी ही थी भीमू, लछमी, परु और न जाने कितनी रूपसियों का स्पर्श अभी भी उसकी गोद में सिंचकर रह गया था और सब एक-एक कर ताल में पकड़ी मछलियों की ही भाँति, उसकी हथेली से फिसलकर फिर ताल ही में जा गिरी थीं। स्वयं वह भी प्रभु के भजन को घर से निकल गई थी! जोगिया कपड़े रँग के, सिर मूँड, वह एक नैपाली बाबा के दल में बद्रीनाथ की यात्रा को निकल गई थी, पति लाम में मारा गया और क्रूर सास ने उसकी कोमल पीठ, गर्म लोहे की सलाखों से दाग-दागकर रख दी थी, इसी से घर-द्वार की माया-ममता छोड़, वह अलख कहकर निकल पड़ी थी। पन्द्रह वर्ष की बालिका वैराग्य के भूलभुलैये में भटककर, न जाने कब विलास की नगरी में जा गिरी। अब तो उसने सातों नरक देख लिए थे, उसकी पहली पुत्री, बाईस वर्ष में ही भीषण रोग से सड़-सड़कर मर गई थी, तब उसने कसम खाई थी कि वह अब मनुष्यमात्र से माया-ममता नहीं करेगी, पर इकहत्तर वर्ष में फिर बन्धन में पड़ गई। मोतिया भी उसी की पुत्री थी। मोतिया, जैसे-जैसे गतयौवना होती जा रही थी, वैसे ही उसका भाव भी चढ़ता ही जा रहा था।

"शहद जितना पुराना हो उतना ही मीठा भी होता है मोतुली, तू हमारे कुल का खरा शहद है," देवकी ममत्व से उसे निहारकर कहती। नन्दादेवी का डोला उठता तो मोतिया की ही पुकार होती। वही डोले के आगे-आगे नाचती। मखमली लहँगा, बढ़िया लाल गोट लगा अतलसी पिछौड़ा और हाथ में इत्र की खुशबू से तर लाल रेशमी रूमाल लेकर वह नाचती और कुमाऊँ

के रँगीले जवानों के दिल नाच उठते। मजाल है, किसी कुमाऊँनी लखपती के नौशे की डोली बिना मोतिया के नाच के उठ जाए! सिर से पैर तक सोने से लदी मोतिया जिधर कदम उठाती, फूल खिल जाते। मोतिया की रजुला जब आठ साल की हुई तो बड़े आनन-फानन से उसकी संगीत की बारहखड़ी आरम्भ की गई। एक बकरा काटकर, उस्ताद बुन्दू ने उसकी नागफनी के फूल-सी लाल जिह्वा पर सरस्वती बनाई। कुछ दिन बाद, उस्ताद ने भैरवी की एक छोटी-सी बन्दिश रजुला के गले पर उतारी तो उसने खिलखिलाकर इस बारीकी से दुहरा दी, कि बुन्दू मियाँ दंग रह गए, और रजुला के पैर छूकर लौट गए, "वाह उस्ताद, आज से तू गुरु और मैं चेला, मोतिया बेटी इस हीरे को गुदड़ी में मत छिपा। देख लेना एक दिन इसके सामने बड़े-बड़े उस्ताद पानी भरेंगे। देस भेज इसे, वरना इसकी विद्या गले ही में सूखकर रह जाएगी।"

'हे राम, देस! जहाँ लू की लपटें आदमी को जल-भुनकर रख देती हैं और ऐसी फूल-सी बिटिया...' बत्तीसों मौसियों के हृदय भर आए। पर बुन्दू मियाँ कभी ऐसी-वैसी बातें नहीं करते थे। कैसी-कैसी विद्या उनके गले में भरी थी।

जब वे ही रजुला से हार मान गए तो देश ही तो भेजना पड़ेगा। बुन्दू मियाँ की बुआ की लड़की लखनऊ में रहती थी। सुना, रियासतों में ही शादी-ब्याह के मुजरों का बयाना लेती थी। "ग्रामोफून के डबल रिकार्डों में उनका गाया मेघ, पचास-पचास रुपयों में बिकता है," बुन्दू मियाँ बोले, "अब तुम क्या समझो मेघ! तुमने बहुत हुआ तो गा दिया सीधे-सादे ठेके पर कोई भजन या काफी की होली, अरे बड़े-बड़े उस्तादों का गाना सुनोगी तो पसीना आ जाएगा। तबलेवाला है कि सम पै आता ही नहीं और मुरकियों के गोरख-धन्धों में तबलची को फँसाकर छोड़ दिया कि लो बेटा चरो। आखिर तबलेवाला हारा, गिड़गिड़ाया और गानेवालियों ने तान आलाप की रस्सी छोड़ी, सम पै आई और तबलेवाले की जान बची, समझी, ये है गायकी।" बुन्दू संगीत का ऐसा विकट चित्र खींच देते कि बत्तीस जोड़ी सरल पहाड़ी आँखें फटी-फटी ही रह जातीं।

"तब तो मैं जरूर रजुला को देस भेजूँगी," मोतिया ने दिल पक्का कर लिया, "उस्ताद ज्यू, जैसे भी हो तुम इसे लखनऊ पहुँचा आओ, छोकरी नाम तो कमाएगी।" उसने बुन्दू मियाँ के पैर पकड़ लिए।

बुन्दू मियाँ रजुला को लखनऊ पहुँचा आए। बुन्दू मियाँ की बहन बेनजीर ने रजुला को पहले ही दिन से शासन की जंजीरों में जकड़कर रख दिया। जंगली बुलबुल को सोने के पिंजड़े में चैन कहाँ? कहाँ पहाड़ी आलूबुखारे, आड़ू और सेब के पेड़ों पर अठखेलियाँ और कहाँ तीव्र और कोमल स्वरों की उलझन और रियाज! बत्तीस मौसियों के लाड़ और देवकी के दुलार के लिए बेचारी तरस-तरसकर रह गई। कठोर साम्राज्ञी-सी बेनजीर की एक भृकुटी उठती और वह नन्हा-सा सिर झुका लेती।

"मुझे मेरी माँ के पास क्या कभी नहीं जाने दोगी?" एक दिन बड़े साहस से नन्हीं रजुला ने पूछ ही लिया। प्रश्न के साथ-साथ उसकी कटोरी-सी आँखें छलक आईं।

"पगली लड़की, हमारे माँ-बाप कोई नहीं होते, समझी? तेरा पेशा तेरी माँ, और तेरा हुनर तेरा बाप है। खबरदार जो आज से मैंने तेरी आँखों में आँसू देखे।"

रजुला ने सहमकर आँखें पोंछ लीं।

चन्दन का उबटन लगाकर तीन-तीन नौकरानियाँ उसे नहलातीं। बादाम पीसकर, गाय के घी में तर-बतर हलुवा बनाकर उसे खिलाया जाता और वह रियाज करने बैठती। हिंडोले पर बेनजीर उसके एक-एक स्वर और आलाप का लेखा रखती, जौनपुरी, कान्हड़ा, मालगुंजी, शहाना, ललित, परज जैसी विकट राग-रागिनियों की विषम सीढ़ियाँ पार कर, वह संगीत के जिस नन्दनवन में पहुँची, वहाँ क्षणभर को बत्तीस मौसियों के लाड़-भीने चेहरे स्वयं ही अस्पष्ट हो गए, वह धीरे-धीरे सबको भूलने लगी। अब वह सोलह वर्ष की थी, कई बार उसके घर से माँ ने चिट्ठियाँ भेजीं, पर उसे घर जाने की अनुमति नहीं मिली। तंग चूड़ीदार का दिलपसन्द रेशम, उसकी पतली किशोर टाँगों की पिंडलियों को स्पष्ट कर देता, रेशमी कुर्ते के हीरे के बटन जगमगाकर देखनेवाले की दृष्टि बरबस उस सलोने चेहरे पर जड़ देते। किशोरी बनाते-बनाते जैसे विधाता ने उसे फिर बचपन लौटा दिया था। छरहरे शरीर पर उभार और गोलाई नाममात्र को थी, जैसे नवतारुण्य स्पर्शमात्र कर लौट गया हो। आँखें बड़ी नहीं थीं, किन्तु काले भँवरे-सी पुतलियाँ, चंचल तितलियों-सी थिरकती रहतीं, गालों की दोनों हड्डियों ने बड़े ही मोहक ढंग से उठकर चेहरे को कुछ-कुछ मंगोल-सा बना दिया था। नाक भी छोटे-से

चेहरे के ही अनुरूप थी, एकदम छोटी-सी। बादाम रोगन और बटेर का शोरबा भी छरहरे शरीर को अधिक पुष्ट नहीं कर सका था, किन्तु उस सुन्दरी बालिका का सौन्दर्य ही उसके उड़नछू व्यक्तित्व में था। लगता था, यह मानवी नहीं, स्वर्ग की कोई स्वप्न-सुन्दरी अप्सरा है, हाथ लगाते ही उड़ जाएगी। बेनजीर, इसी से उसे बड़े यत्न से रुई की फाँकों में सहेजकर रखती थी, वह उसका कोहनूर हीरा थी, जिसे न जाने कब कोई दबोच ले। रजुला भी उसका आदर करती थी—किन्तु स्नेह? भयंकर प्रतिहिंसा की ज्वाला की भभक थी उसके हृदय में, बस चलता तो छुरा ही भोंक देती।

बेनजीर की हवेली के बगल में सटी एक और हवेली थी, सेठ दादूमल की। ठीक रजुला के कमरे के सामने ही, छोटे सेठ का कमरा था। बहुत वर्षों तक सेठजी मारवाड़ में रहने के पश्चात् हाल ही में पुत्र का विवाह कर हवेली में लौट आए थे। एक दिन रजुला ने देखा छोटे सेठ के कमरे का नीला पर्दा ऊपर उठा है और एक काली भुजंग-सी औरत, अपनी मोटी कदलीस्तम्भ-सी जंघा पर, एक साँवले युवक का माथा रखकर, उसके कान में तेल डाल रही है। युवती इतनी काली और मोटी थी कि रजुला को जोर से हँसी आ गई। हड़बड़ाकर युवक उठ बैठा, हँसी का अशिष्ट स्वर आवश्यकता से कुछ अधिक ही स्पष्ट हो गया होगा, इसी से उसने लपककर खिड़की जोर से बन्द कर दी। सेठ दादूमल का बेटा है यह, रजुला सोचने लगी। सेठजी बेनजीर के खास मिलनेवालों में थे। कोई कहता था कि हवेली भी उन्होंने बेनजीर को भेंट दी थी। उनका पुत्र माँ की मृत्यु हो जाने से ननिहाल ही में पलकर बड़ा हुआ था, इसी से पहले कभी उसे देखा हो—ऐसी याद रजुला को नहीं थी। 'हाय हाय, यही थी सेठ कक्का की बहू'—वह सोचने लगी और बेचारे छोटे सेठ पर उसे तरस आ गया। सुना, वह किसी बहुत बड़े व्यवसायी की इकलौती पुत्री थी और उन्होंने एक करोड़ रुपए का मुलम्मा चढ़ाकर यह अनुपम रत्न, छोटे सेठ को गलग्रह रूप में दान किया था।

रजुला को उस दिन सपने में भी छोटा सेठ ही दिखता रहा। कैसा सजीला जवान था, फिनले की मिही धोती ही बाँधे था, ऊपर का गठीला बदन नंगा था और गले में थी एक सोने की चैन। और कोई ऐसे सोने का लॉकेट पहन लेता तो जनखा लगता, पर कैसा फब रहा था! सोलह वर्ष में पहली बार पुरुष के रहस्यमय शरीर की इस अपूर्व गठन ने रजुला को स्तब्ध कर दिया। हाय-हाय, छाती पर कैसे भालू के-से बाल थे, जी में आ रहा था वह अपनी

चिकनी हथेली से एक बार उस पुष्ट वक्षस्थल को सहला ले। कलाई कैसी चौड़ी थी, जैसे शेर का पंजा हो।

फिर तो रोज ही छोटा सेठ उसे दिखने लगा। जान-बूझकर ही वह खिड़की के पास खड़ी होकर चोटी गूँथती, कभी सन्तरे की रसीली फाँक को चूस-चूसकर अपने रसीले अधरों की लुनाई को और स्पष्ट कर देती। पुरुष को तड़पा-तड़पाकर अपनी ओर खींचने की ही तो उसे शिक्षा दी गई थी। जैसे काली कसौटी पर सोने की लीक और भी अधिक स्पष्ट होकर दमक उठती है, बदसूरत नई सेठानी को नित्य देखती, छोटे सेठ की तरुण कलापारखी आँखों की कसौटी में रजुला सोने की लीक-सी ही दमक उठी। वह सन्तरा चूस-चूसकर, नन्हें-से ओंठ फुला-फुला एक फाँक छोटे सेठ की ओर बढ़ाकर, दुष्टता से आँखों ही आँखों में पूछती—'खाओगे?' वह दीन याचक-सा दोनों हाथ साधकर, फाँक पकड़ने खड़ा हो जाता तो वह चट से फाँक अपने मुँह में डाल, उसे ठेंगा दिखाकर खिड़की बन्द कर देती। छोटा सेठ खखारता, खाँसता, गुनगुनाता और उसकी हर खखार, खाँसी और गुनगुनाहट में उसके प्रणयी चित्त की व्याकुलता स्पष्ट हो उठती; जैसे कह रही हो—'खिड़की खोलो, वरना मैं मर जाऊँगा।'

आईने में अपने हर नैन-नक्श को सँवारकर धीरे-धीरे खिड़की का मुँदा पट खोलकर रजुला मुस्कराती और बादलों में छिपी स्वयं चन्द्रिका ही मुस्करा उठती। प्रणय का यह निर्दोष आदान-प्रदान छोटी सेठानी और बेनजीर की जासूसी दृष्टियों से बचकर ही चलता। जिस किशोरी के लावण्य को बेनजीर के यूनानी नुस्खे भी पुष्ट नहीं बना सके थे, उसे छोटे सेठ की मुग्ध दृष्टि ने ही जादू की छड़ी-सी फेरकर अनुपम बना दिया। गालों पर और ललाई आ गई, आँखों में रस का सागर हिलोरें लेने लगा, जाने-अनजाने कटाक्ष चलने लगे और रसीले अधर किसी के निर्मम स्पर्श तले कुचलकर अपना अस्तित्व खो बैठने को व्याकुल हो उठे।

एक बार शहर में बहुत बड़ी सर्कस कम्पनी आई थी। बेनजीर ने अपने दल के लिए भी टिकट खरीदे, पर्दे तानकर फिटन जोत दी गई। बिना पर्दे के बेनजीर की हवेली का परिन्दा भी हवा में नहीं चहक सकता! तब चौक की कोठेवालियों की आँखों में भी ऐसी सौम्यता थी, जो अब दुर्भाग्य से उच्च कुल की वनिताओं की दृष्टि में भी नहीं रही है। उनकी वेशभूषा की शालीनता, बड़े-बड़े घर की बहू-बेटियों की शृंगार-शालीनता को मात करती थी। मजाल

है कि कुर्ते का गला जरा-सा भी नियत सीमा को लाँघ जाए! गर्दन की हड्डियाँ तक परदे में दुबकी रहतीं। ऐसे ही शालीन लिबास में, बेनजीर ने रजुला को सजा दिया। उसकी छोटी-छोटी असंख्य गढ़वाली चोटियाँ कर, उसकी न्यारी ही छवि रचा दी। वह पहाड़ी हिरनी थी, पहाड़ी दिखने में ही उसका सौन्दर्य सार्थक हो उठेगा। चूड़ीदार के बदले, उसने आज सोलहगजी मग्जीदार ऊँचा लहँगा पहना था, जिसकी काली मग्जी से पाजेब छमकाते उसकी लाल-लाल एड़ियोंवाले सफेद पैर दो पालतू कबूतर-से ही ठुमक रहे थे। कानों में बड़े-बड़े कटावदार झुमके थे और गले में भी पहाड़ी कुन्दनिया चम्पाकली। इस शृंगार के पीछे भी बेनजीर की शतरंजी चाल थी। आज वह वलीअहद, ताल्लुकेदार और मनचले रईसजादों की भीड़ के बीच रजुला के रूप की चिनगारी छोड़कर तमाशा देखेगी। कौन होगा वह माई का लाल, जो मुँहमाँगे दाम देकर इस अनमोल हीरे को खरीद सकेगा!

वह रजुला को लेकर सर्कस के तम्बू में पहुँची कि साइकिल चलाता भालू, चरखा चलाता शेर और नंगी जाँघों के दर्पण चमकाती सर्कस-सुन्दरियाँ फीकी पड़ गईं। सबकी आँखें रजुला पर गड़ गईं।

रजुला ने पहले कभी सर्कस का खेल नहीं देखा था, इसी से खेल शुरू हुआ तो वह जोकर के सस्ते मजाक देखकर, पेट पकड़-पकड़कर हँसती-हँसती दुहरी हो गई। कभी शेर की दहाड़ सुनकर, भय से काँपती बेनजीर की गद्दीदार ऊँची छाती पर जा गिरती और शेर को मार गिराने को, कितने ही तरुण कुँवरों की भुजाएँ फड़कने लगतीं।

सेठ दादूमल का बेटा भी अपनी भोंड़ी भुजंगिनी को लेकर तमाशा देखने आया था, पर उसकी दृष्टि सर्कस के शेर-भालुओं पर नहीं थी, वह तो रजुला को ही मुग्ध होकर देख रहा था। रजुला ने भी देखा और मुस्कराकर गर्दन फेर ली। छोटा सेठ तड़प गया, कहाँ लाल बहीखातों के बीच उसका शुष्क जीवन और कहाँ यह सौन्दर्य की रसवन्ती धारा! वह घर लौटा तो रजुला की खिड़की बन्द थी। मन मारकर लौट गया और जब उसकी सेठानी अपनी पृथुल तोंद हिलाती, खर्राटे भरने लगी तो वह फिर ऊपर चला आया। रजुला के कमरे में नीली बत्ती जल रही थी, खिड़की खुली थी, एक-एक कर अपने पटाम्बर उतारती वह गुनगुना रही थी। छोटे सेठ का दिल धौंकनी-सा चलने लगा। कैसी गोल-गोल बाँहें थीं, शंख-सी ग्रीवा पर पड़ी लाल-लाल मूँगे की माला किस बाँके अन्दाज से उठ-उठकर गिर रही थी, उसने ओढ़नी भी उतार

दी। छोटा सेठ सौन्दर्य-सुषमा की इस अनोखी पिटारी को आँखों ही आँखों में पी रहा था। वह थोड़ा और बढ़ा और पर्दा हटाकर निर्लज्ज प्रणय-विभोर याचक की दीनता से खड़ा हो गया। रजुला भी पलटी, उसका चेहरा कानों तक लाल पड़ गया—ऐसी मुग्ध दृष्टि से उसका यह पहला परिचय था। आज ठेंगा दिखाकर वह खिड़की बन्द नहीं कर सकी...

"बड़े बदतमीज हैं जी आप।" कृत्रिम क्रोध से गर्दन टेढ़ी कर उसने कहा, "क्या नाम है आपका?"

"क्यों, क्या थाने में रपट लिखवानी है? तो यह भी लिखवा देना कि इसे फाँसी के तख्ते पर झूलना भी मंजूर है, पर यह इस खिड़की को नहीं छोड़ सकता।" आधा धड़ ही उसने खिड़की से इस तरह लापरवाही से नीचे को लटका दिया कि रजुला अपनी हथेली को ओठों पर लगाकर हल्के स्वर में चीख उठी, "हाय-हाय, करते क्या हैं? गिर जाइएगा तो?"

"आपकी बला से—यहाँ सारी-सारी रात खिड़की से लटक-लटककर काट दी है।" सचमुच ही उसने दुर्दमनीय साहस से उचककर खिड़की की मुँडेर पर आसन जमा लिया और दोनों लम्बी-लम्बी टाँगें बाहर को झुला दीं। रजुला की खिड़की और उसकी खिड़की के बीच कोई दो-एक गज का फासला था, किन्तु बीच में थी भयानक खाई, कोई गिरे तो चुनकर भी हड्डियाँ न मिलें। रजुला की खिड़की पर बाहर को निकली एक चौड़ी-सी सीमेंट की पाटी-सी बनी थी। उसने बड़े शौक से ही उसे अपने पालतू कबूतरों के लिए बनवाया था। वह उसी पर झुक गई। "क्या नाम है जी आपका छोटे सेठ?" हँसकर रजुला ने अपने पेशे का प्रथम कटाक्ष फेंका।

"लालचन्द, और तुम्हारा?"

"हाय-हाय, जैसे जानते ही नहीं।"

"मैं तुम्हारा एक ही नाम जानता हूँ और वह है रज्जी, तुम्हारी अम्मी तुम्हें पुकारती जो रहती है, कभी आओ ना हमारे यहाँ!"

"आपके यहाँ!" रजुला जोर से हँसी, "सेठानी मुझे झाड़ू मारकर भगा देगी, आप ही आइए न!" रात्रि के अस्पष्ट आलोक में उसका यह मीठा आह्वान लालचन्द को पागल कर बैठा, "सच कहती हो? आ जाऊँ? लगा दूँ छलाँग?"

"आए हैं बड़ी छलाँग लगानेवाले, पैर फिसला तो सड़क पर चित्त ही नजर आएँगे।" रजुला ने अविश्वास से अपने होंठ फुला-फुलाकर कहा। वह

इतना कहकर सँभली भी न थी कि छोटा सेठ सचमुच ही बन्दर की-सी फुर्ती से उसकी बित्तेभर की मुँडेर पर कूदा और लड़खड़ाकर उसी पर गिर पड़ा।

रजुला के मुँह पर हवाइयाँ उड़ने लगीं–'हाय-हाय, अगर यह गिर जाता तो', वह सोच-सोचकर काँप गई। उसका सफेद चेहरा देखकर लालचन्द ठठाकर हँस पड़ा, ''कहो, लगाई न सर्कसी छलाँग?''

''हाय-हाय, कितनी जोर से हँस गए आप, अम्मी ने सुन लिया तो मेरी बोटी-बोटी कुत्तों से नुचवा देंगी। इतनी रात को मेरे कमरे में आदमी!'' उसकी आँखों में बेबसी के आँसू छलक उठे।

''लो, कहो तो अभी चल दूँ?'' वह साहसी उद्‌दंड युवक फिर छलाँग लगाने को हुआ तो लपककर रजुला ने दोनों हाथ पकड़कर रोक लिया। एक-दूसरे का स्पर्श पाकर दोनों क्षणभर को अवश पड़ गए। रजुला ने आँखें मूँद लीं। यह उसके जीवन का एकदम ही नया अनुभव था। लालचन्द ने उसे बढ़कर बाँहों में भर लिया, ''जानती हो रज्जी, मैं कब से तुम्हारे लिए दीवाना हूँ? जब तुम गाती थीं, मैं इसी खिड़की पर कान लगाए सुनता था, तुम चोटी गूँथती थीं और मैं छिप-छिपकर तुम्हें देखता था, तुम अपनी शरबती आँखों में सुरमा डालती थीं और मैं...''

''बस कीजिए, उफ'', काँप-काँपकर रजुला उसकी बाँहों में खोई जा रही थी, गलती जा रही थी, जैसे गर्म आँच में धरी मक्खन की बट्टी हो।

''नहीं-नहीं, आज नहीं–यह सब नहीं,'' वह उसके लौहपाश में नहीं-नहीं कहती सिमटती जा रही थी। एकाएक स्वयं ही लालचन्द ने बन्धन ढीला छोड़ दिया, ''अच्छा रज्जी, कोई बात नहीं, पर याद रखना मैं फिर कल आऊँगा।'' दोनों हाथों से उसका मुँह थामकर लालचन्द झुका, अधर स्पर्श करने का उसे साहस ही नहीं हुआ। हे भगवान्, यह तो उसकी तिजोरी के ऊपर टँगी स्वयं साक्षात् लक्ष्मीजी का-सा चमकता रूप था। हाथीदाँत-से शुभ्र ललाट को चूमकर वह उचककर खिड़की की मुँडेर पर चढ़ गया।

''हाय-हाय, ऐसे मत कूदिए,'' विकल-सी होकर रजुला पीछे-पीछे चली आई। बड़ी ममता से, बड़े दुलार से निहारकर, लालचन्द ने एक ही छलाँग में दूरी पार कर ली। पलक मारते ही वह अपने कमरे में खड़ा मुस्करा रहा था।

इसी सधी छलाँग ने रात, आधी रात, वर्षा, तूफान, ओले सबको जीत लिया।

लालचन्द का साहस दिन दुगुना और रात चौगुना बढ़ने लगा। तीन महीने बीत गए, छोटी सेठानी मायके चली गई थीं। अब पूरी आजादी थी। दोनों अभी प्रेम से चहकते उन कबूतरों के जोड़े-से थे जिन्हें बन्धन का कोई भय नहीं था, भूत और भविष्य के काले बादलों से उनके निर्द्वन्द्व जीवन का आकाश अभी तनिक भी नहीं घिरा था। खिड़की के पास दोनों बाँहें फैलाए रजुला खिलखिलाकर कभी सहसा पीछे हट जाती और भरभराकर लालचन्द पलँग पर ही औंधा गिर पड़ता। कभी सूने कमरे में उसे न पाकर वह व्याकुल होकर इधर-उधर देखता और वह पलँग के नीचे से पालतू बिल्ली की तरह, मखमली पंजे टेकती मुस्कराती निकल आती।

"कभी तेरी अम्मी पकड़ ले तो?" वह अपनी गोदी में लेटी रजुला के सलोने चेहरे से अपना चेहरा सटाकर पूछता।

"तो क्या, कह दूँगी, यह चोर-उचक्का मुझे छुरा दिखाकर कह रहा था—खबरदार जो शोर मचाया, बता तेरी अम्मी चाभी कहाँ रखती हैं।"

"हाँ, यही तो कहेगी तू, आखिर है तो..." कहकर वह दुष्टता से मुस्करा उठता। पेशे का अस्पष्ट उल्लेख भी उसे कुम्हला देता। वह उदास हो जाती और लाख मानमनव्वलों में पूरी रात ही बीत जाती। कभी मुल्ला की अजान से ही दोनों अचकचाकर जगते और क्षणभर में छलाँग लगाकर वह लौट जाता।

"कल तेरी अम्मी भी तो मलीहाबाद जा रही है, मैं सात ही बजे आ जाऊँगा रज्जी," उसने कहा।

पर वह कल कभी नहीं आई, लालचन्द के रसीले चुम्बनों के स्पर्श से धुले, रजुला के अधर अभी सूखे भी नहीं थे कि तीन महीने में पहली बार बाँका लालचन्द अपनी सर्कसी छलाँग न जाने कैसे भूल गया। उसकी सधी छलाँग खिड़की तक पहुँचकर ही फिसल गई। धमाके के साथ, वह चौमंजिले से एकदम पथरीली सड़क पर पड़ा और एक हृदयभेदी चीत्कार से गलियाँ गूँज गईं। पागलों की तरह रजुला शायद स्वयं भी खिड़की से कूद जाती पर न जाने कब बन्द द्वार भड़भड़ाकर, चिटकनी सटका स्वयं अम्मी उसे पकड़कर खड़ी हो गई।

"पागल लड़की, मैं जानती थी कि तेरे पास कोई आता है, तेरे बदन से मर्द के पसीने की बू को मैंने सूँघ लिया था। ठीक हुआ अल्लाह ने बेहया को सजा दी, आज ही मैं छिपकर उसे पकड़ने को थी, पर अल्लाताला ने

खुद ही चोर पकड़ लिया।"

तिलमिलाकर, क्रुद्ध सिंहनी-सी रजुला, बेनजीर पर टूट पड़ी। पर बेनजीर ने एक ही चाँटे से उसे जमीन पर गिरा दिया। सेठ की हवेली से आते विलाप के स्वर, उसके कलेजे पर छुरियाँ चलाने लगे—कानों में अँगुली डाले वह तड़पती रही। द्वार पर ताला डालकर उसे रोटी-पानी दे दिया जाता। पाँचवें दिन वह बड़े साहस से खिड़की के पास खड़ी हो गई, उसके बुझे दिल की ही भाँति सेठ के कमरे में भी काला अँधेरा था। नित्य की भाँति घुटनों तक धोती समेटे, छलाँग लगाने को तत्पर, हँसी के मोती बिखेरता उसका छैला, छोटा सेठ अब कहीं नहीं था। इसी मुँडेर पर उसके युगल चरणों की छाप, अभी भी धूल पर उभरी पड़ी थी। आँसुओं से अन्धी आँखों ने उसी अस्पष्ट छाप को ढूँढ़ निकाला और वह उसे चूम-चूमकर पागल हो गई। 'छोटे सेठ', वह पागलों की भाँति बड़बड़ाती, चक्कर काटती द्वार पर पहुँची। रोटी रखकर, पठान दरबान शायद अफीम की पिनक में ताला-साँकल भूल गया था। रजुला ने द्वार खोला और दबे पैरों सीढ़ियाँ लाँघकर, बदहवास भागने लगी। सुबह बेनजीर ने खुला द्वार देखा तो धक रह गई। रजुला भाग गई थी, बाल नोचती, बौखलाती, बेनजीर अपनी नगाड़े-सी छातियों पर दुहत्तड़ चलाती चीख-चीखकर रोती रही पर रजुला नहीं लौटी। बेनजीर का कोहनूर हीरा खो गया।

जिस कुमाऊँ की वनस्थली ने उसे एक दिन नियति के आदेश से दूर पटक दिया था, वही उसे बड़ी ममता से फिर पुकार उठी। रजुला ने वही पुकार सुन ली थी। ओठों पर पपोटे जम गए थे, एड़ियाँ छिल गई थीं, बालों में धूल की तहें जम-जमकर जटाओं-सी लगने लगी थीं। बत्तीस मौसियों का प्रासाद एकदम ही उजड़ गया था, बाहर एक बूढ़ा-सा चौकीदार ऊँघ रहा था। "सुनो जी, वहाँ जो नैक्याणियाँ रहती थीं वह क्या कहीं चली गईं?" डर-डरकर उसने पूछा।

चौंककर बूढ़ा नींद से जग गया, "न जाने कहाँ से आ जाती हैं सालियाँ। एकादशी की सुबह-सुबह उन्हीं हरामजादियों का पता पूछना था, सती सीता, लक्ष्मी, पार्वती थीं बड़ी! मर गईं सब! और पूछना है कुछ?" सहमकर रजुला पीछे हट गई, बूढ़े के ललाट पर बने वैष्णवी त्रिपुण्ड को देखकर उसे अपनी अपवित्रता और अल्पज्ञता का भास हुआ, "माफ करना महाराज, मुझे बस यही पूछना था—जब मर ही गईं तो और क्या पूछूँ!" वह मुड़ गई।

"देख छोकरी, सुबह-सुबह झूठ नहीं बोलूँगा। सब तो नहीं मरीं, तीन बच गई थीं, एक तो देबुली, पिरमा और धनिया। तीनों गागर में नेपाली बाबा के आश्रम में हैं। बड़ा बाबा बनता है साला, जनम पातरों की सोहबत में गुजारी--बुढ़ापे में फिर हरामियों को बटोर लिया। तीन तो हैं चौथी आज पहुँच जाएगी।" घृणा से उसकी ओर थूककर बूढ़ा पीठ फेरकर माला जपने लगा।

कँटीली पगडंडियाँ पार कर वह पहुँच ही गई। वह जानती थी नेपाली बाबा ही उसके नाना हैं, क्या उसे स्वीकार नहीं करेंगे। उनके चरणों में पड़ी ईश्वर-भजन में ही वह भी जीवन काट लेगी। धूनी के धुएँ को चीरकर वह गुफा में जा पहुँची। उसके चेहरे को देखकर ही उसे सबने पहचान लिया। मोतिया का ठप्पा ही तो था, उसके चेहरे पर। बूढ़ी देबा ने उसे टटोल-टटोलकर ही देखा, उसकी आँखें जाती रही थीं, प्रेमा के सौन्दर्य को समय भी नहीं छीन सका था और धना मौसी को अभी भी रजुला के बचपन की एक-एक घटना याद थी। बाबा गोरखपन्थी थे, इसी से सबको कनफड़ा बालियाँ पहनाकर दीक्षा दे दी थी। जिन कानों में बेनजीर के पन्ना, पुखराज और नीलम झूलते थे, उन्हीं में सींग के बड़े-बड़े कनफड़ा बाले लटकाकर, रजुला ने भी एक दिन जिद कर दीक्षा ले ली। कभी वह धूनी रचाती, कभी प्रसादी बनाती और कभी देवा आमा की बात से लुंजपुंज देह पर, डोलू की जड़ी गरम कर सेंक करती। कभी-कभी नेपाल, गढ़वाल और तिब्बत से आए गोरखपन्थी साधुओं के अखाड़े आ जुटते, दल से गुफा भर जाती और भंडारे की धूम के बाद झाँझ, खड़ताल और मँजीरे के साथ स्वर-लय-विहीन गाने चलते। बड़े अनुनय से नेपाली बाबा एक दिन बोले, "तू गा ना मेरी लली, एक-आध सुना दे ना, तूने तो लखनऊ के उस्तादों से गाना सीखा है।"

निष्प्रभ आँखों में बिसरी स्मृतियों का सागर उमड़ उठा। कभी किसी ने उसके कितने गाने छिप-छिपकर सुने थे। फिर कितने गाने उसने सुना-सुनाकर रात ही बिता दी थी, पर उस मनहूस रात को जब उसने—'चले जइयो बेदरदा मैं रोय मरी जाऊँ', सुनने की फरमाइश की थी तो उस करमजली ने कहा था—"उँह, आज नहीं कल सुनिएगा, मैं कहीं भागी थोड़े ही जा रही हूँ।" भाग तो वे ही गए थे। अब वह किसके लिए गाएगी?

"क्यों बेटी, नहीं सुनाएगी?" नेपाली बाबा का आग्रह कंठ में छलक उठा।

पर स्वर-लय नटिनी तो वहाँ होकर भी नहीं थी। वह तो धूनी को एकटक देखती, न जाने किस अतीत के चिन्तन में डूबी थी। बाबा का आदेश सुनकर चौंकी, ''मुझे गाना नहीं आता बाबा'', कहकर उसने उठकर धूनी में लकड़ियाँ लगाईं और आग फूँकने का उपक्रम करने लगी। ''अरे राम-राम, बड़ा धुआँ है'', बड़ी ममता से बाबा ने कहा, ''तेरी आँखों से तो पानी बहने लगा। अरी पिरमा, तू मार दे तो फूँक, इस बेचारी की तो आँखें ही लाल हो गईं।'' उदास हँसी हँसकर पिरमा उठी और आग फूँकने आई, पर वह तो रजुला की आँखों के पानी का इतिहास जानती थी, वह क्या लकड़ी के धुएँ का पानी था?

भोले बाबा से वह कैसे कहे कि इस धूनी को फूँक-फाँककर तो वह धुआँ मिटा देगी, पर जो उस छोकरी के हृदय में निरन्तर एक धूनी धधक रही है, उसका धुआँ भी क्या वह फूँक मारकर हटा सकेगी?

●●●